ハヤカワ・ミステリ

REBECCA PAWEL

青と赤の死

DEATH OF A NATIONALIST

レベッカ・パウエル
松本　依子訳

TOKYO HAYAKAWA BOOKS

A HAYAKAWA
POCKET MYSTERY BOOK

DEATH OF A NATIONALIST
by
REBECCA PAWEL

Translated by
YORIKO MATSUMOTO
First published 2004 in Japan by
HAYAKAWA PUBLISHING, INC.
This book is published in Japan by
arrangement with
SOHO PRESS INC.
through THE ENGLISH AGENCY (JAPAN) LTD.

最初にこの本のアイデアを与えてくれて、
そして完成させるように励ましてくれた、
パーセファニー・ブレアムに。

古き恨みがいまもまた、
人々の手を血にぞ染む。
——ウィリアム・シェイクスピア『ロミオとジュリエット』

おお、ジプシーたちの町よ!
街角ごとにはためく旗。
お前たちの緑色の灯火を消せ、
警察がやってくる。
——フェデリコ・ガルシア・ロルカ「スペイン治安警備隊のロマンセ」

青と赤の死

装幀　勝呂　忠

登場人物

カルロス・テハダ・
　アロンソ・イ・レオン………治安警備隊軍曹
ゴンサロ・リョレンテ…………元国境警備隊員
カルメン…………………………ゴンサロの姉。アレハンドラの母親
マリア・アレハンドラ(アレハ)
　　　　　　・パロミノ……ゴンサロの姪
ビビアナ…………………………ゴンサロの恋人
エレナ・フェルナンデス………アレハンドラの担任教師
マヌエラ・アルセ………………カルメンの友人
フランシスコ（パコ）
　　　　・ロペス・ペレス……治安警備隊伍長。テハダの友人
ラモス……………………………治安警備隊中尉。テハダの上官
モラレス…………………………治安警備隊大尉。ロペスの上官

プロローグ

マリア・アレハンドラは学校から帰る途中、爆弾が投下される前はセニョール・メレーリョのベーカリーだった黒焦げの建物から、治安警備隊《グアルディア・シビル》の制服を着た男が人目を避けるように出てくるところを目撃した。男は左右を確認すると、何かに怯えているように後ろを振り返りながら急いで道を渡り、アモル・デ・ディオス通りを歩み去った。アレハンドラはその後ろ姿を驚きの目で見送った。男の制服は士官のもののようだったが、もはや治安警備隊の士官が怯えることなどないはずだ。

いったんまわり道をしようかという考えが頭をよぎる。けれども教科書は重く、不審な男がいるからといって遠まわりするほどのこともないだろうと思い直すと、男のあとについてアモル・デ・ディオス通りを歩きはじめた。屋根のない建物の前を通り過ぎようとしたそのとき、銃声が轟いた。慣れた耳には、それは機関銃ではなく拳銃のように聞こえたし、母親からもう空爆はないだろうと聞かされていた。しかし、七歳という年齢のおよそ半分の年月を戦火のなかで過ごしてきたアレハンドラは、そう簡単に危険を冒すほど愚かではなかった。制服が汚れるかもしれないと少しうんざりしたものの、本のはいった鞄を下におろすと、地面に体を伏せて、いつものように反射的に頭をかばう。

しばらくのあいだ、物音ひとつしなかった。おそるおそる顔をあげ、身に染みついた習慣で空を仰ぐ。ドイツ軍の飛行機が四時以降にこのあたりを飛ばないことはだれでも知っていたし、ここ数日爆撃はまったくなかったが、空を見あげずにはいられなかった。飛行機はいつだってこわい。大人ですら恐れている。アレハンドラは立ちあがると、鞄からこぼれ出た教科書を掻き集めた。すると、通りの向こうから人がやってきた。アレハンドラは半壊した建物の戸口へ飛びこみ、まだ残っていた壁に身をひそめた。足音がして、ふたたび通り過ぎていく治安警備隊員の脚が目にはいった。こんどはあわてた様子はない。鼻歌を歌っている。
足音が聞こえなくなるまで、アレハンドラは我慢した。治安警備隊はきらいだ。おじさんが、あいつらは裏切り者だと言ってた。ママが言うには、みんなのために戦ったいい人もいるけど、ほとんどの人たちは共和国政府を襲った反乱軍に味方したらしい。いい人たちはいまごろ逮捕されているだろう。お友だちのカンデラのお父さんのように。それどころか散歩に連れていかれたかもしれない。散歩に連れていかれるとどうなるのかはよく知らないが、反乱を起こしたファシストの将軍たちもいずれ〝散歩に行く〟はめになると言って、大人たちが時々笑っているのは知っている。四年生のマリカルメンが一週間学校を休んだのは、六カ月前、反乱軍に占拠されたマドリード郊外の村に住んでいたおじいさんが〝散歩に連れていかれた〟からだということも。マリカルメンが学校に出てきたとき、制服は黒く染められていた。

アレハンドラは壁の後ろでしゃがみこみ、教科書を鞄にしまおうとした。ところが、先生の手を借りてぎゅうぎゅうに詰めこんでいたため、ひとりではもとにもどせない。男がいなくなったことに胸をなでおろして、ノートを脇にはさんだ。アモル・デ・ディオス通りとフライ・ルイス・デ・レオン通りの交差点に差しかかったとき、アレハンドラはまた足を止めた。先ほどその姿を見かけた、何かに怯えていたような治安警備隊員が、舗道でうつぶせに倒れており、そのまわりに血だまりができていた。アレハンドラは長いあいだ男を見つめた。やがて、ノートを落として走り去った。

1

「中尉、殺人事件です！」治安警備隊員アドルフォ・ヒメネスは、上官が機嫌よく机と称しているもののところまで足音も高くやってくると、腕をまっすぐに伸ばして敬礼した。

　間が悪いことに最後のひと踏みが、がたつく机の脚にはさんでいたぼろぼろの『ラ・エスパーニャ・デル・シッド』（ラモン・メネンデス・ピダル著。一九二九年。未訳）をずらし、机の上から書類が数枚すべり落ちた。ラモス中尉はほかの書類を押さえると、目をあげて若い隊員をねめつけた。「で、犯人は逮捕したんだろうな」と苛立たしげに尋ねる。

「まだです、中尉！」ヒメネスはまた敬礼しようとしたが、床を踏み鳴らさないように気をつけた。

　部屋にいたもうひとりの男がさりげなく身をかがめ、床に落ちた書類を拾いはじめた。体を起こしながら目を通して、もとはどの紙の山にあったものかと思案する。弾薬二百発の調達請求書、メンデスという人物に対する手書きの弾劾書、夜間パトロールの当番表、師団長からのタイプ打ちのメモが二枚。しばらくして、男は書類の端を几帳面にそろえ、それから適当なところに置いた。

「えいくそっ、それじゃなんだってここへ来るんだ」ラモスは言った。「治安回復につとめるのがきみらの任務だろう。さっさと片づけてこい。ごくろう、テハダ」と書類が机の上にもどされると言い添えた。

「それが、犯人は〝赤〟だと思われましたので」ヒメネスが弁解した。

　〝赤〟が犯人だと言うのは、太陽が東からのぼると言っているようなものだ、とテハダは思った。「なぜそう思う」と尋ねる。

　ヒメネスはうっかりまた床を踏み鳴らし、上司ふたりは書類に飛びついた。ヒメネスは恥じ入った。新入隊員のだれもがテハダ・アロンソ・イ・レオン軍曹を尊敬している。三十回目の誕生日を迎えるまでに、軍曹とはいえ下士官に昇進した者はほとんどいない。しかもテハダは入隊したのも遅く、士官学校ではなく大学を卒業していた。

「被害者は治安警備隊員でした。階級は伍長です」

「なんだと！」ラモスは注意を向けた。「わが大隊の者か？」

「ちがうようです。身元がわかるものは身につけていませんでした。制服だけです」

「運の悪いやつだ」ラモスはいらいらと書類を掻き分けた。「ほかの駐屯地にメモをまわして、行方のわからない隊員がいないか訊いてやるとしよう。くそっ、カーボン紙はどこだ。おお、すまんな、テハダ」年季のはいった携帯用タイプライターを書類の山から発掘し、テハダが差し出したカーボン紙をはさみこむ。「きみが調べてくれるか。近くに不審なやつがいたら逮捕してかまわん。〝赤〟だったら壁に立たせろ。ヒメネスを連れていくがいい」

テハダはどうにか書類を飛ばさずに床を踏み鳴らして敬礼すると、無言のまま部屋を辞した。ヒメネスはそのあとを追いながら、同行を命じられたことに胸を躍らせていた。仮の営舎——もともとは大学の寮だったが、もはや使われなくなっていたものを数カ月前に徴発した——から外へ出ると、テハダが振り返った。「場所は？」

「アトーチャ駅に近い、アモル・デ・ディオス通りという細い路地です」

テハダの口が一瞬ゆがんだ。「神の愛とはあまり似つかわしい名前じゃないな。ヒメネス、案内しろ」

現場まではさほど長い道のりではなく、人とすれちがうこともまれだった。もうすぐ八時になろうとしており、食料を持っている者は夕飯の支度を、持っていない者は寝支度をしているのだろう。いまや夜の散歩は危険な習慣となり、燃料が不足している街なかでは、闇は就寝時刻を意味した。たまに人を見かけても、N極同士を近づけると反発しあうふたつの磁石のように、赤い襟をつけた治安警備隊員からこそこそと遠ざかった。

テハダはその静寂が好ましかった。ごく自然に夕闇が迫り、のぼりつつある月を見えなくする街灯の灯《ひ》もなく、まるで田舎にいるような心地がする。そよ風が背中をなでる。平和だ、と思ったとたんに驚いた。もうずっと長いこと、いまを平和だと感じたことなどなかった。むろん、いずれ街灯の明かりはもどるだろう。それでも、夜の往来はこのままでいて欲しい――涼しく静かで、合法的な仕事がある者だけしかいない。デモ隊はいらない。人気《ひとけ》のない広場を通り、焼け焦げて廃墟と化した市役所を左手に見ながら、テハダは考えつづけた。扇動家もいらない。投石も。ゼネストも。つまらぬ犯罪も。いま何かに臆することなく外を歩けるのは、正直者だけだろう。任務を思い出して、テハダは口もとを引き結んだ。通りはまだ安全とは言い切れない。とはいえ、いずれそうなるはずだ。ラモス中尉の〝壁に立たせろ〟ということばが意味するものについて、テハダはいかなる幻想も抱いていない。マドリードにはまだ当分、手荒で迅速な刑罰が必要だ。数年もすればまたこまごまとした法律ができて、少しは緩和されるだろう。

ヒメネスの声に、テハダは物思いから覚めた。「この先です、軍曹」

テハダはうなずいたものの、返事はしなかった。ヒメネスはあまりに気後れして、それ以上何も言えなかった。そのため、アモル・デ・ディオス通りとフライ・ルイス・デ・レオン通りの交差点に差しかかるまで、互いの長靴の音だけが響いた。もう少し大きな音を立てていたらどうなっていただろうと、テハダはのちにときおり思い返すこととなる。

マリア・アレハンドラは家に帰り着いたときにはすっかり息があがっており、アパートの三階へたどり着くと、もはや泣くこともままならないほどだった。やっとのことで鍵をまわし、暗い居間を通って奥の台所へ駆けこんだ。

台所にいたのはビビアナおば《ティア・ビビアナ》さんだけだった。ほんとうのおばではないが、アレハンドラにとって、母親と同じくらい大好きな人だ。よく冗談を言うし、すてきな歌を知ってるし、なんといってもこわいものがひとつもない。毎日学校からもどると〝オラ、アレハ〟と挨拶してくれて、そのことばを区切らない発音のしかたは、〝ラレハ〟と『千一夜物語』のお姫様の名前のように聞こえるので、アレハンドラのお気に入りだった。縫い物をしていたビビアナおばさんが顔をあげた。

「ラレハ」と言うなり継ぎをあてた服をテーブルに置き、あわてて床に膝をつく。「アレハ！　いったいどうしたの」

アレハンドラは、ビビアナの肩に顔をうずめて泣きじゃくった。死んだ人を見たことはある。内戦がはじまったつぎの年に父方の祖父が肺炎で亡くなり、通夜に参列した。母親といっしょにベーカリー〈メレーリョス〉へ行く途中、店が空爆され、セニョール・メレーリョと、アレハンドラより三学年上のダニロが、瓦礫から運び出されるところを目にしたこともある。しかし、路上にひとりぼっちで横たわっていた死んだ男の何かが、アレハンドラを怯えさせた。おそらく耐えられる死体の数はあらかじめ決まっており、男の死体はその限界を越えたのだろう。

ビビアナは少女を前後に揺らしながら、やさしくささやいた。「だいじょうぶよ。もうだいじょうぶ」少女が少しずつ話し出すと、ビビアナはいつもの力強い声で言った。「もうだいじょうぶだから。その男が治安警備隊員ならかまやしないわ。勝手に同士討ちさせておけばいいのよ。泣かないで、いい子ね。そいつは絶対に共和国派じゃないわ。もう泣かないで」少女が落ち着くまであやすと、家事をしたり、歌を歌ったり、子供たちが毎晩ローストポークを食べる魔法の国とお姫様と幽霊のお話をしたりして、気をまぎらわせようとした。数時間ほどたち、これ以上少女を楽しませる術が思い浮かばなくなると、宿題はないかと尋ねた。

アレハンドラは素直に宿題に取りかかろうとしたが、鞄を取ってくると悲鳴をあげた。「ノートがない！　落としちゃったんだわ。あの男の人のそばで」

ビビアナはまた心配そうに眉根を寄せた。「ほんとうなの、アレハ。鞄に入れたんじゃなかったの？」

鞄を掻きまわしたあとも少女の目からあふれ出す涙が、

たしかにノートがなくなっていることを語っていた。ビビアナは顔をしかめてしばし考えこんだ。宿題そのものはささいなことだが、アレハンドラの母親は娘の教育を重要視している。それにノートはまだ半分残っていた。紙は配給制で、こんどはいつ配られるか見当もつかない。学期のはじめに――はるか昔のことのようだ――教師たちは全生徒に向かって、持ち物にはじゅうぶん気をつけるようにと厳重に注意していた。ビビアナは少女のうかつさを責めそうになったが、我慢した。子供にこれほど多くの戦闘を見せていいわけがない。男の死を目のあたりにしたも同然の場所へ、ノートを取りもどしに行ってきなさいなんて言うことも。そんなことはすべきじゃないし、第一危険だ。夜間は外出禁止令が敷かれるし、アレハはそれまでに帰ってこられないだろう。とはいえ、ノートのことを思うと……。また失ってしまうのだろうか、とビビアナはこみあげる涙を抑えた。どれだけ失えばいい？　このまま手もとに何も残らなくなるまで、失いつづけていいの？　瞬時に湧き起こった怒りで、ビビアナは自分を取りもどした。ノートを失っていいはずがない。ビビアナはアレハのそばに膝をつくと、急いで抱きしめた。「泣かないで。どこにノートを落としたかちゃんと教えて。取ってきてあげるから。まだそこにあるはずよ。ママが帰ってきたら、わたしがどこへ行ったか伝えてね」

ビビアナは服を着替える間も惜しんで外へ飛び出した。風に髪を乱され、後ろにまとめてくればよかったと後悔する。もう三つ編みにできるくらい伸びている。とっさにまた切らなくてはと思いながら、乱れた髪を耳にかけた。小さく身震いした。春にしては寒すぎる。寒すぎるし、静かすぎるし、寂しすぎる。ビビアナは夏の午後を思い出そうとした――通りには人があふれ、色とりどりのランタンが灯されたカフェは、空いているテーブルが見つからなかった。あれはまだカフェが閉まる前。空爆される前。内戦前のことだった。

ビビアナはアレハンドラから聞いた場所に着いた。あそこだ――たしかに男が倒れており、石畳にひろがった血はすでに固まっている。治安警備隊員にまちがいない。制服を見ると国民軍《ナショナリスト》の赤い襟が目にはいり、安堵のため息をもらした。あんな色の襟をつけているのに、連中のことを青と呼ぶなんておかしな話だ（ファランヘ党の制服が青シャツだったため）。ともあれ、アレハに嘘はついていない。この男はファシストだ。戦いに勝った側の人間だ——もっとも、それを認めるのはいまだに苦痛を伴った。負けたことを恥じているのではない。国民軍の背後には、軍隊や裕福な地主、富を擁する教会、権力を握る古い貴族らがいた。連中にはじゅうぶんな資金があったにもかかわらず、盟友のドイツとイタリアからありったけの武器や兵士の援助もあった。共和国を支持していた共産党のおかげでソヴィエトからの救援があったとはいえ、共和国軍があれだけ長いあいだ持ちこたえられたこと自体が奇跡だった。みずからも身を投じたその戦いを、ビビアナが恥じる理由はない。けれど、共和国が死んだことを認めたくない理由は、悲しみのためであり自尊心のためではなかった。ビビアナは新しい生き方のために戦った。人々が物を分かち合い、だれかが飢えることによって富める者がますます肥え太るということのない世界のために。女が男と対等になれる世界のために。新しく知り合った人とも友だちのような親しみをこめた〝きみ《トゥ》〟と呼び合い、使用人が主人に向かって言うような卑屈さを伴う〝あなた《ウステ》〟を使うことのない世界のために。ビビアナが戦ったのは勝つためだけではなかった。だからこそ打ちのめされた。それでも、アレハにノートをなくさせやしない。わたしたちはどうなっても、あの子を学校へやらなければ。けっしてあの子を金持ちの息子《セニョリート》にもてあそばれるような小間使いや女工にはさせない。連中が昔のやり方をよみがえらせるとしても、あの子を侮辱することだけは許さない。ビビアナはすばやく地面に目を走らせた。あった——死んだ男の投げ出された手から一フィートほど離れたところに、アレハのノートが落ちていた。内側を下にして開いており、角に血が少しついている。ビビアナはそのそばに膝をついて拾いあげると胸をなでおろし、すばやくページをめくった。どこも傷んではいない。

　異常を察したのは、足音そのもののためではなかった。いきなり走り出したかのように、その足取りが速くなったからだ。顔をあげると、こちらへ向かってくるふたりの男が目にはいった。落日を背にして影になっているが、この独特のシルエットには見覚えがあり、三角帽と肩から突き出すライフルは見まちがいようがない。急いで立ちあがるとくるりと背を向け、走り出そうとした。

しかし遅すぎた。背後から鋭い声が飛ぶ。「治安警備隊だ！　手をあげろ！」

2

テハダはそこに人がいるとは思っていなかった。死体のそばに膝をつき、死者の手から何かを取っているとおぼしき人影を見つけたとき、その幸運をにわかに信じられなかった。静かにとヒメネスに片手で合図を送り、もう片方の手で拳銃を取り出す。そしてできるだけすばやく音を立てずに近づくと、そのかがみこんでいる人物に鋭く誰何《すいか》した。その声に相手はぴたりと動きを止め、やがて両手をあげてゆっくりと振り返った。テハダの隣でヒメネスがうなった。

「くそっ、女じゃないか！」

テハダは女をじっくり観察した。その顔は、まるで尋問官のランプのようにまばゆい夕日に照らされ、よく見える。痩せこけた顔に、サイズの大きすぎる青のオーバーオール。それは共和国側の民兵の制服にそっくりで、あちこちに染みや繕い跡がある。風が首から髪を吹きあげ、頭の形をあらわにした。空腹と深い悲しみが顔に皺を刻んでいるものの、テハダは包囲側と籠城側のどちらも知りすぎるほど知っていたので、二十代前半だろうと見当をつけた。二つ三つヒメネスより年上で、同じくらい自分より下だろうか。女が夕焼けに目を細めてこちらを見返してきたとき、その顔にはおなじみの暗いあきらめの表情が浮かんでいた。

「まともな女性は、こんな時間に外を出歩かないものだ」テハダは穏やかに言った。

「使いを頼まれたのよ」女は冷ややかに言った。

「こいつは女民兵《ミリシアーナ》ですよ」ヒメネスが興奮したように口をはさんだ。「こいつらのことを聞いたことがあります。〝赤〟のやつらは女も戦わせるそうです。こうした手合いは、男よりずっとたちが悪いとか。おまけに娼婦だそうで、まったくひどい話です。それに――」

「ごくろう、ヒメネス」テハダは女に目を据えたまままさえぎった。「その使いとは何か、説明してもらえるとありがたい」そのとき、女が目にかかった前髪を後ろに払おうとした。

「こんど動けば撃つ」

女は唇を噛み、口をつぐんだ。

「ヒメネス」テハダは柔らかな口調のまま言った。「この女性に銃を向けておいてくれ」ヒメネスが照準を合わせたのを確認して、自分の銃をホルスターにもどす。「わたしもおおむね部下の意見に賛成だ」女とじゅうぶんな距離を保ちながら、背後から近づいた。「きみは共和国側の兵士だろう。それを下に置いてくれないか」と、すり切れたノートを握った女の手を片手で押さえ、空いているほうの手でその前腕をつかんだ。「さもなくば手首を折る。ありがとう。さて、先ほども言ったように、きみが何者かということについて、こちらは疑問の余地がない。だが、治安警備隊員を殺しておきながら、またその現場にもどってくるという愚を犯したわけを知りたい」

「わたしが殺したんじゃないわ」女の声は毅然としていたが、後ろ手にされるとかすかにあえいだ。

「ほんとうのことを話すほうが身のためだ」テハダは女の片腕をねじりはじめた。

女のくいしばった歯のあいだから息がもれる。「ほんとうのこと？」その声はふいに嘲笑の色を帯びた。「ほんとうのことっていうのは、この男に地獄で会ったとしても水を差し出したりはしないけど、殺しちゃいないということよ。殺していればよかったと思うけど」

駐屯地に連れて帰れば抵抗をやめて真実を話すだろうが、とテハダは激することなく考えた。むろんそれでは遅すぎる。この女に殺された男を、生き返らせることはできない。テハダはしだいに嫌気が差した。尋問すること自体はかまわないが、この女がやったことは明らかだ。

女は言われたとおりおとなしくしている。乱れた髪が風になぶられて顔のまわりにひろがり、前髪が目にかかって前が見えないだろうに身じろぎもしない。女のほつれた髪がテハダの顔をかすめ、不快な記憶を呼び起こした――内戦のはじめのころ、小さな村が降伏せよという命令に従わず、その後二日間砲撃に耐えて抵抗したが、ついに弾薬が尽き果てた。〝赤〟の兵士大半は戦闘中に殺され、捕虜としてわずかに残されたなかに、女がふたり含まれていた。

テハダは銃殺隊の準備が整うまで捕虜の男たちを見張り、従軍司祭に会わせるところまで見届けた。処刑が終わるとすぐに、攻撃を受けた治安警備隊駐屯地の部屋を片付けた。秋の夕暮れのなか外へ出ると、笑いさざめく男たちの一団に気がついた。「ご一緒にいかがですか？」部下のひとりが声をかけてきた。

近づいてみると、男たちは先ほど捕らえた女のうちのひとりを取り囲んでいた。夕方の微風に吹かれて、血に染まった栗色のもつれた髪がひと筋顔にかかり、見開いた目は何も映していないかのようだった――ちょうどいま、この女の目が、おそらく何も映していないように。苦痛を感じているだろうに、女がなぜ声を出さないのか不思議でならなかった。気を失っているにちがいないと思ったが、女がすでに死んでおり、男たちが死体をレイプしていることに気づいた瞬間のことは忘れられない。急いでその場をあとにして、人気のない裏通りで吐き気を催した。ありがたいことにほかのことをほとんど覚えていないのは、その夜はじめて泥酔というものを経験したからだった。

ヒメネスは依然、嫌悪と興味の入り交じった目つきで女を眺めている。この青年はただ命令を待っているだけだとテハダは気づいた。「では、だれが殺した」女に尋ねた。「きみの仲間か」

ビビアナは心からの恐怖に襲われた。この連中がゴンサロのことを知っているはずはない、と自分に言い聞かせるが、万一心を読まれてはと考えを断ち切った。「あんたたちの仲間じゃないの、きっと！」と吐き捨てるように言う。怒りはもってこいだ。恐怖を遠ざけておける。「わたしには人殺しの友人なんていないわ！」

「さして説得力はないな」テハダは不信と嫌悪の狭間で揺れていた。嫌悪が——女の若さと嘘、そして逮捕されればこの女がどんな目に遭わされるかということを思い出して——ついに勝ると、ただちに決断をくだした。「遊んでいる暇はない」とテハダは女の腕からいったん手を離すと、女が前につんのめるほど強く二の腕を突き飛ばした。

ビビアナは体のバランスをとるのに気を取られ、そのことばの唐突さに戸惑いながら、男が脇へ寄ったことにはほとんど気づかなかった。まだそのことばの意味をとらえようとしていたとき、男の腕があがったのを目の端でとらえた。

銃声が暗くなった建物に跳ね返り、ひとりから放たれたものではなく、銃殺隊がいっせいに発砲したかのように轟いた。テハダは、銃を構えたまましゃがみこんでいるヒメネスに目をやった。「銃をしまえ。もう必要ない」

「はい」ヒメネスはわれに返った。「思ってもみなかったもので……つまりその……あの女はまだ……すごい早業ですね、軍曹」

「訓練の賜物だ」テハダはそっけなく言うと、女の体の横を通り過ぎて、殺された男のそばにかがみこんだ。思案顔でヒメネスに目をやると、この若者は女が拷問されるのを見たことがあるのだろうか、またそれを見て喜ぶ手合いのひとりなのだろうかと考えた。「治安警備隊にはいってどれくらいになる、ヒメネス」

「公式にはおよそ四カ月です。十二月半ばが誕生日なので。ですが、その前から青年団に参加していました。血筋なんです。おやじも隊員でしたし、祖父ふたりもそうでした」

テハダはヒメネスを見あげ、十歳の年の差が作る隔たりにしばし呆然とした。いや、この三年のうちにできたのかもしれない。どこかおもしろがるような口調で、テハダは言った。「この男の体の向きを変えるから、手伝ってくれるか」だが、その声にはやさしさも含まれていた。

臆病者とかうすのろだと思われてはと、ヒメネスはあたふたと従った。背中が下になるように死体を持ちあげながら、このことをデュランとバスケスに話してやろうと考えた。あんな早撃ちを見たのははじめてだ。あいつらに話すのが待ち遠しい。〝遊んでいる暇はない〟そしてバン！一丁あがりだ。ぼくなんかてんでお呼びじゃなかった。帰り道、トレドにいたときのことを軍曹に訊けるかもしれない。ぼくがテハダ・アロンソ・イ・レオンとパトロールに出かけたことを知ったら、連中さぞかし驚くぞ。

「そんな、嘘だ」テハダは言った。「嘘だろう、パコ！」

ヒメネスはあっけにとられた。テハダが殺された男を知っているらしいということに驚いたのではない。テハダが突然中国語の知識を披露しても、驚きはしなかっただろう。驚いたのはその声の調子と、ひざまずき、死んだ男の額に置く手つきが、まるで小さな子供の熱を測る母親のようだったからだ。「お知り合いなのですか？」

「ああ」テハダは硬くなった体を見おろした。近くのどこかの家で揚げ物をしており、こんな不快なにおいを放っているやつを逮捕してやりたかった。「フランシスコ・ロペス・ペレスだ」そして、どういう知り合いだったのかと訊かれたのはわかっていたので言い添える。「トレドで知り合った」

ヒメネスは訊きたいことが山ほどあった。しかしそのほとんどが、自分の耳にさえスターに憧れるティーンエイジャーの質問のように聞こえるため、喉まで出かかったことばを我慢した——それは一九三六年のことですか？　その方もあの籠城戦（一九三六年、トレドの要塞に反乱軍が籠城。フランコが救援を送るまで約三カ月間共和国軍の攻撃に耐えた）の英雄なのですか？　ごいっしょに勲章を受けられたのですか？　そのかわり、ただこう言った。「ほんとうですか？」

こんどはテハダがことばを呑みこむ番だった。兄弟同然だった、と言ったところで無駄だろう。地獄への旅のあいだじゅう、ひとつのベッドを共有した男のことを忘れるやつはいない。この大間抜けめ、パコが眉を剃り落とし、髪を紫色に染めたとしても、おまえならわかったはずなのに。

「ああ」テハダは答えた。

「どこの大隊に所属していたかご存じなのですか」ヒメネスは感情を交えずに尋ねた。

「いや」テハダは少しぼんやりとした口調で言った。「知らない。パコが北へ移動して、それ以来連絡をとってなかった。マドリードにいたことさえ知らなかった」背中の銃創と投げ出された手足のことを考えないようにしながら、遺体を見おろす。〝バスク地方へ行ってくる。スペインとあらゆるすばらしいものに万歳！　戦争が終わったらまた会おう〟

ヒメネスが、路上にあるふたつの死体をどうするかについて、さりげなく尋ねる方法を模索していたところ、テハダは立ちあがり、女の死体のそばへ行くと、無言で数回蹴り飛ばした。ヒメネスは咳払いした。

「この屑め」テハダはヒメネスに背を向けたまま言った。「こいつにこんな死に方はふさわしくない」

「ですが」ヒメネスは口をはさんだ。「もしその女がロペス伍長を殺したのなら――」

「もっと苦しんで死ぬべきだったんだ。パコに後ろから近づき、背中を撃ったようなやつは」テハダは最後にもう一度蹴り飛ばすと、死体の下からノートがのぞいた。

「それは？」ヒメネスはほんとうに興味を覚えたからではなく、上官を取りなすために尋ねた。本気でテハダの態度に怯えたわけではないが、まるきり平気なわけでもなかったからだ。

「この女がパコの体から取ったものだ」テハダはノートを見おろしながら、このときはじめてそれに注意を向けた。

「パコが死んだあとにわざわざ取りに来るくらいだ、よほど重要なものだったんだろう」考えるようにことばを継ぐと、腰をかがめて拾いあげた。

テハダがそれ以上何も言わないので、ヒメネスはひざまずいたままつぎの命令を待っているのも間が抜けている気がして、しばらくすると立ちあがった。ロペス伍長の遺体から離れてテハダの肩越しにノートをのぞきこむと、表紙の見返しにていねいに書かれた文字が目にはいった。**マリア・アレハンドラ・パロミノ**。「この女の名前にちがいありませんよ」ヒメネスはうれしそうに言った。「これはきっと〝赤〟のやつらの名簿で、これを取りもどすために伍長を殺したんでしょう」

「いや、そうは思わないな」テハダの声におもしろがるような響きがもどったものの、やさしさの大半は消え失せていた。「この女がセニョリータ・フェルナンデスの受け持つ二年生のクラスにかよっていたと思うか？　これを見ろ」テハダは反対側のページを見せた。少しかすれた見出しの下に、算数の問題が解かれている。

「一月の日付ですね。もしかしたら暗号かもしれませんよ。軍の作戦か何かの」

テハダは324 - 62 = 262が暗号かもしれないという可能性についてじっくり考えてみたものの、もしそうだとしたらまれに見る狡猾さだ。そんな暗号を考え出せる人物が、文字を覚えたてのような拙い筆跡の持ち主だとはにわかに信じがたい。テハダはさらにページをめくった。算数はあと数ページほどある。そのとき、いくつかの文字に目が留まった。

セニョリータ・フェルナンデス　一九三九年二月三日
レオポルド・アラス小学校二年生　　れきし

ヘロナ——ヘロナはこれまで二十一回囲まれました。一八〇九年にはフランスぐんに囲まれました。ヘロナは七カ月間友こうしました。だから「木めつ」とよばれています。いままた、ヘロナは囲まれています。いまドクター・ネグリンがヘロナにいます。「木めつ」のヘロナがずっと友こうできますように。

きょうの単語　囲まれる
~~木めつ~~　不めつ

友こう　反こう

別の筆跡で〝まちがえた単語を三回くりかえすこと〟と書きこまれている。ヒメネスがのぞきこんだ。「成人向けの教室ということはないでしょうか？　字が書けない者のための」

テハダは首を横に振った。「そうは思わない。これを見ろ」

セニョリータ・フェルナンデス　一九三九年二月二十一日

レオポルド・アラス小学校二年生　　作文

わたしが小さいとき――わたしが小さいとき、お父さんが海岸通り《フロント》へつれていってくれました。そのころ

そのころはまだ人民戦線《フロント》はなく、お父さんは生きていました。そこは大きな公園でした。わたしたちは公園であそび、アイス・クリームを食べました。

「しかし――」ヒメネスは口ごもった。「わけがわかりません。なぜこの女は子供のノートを持っていたんでしょう。それに、なぜこれを取りもどすために、ご友――つまり、伍長を殺したんでしょう」

　否定のためというよりも当惑から、テハダはかぶりを振った。「こいつは母親なのかもしれない――」表紙をもう一度眺める。「マリア・アレハンドラの。だが、そのほかのことは、わたしもわからない」

　ヒメネスもようやく揚げ物の油のにおいに気がついた。おかげで日没まであと一時間もなく、昼食の記憶ははるか彼方にあることが思い出された。「ロペス伍長をどういたしましょう。それからこの女も」

　テハダはやっとの思いで振り返り、戦友の遺体を見おろした。手足はすでに硬直しはじめている。「営舎へもどれ」と命令をくだす。「あと二名応援を呼び、担架を持ってこい。この状態では、われわれだけで連れて帰るのは無理だ」

「わかりました。それで、この〃赤〃はいかがしますか」

テハダは一瞬驚いたものの、互いを隔てる十年――もしくは永劫――を思い出した。「放っておけ。朝になったらこいつの仲間が見つけるだろう」

「了解しました」ヒメネスは敬礼し、夕焼けのなかに消えた。

　テハダは亡き友のそばにかがみこみ、過去に思いを馳せた。〃戦争が終わったらまた会おう〃〃六週間後ってことか？〃〃おまえがマドリードへ行くなら三週間にしてくれ〃。ここに煙草があれば。手をふさいでくれるものならなんでもいい。気をそらしてくれるものなら。テハダは小さなノートをもう一度裏返した。パコはなぜこれを持っていた？　このために殺されたのか？　それとも、ただ治安警備隊の制服を着ていたがためだけに、憎しみに凝り固まった〃赤〃に撃たれたのか？　このノートが暗号で書かれているだなんて、ヒメネスは阿呆《あほう》だ。とはいえ……。テハダは最後の書きこみを見た。薄茶色の染みがページの上のほうについており、下にも少し飛び散っている。その染みのために日付はほとんど判別できない。おそらく三月三十日か三十一日だろう。課題はまた算数だった。この数日間で扱うものとしてはあたりさわりのないうまい選択だ、と内心皮肉な笑みを浮かべた。簡単な割り算の問題がひととおり書きこまれているが、最初の問題しか解かれていない。二問目の横に〃家でやってくること〃と書き込まれている。薄暗がりのなかで、もう一度目を凝らして日付を見る。やはりきょうかきのうだ。だとすると、パコがこのノートを長いあいだ持っていたはずはない。テハダは見出しをもう一度よく見た。セニョリータ・フェルナンデス、レオポルド・アラス小学校、二年生。このノートのために人が命を懸けるなんてありえない。テハダは女の死体に目を落とし、もっと詳しく問い詰めていたらと悔やんだ。いま手もとにあるのは少女の名前だけだ。それからむろん教師の名前と。それから――そのとき、突如ひらめいた――学校の住所。

　ヒメネスがバスケスとモスコソを連れ、担架を携えてもどってくると、テハダは隙のない様子で待ち受けていた。いつもどおり冷静に命令をくだすその姿に、担架をかつぐバスケスとモスコソは、テハダの驚きと悲しみを、ヒメネスは誇張して語ったにちがいないと決めつけた。

営舎にもどるまで、テハダはひとことも口をきかなかった。裏口の廊下にしつらえた医務室にロペス伍長の遺体を安置すると、ヒメネスとともにラモス中尉のもとへ報告に向かった。

報告が終わると、ラモスはうなずいた。「よろしい。これで問題がひとつ減ったわけだ。きみの知り合いだったことがさいわいしたな、軍曹。さがってよし」

ふたりは敬礼し、きびすを返した。ラモスはいつものように事務処理に忙殺されているふりをしていたので、ふたりが出ていくところを見なかった。ドアが閉まる音がした。するとテハダの遠慮がちな咳払いが耳にはいった。「もうひとつお話が」

ラモスはあやうく跳びあがるところだった。テハダは優秀な下士官だ。昇進が早かったのはみずからの功績によるもので、家柄のためではない――むろんそれが悪いというわけではないが。しかし、ときおりこそこそと人に忍び寄るという悪い癖がある。ラモスは顔をあげて、ヒメネスだけをさがらせたのはふたりで話をするためだったというようにふるまおうとした。「ああ、そうだった」とうなずく。「まだやつの所属していた部隊がわかっとらんからな。だが、きみのおかげでじきに判明するだろう」

「はい、ですが、そのことではありません」気をつけの姿勢をとっているものの、どこかもの問いたげな面もちだ。

「なぜ殺されたのかがわからないのです」

「きみは犯人は〝赤〟だと言わなかったか？」ラモスは苛立たしげな口調で言った。

「はい、しかし、その女が遺体からノートを取った説明がつきません」

「それで？」

沈黙が流れた。やがてテハダは言った。「休暇をいただけないでしょうか。三日間。私用で」

ラモスはあっけにとられた。「頭がいかれたんじゃないのか、テハダ。いま休みをやるわけにはいかん」

「トレス伍長とロレド伍長がかわりをつとめられるかと」

ラモスは立ち上がって机に身を乗り出した。「いいか、軍曹」と冷ややかな声。「フランコ将軍があすの朝、スペインにふたたび平和が訪れたと世界に向けて宣言される。ゆえにあすマドリードはなんとしても平和でなくてはならない。いま休暇をとることはだれひとりとしてまかりならん」

ラモスは一瞬、テハダが言い返してくるかと思った。やがてテハダは敬礼すると、静かに言った。「わかりました」

「さがってよし」ラモスはまた腰をおろした。「ああ、それからな、テハダ」

「はい？」

「休暇についてはできれば二、三日後に考慮しよう」

テハダはフンと鼻を鳴らすような音を立てた。感謝の念からか、あるいはその逆か。「ありがとうございます。トレドへ行って、ロペス伍長の母親に直接伝えたいと思ったものですから」

口調はいつもどおりだったものの、その内容はあまりに思いがけないものだったので、ラモスは唖然とした。感傷的ということばから、テハダほど程遠い男はいない。しかし、ラモスがわれに返るか、机からすべり落ちていく書類を押さえるかするより前に、テハダは部屋を辞した。

その夜、テハダはモスコソを捜し、同じ新入隊員たちとカードで遊んでいるところを見つけた。隊員たちはテハダのために喜んで席を空け、ゲームに誘った。テハダは断わったものの、勝負を数ラウンド眺め、モスコソのカードとゲームのやり方を食い入るように見つめた。モスコソは見つめられることをうれしく思いながらも、居心地の悪さは拭えなかった。十分後、モスコソは言い訳のことばをつぶやいて勝負をおりた。モスコソが席を立ち、数歩ほど離れたのを見計らって、テハダはあとを追った。「個人的に訊きたいことがあるんだが、かまわないか」

「なんでしょう？」モスコソはほんのり顔を赤らめた。夕食のとき、ヒメネスはテハダ・アロンソ・イ・レオンとパトロールに出かけたことをさんざ自慢しやがった。これはあいつにお返しをするチャンスかもしれない。

「きみの出身は？」

「ここです」モスコソはほっとして微笑みながら、先ほどまでなぜあんなに緊張していたのか不思議に思った。いまの返事では答えになっていないと気づいて付け加える。

「マドリード生まれなんです。ですが、戦争が始まったときはマヨルカ島にいましたので、ありがたいことに両親も無事でした」

「ほう。夏期休暇で？」

「はい、そうです。高等専門学校で一年目を終えた矢先のことでした」

「学校を離れるのはつらかっただろう」

モスコソはにやりと笑った。「正直な答えをお望みですか？」

「これは尋問じゃない。だが、きみの地元がここなら、このあたりの地理についていくつか訊きたいことがある。中尉も同じことを考えておられるようだ」

「なんなりとおっしゃってください」モスコソは先ほどの不安をすっかり忘れ去っていた。

テハダは口ごもった。「では……レオポルド・アラス小学校を知っているか」

モスコソは驚いて目をしばたたいた。「ええ、はい。知ってます。公立の学校ですね」

「どこにある」

「コロン広場の近くです」モスコソは言下に答えた。「あ、以前はそこにありました。爆撃のためにどこかへ移ったかもしれません」

「ありがとう」その声はモスコソがこれまで聞いたなかでいちばん暖かみがあった。「きみが今後必ず役に立つ特別な知識を持っていると、ラモス中尉に報告しておこう」

「ありがとうございます」

「たいしたことじゃない」テハダは自室へ引きあげた。さいわい、部隊のパトロールの順路はテハダが決めることになっている。数日じゅうに、コロン広場を自分の巡回ルートに組みこめるだろう。

3

ゴンサロ・リョレンテは目をあけたとき、死んでしまいたいと思った。目が覚めるたびに幸せを感じていたときからまだ二週間もたっていないなんて信じられない。

白い頭巾《ウインプル》をかぶった看護婦が、ゴンサロの上にかがみこんでいた。あの最初の月曜日、ひどく汗をかき、ただ喉の乾きを覚えて目覚めたとき、コップ一杯の水を持ってきてくれた女性だ。あのときはウィンプルをかぶっていなかった。

「お目覚めですか?」看護婦は礼儀正しい事務的な口調で尋ねた。「お姉さまがいらしてます」

あの最初の月曜日、この女性は微笑みながら言ったものだった。〝よかったわね、兵隊さん。峠は越えたようよ〟

「ええ、ありがとう」ゴンサロは丁重に言った。姉のカルメンがそばにいたし、姉が丁重にふるまうことを望んでいるからだ。親しげな〝きみ《トゥ》〟を使ってはならない。生き延びるために。とはいうものの、三日前、はじめてやってきた見知らぬ医師に、生まれつき心臓に欠陥があるとか、子供のころ体が弱かったなどと、まくしたてていたのはカルメンだ。〝快復してないうちはそっとしておいてやって〟と職員に訴えていたのも、たしかカルメンだった。おかげで、ゴンサロは徐々に快復していた。その見知らぬ医師がはじめてやってきて、広場からの銃声で昼寝《シエスタ》が中断された、三日前の午後までは。

「どうした」ゴンサロは尋ねた。「何があったんだ」

カルメンは言った。「しーっ、なんでもないわ」医師を一瞥する。「だいじょうぶよ。もう何も心配しなくていいの」

「けど銃声が」ゴンサロは食いさがった。「もし民家で戦闘が起きてるなら……」

ゴンサロの手を取って、ビビアナが静かに言った。「もう終わったのよ、ゴンサロ。国境警備隊《カラビネロス》は解散したわ」

ゴンサロは呆然と目をみはり、このふたりは奇跡が起きて内戦は終わったというふりをして、自分をからかっているのではないかと一瞬思った。戦争が終わるはずはない。勝利はありえないし、敗北は考えられない。まだつづいているはずだ。「銃声が……」ゴンサロは繰り返した。

「処刑だよ」医師が口を開いた。「見せしめが必要というわけさ。きみは運がいい」そして、ゴンサロの体調に話題を変えた。「ひどい熱だった」

ゴンサロは医師のことばを聞き流し、銃声のみに耳を傾けた。ここで横になり、漆喰の天井を見つめていると、前線にいるような気がした。だが音が規則的すぎた。一斉射撃で、大勢が一度に発砲する。そして短い静寂。そしてまた射撃。前線では、射撃はばらばらだった。銘々ができるだけ早く弾をこめ直すそのリズムは、岸に打ち寄せる波さながらに不規則だった。ビビアナはかたわらに腰掛け、ゴンサロの手を握っていた。ドレスを着ていることや、医師が〝セニョーラ〟と呼びかけ、〝ご主人の病状〟について話していることに、ゴンサロはぼんやりと気づいた。窓から銃声が聞こえるたび、ゴンサロの手をぎゅっと握り、身震いしていたことも。カルメンが、弟の体調はかなりよくなっているので、もう家に帰れるのではというようなことを言った。ゴンサロは医師に具合を尋ねられ、気分はいいが少し疲れたと答えた。これは正常でしょうか？

医師はゴンサロに正常だと請け合った。カルメンは、ゴンサロに会えるのをアレハがどんなに喜ぶだろうと言った。「毎日ゴンサロおじさん《ティオ・ゴンサロ》のことを訊くんですよ」医師は順調に快復していると言った。この国とともに、新しいスタートが切れるだろう、と。医師とカルメンは、退院は土曜日にということで意見が一致した。医師や看護婦は、見舞いがいつ来てもひっきりなしにまわりをうろついていた。ビビアナとふたりきりで話す機会は一度もなく、ほんとうは何が起こっているのか、マヌエルとホルヘとピラールがどうなったか知っているかどうか、尋ねることはできなかった。

この日、ゴンサロは家へ帰ることを喜ぼうとした。ビビアナと話ができる。何が起きているのかようやくわかる。

だが、死人が話をしたり、何が起きているかを知ったりする必要がどこにある？　おれを生かしておこうとするカルメンはやさしい、いや、ひょっとすると身勝手なのかもしれない。守ろうとしてくれているにはちがいないが、おれはもはや死人なのだ。広場で仲間《コンパニエーロス》たちと死んでいたほうがよかった。治安警備隊が捕らえにくる日を待ちながら、生きているふりをするのは並大抵の苦労ではない。かたわらでカルメンが、戦争がはじまる前に持っていた服――一般市民の服――を差し出していた。

退院手続きと職員への礼はカルメンにまかせた。歩くのは久しぶりだったので、意識を集中しなければならなかった。玄関まで来たとき、この場にすわりこんでしまいたいとさえ思ったが、カルメンが片手でバッグをひきずりながら、もう片方の手で弟をがっちりと支えた。ふたりは病院を出ると、グラン・ビア通りを歩いた。表向きはちょっとした好奇心から、ゴンサロは通りにずらりと並ぶ治安警備隊員に目をやった。大半は歩道に沿って立ち、歩行者の通行の取り締まり――もしくは妨害――をしている。数人はケーブルをいじくっているようだ。なんともなさけない姿で、三階の窓から身を乗り出しているやつもいる。壁に取りつけられた拡声器を修理しているようだ。こちらに注意を払う者はだれもいない。とはいえ、時間の問題だということはわかっている。空模様はいまの自分の心境とよく似ていた。どんよりと曇っているが、雨が降る心配はなさそうだ。

ゴンサロはカルメンが話していることに気がついた。病院を出て以来、ほとんど休むことなく、レコードを早まわしにしたような甲高い声でしゃべりつづけている。何かあったのだろうか、と一瞬考えた。自分が原因かもしれないとは思わなかった。しょせん、死人なのだから。「アレハはどうしてる」ゴンサロはカルメンを止めるために尋ねた。

「アレハは」カルメンの声が途切れた。「アレハは……元気よ、ありがたいことに」

「ビビアナと留守番をしてるのか？」ゴンサロはなんの気なしに言った。

「ビビアナは……」声はまたふつりと途切れた。カルメンは意を決してつづける。「アレハはじめて会ったときからビビアナが大好きだったわ。ほんとうよ。最初、彼女を信用しなかったのはあたし。でも、あんたが倒れてたとき、彼女がいてくれてどれほど助かったか。アレハにもとてもよくしてくれたわ。どんなにかけがいのない人だったか、あたしはわかってなかった。ねえ、知ってる？　水曜日に病院を出たあと、ビビアナは言ったの。どうやらあんたは結婚しなくちゃならなくなったようだって。あんたがどう思うかはわからないけど、あんたと一緒にいるためなら、教会で結婚してもいいって。彼女、あんたを愛してたわ。あんたに首ったけだった」

頭がぼうっとしていたゴンサロは、姉が言ったことのどこかがおかしいとは感じたものの、それが何かということまではすぐにわからなかった。やがて、それが何かわかった。動詞の時制がちがう。おそらく話法をまちがえたのだろう。だとすれば、ちょっとした訂正で過ちは正せる。ゴンサロは試した。「結婚について考えたことはなかったけど、そうだな、ビビアナがそうしたいなら、話し合う必要がありそうだ」

現在形を使って過ちをほのめかしてみたものの、期待した反応は得られなかった。「ほんとにごめんね、ゴンサロ」カルメンはつぶやいた。「ごめ……アレハを責めないでやって」

鐘の音が、つかの間、ゴンサロの気を引いた。正午だ。教会の鐘の音が、街じゅうに響いている。道路沿いに備えつけられた拡声器からも、鐘の音が聞こえる。治安警備隊は、教会の鐘の音を流すため設置したにちがいない。「なぜおれがアレハを責めなきゃならないんだ」声を張りあげなくても会話ができるようになってから、ゴンサロは尋ねた。

「あの子がノートを落としたの」カルメンは泣きだしていた。「ビビアナはそれを捜しにいってくれて……そこで治安警備隊と出くわしたんだわ。あたしもけさ知ったばかりなの。ごめんね、ゴンサロ」

「逮捕されたのか？」それならさして驚くことじゃない。あとは兵士がおれをしょっぴいていけばいいだけだ。やつらに撃たれるときはこぶしを突きあげるべきだろうか、とゴンサロはうんざりしたように思った。

「マヌエラがけさ見つけたの」カルメンは歩道を見つめていた。路面がでこぼこなので足もとに注意しているのか、それともおれと目を合わせたくないからか。「マヌエラの家の前に倒れてたのよ。マヌエラはきのうの夜、銃声を聞いたらしいわ。きっとそれよ。外を見たら治安警備隊員が何人かいたから、家から出なかったんですって」

「まさか死んだなんて言うんじゃないだろうな」ゴンサロは一度凍傷にかかったことがあった。感覚がもどるときの痛みがどんなものだったか、よく覚えている。いま、まさに全身が凍傷から回復しているさなかのような感覚を味わいながら、ふいになぜ人が吹雪で命を落とすのかを理解した。寒さで眠りに落ちるからではない。意識を取りもどすには、あまりに耐えがたい痛みを伴うからだ。

ビビアナが逮捕され、裁判にかけられ、死刑を宣告され、救う術《すべ》がないというのなら、まだ理解できる。けど、もう死んでいるなんて、そんなことはありえない。なんの前触れもなく、そんなことあるはずがない。姉の手がゴンサロの腕に添えられていた。その支えがなかったら、よろけて倒れていただろう、とゴンサロはぼんやり思った。カルメンは話しつづけた。「マヌエラが言うには、たぶんあっという間のことだったって。やつらが傷つけたり、その……そういったことは何もなかった。処刑されただけよ、ゴンサロ」

凍傷にかかった脚に冷水を浴びせられたかのようだった。姉のことばが内なる声と混ざり合う——ある兵士の死。広場で死んだも同然。捕虜になった女がどんな目に遭うか、いろんな話を耳にするが、全部が全部信じられるわけじゃない。たしかにメルセデスの一件があるものの、あれは例外だ。ここは前線じゃない。マドリードの街なかで、女が白昼堂々とレイプされるなんてありえない。拡声器が耳障りな音を立てたあと、音がしばらく消えた。甲高い声が言う。「みなさん、フランシスコ・フランコ総統閣下《ヘネラリシモ・フランシスコ・フランコ》です」とたんに激しい拍手と思われる雑音が、いっせいに湧き起こった。

「なぜだ」ゴンサロが小声で尋ねたとき、拡声器から耳障りな音に混じって、平和と繁栄の到来、そして国家の大いなる未来について声明が流れた。

「路上で治安警備隊員が死んでいたの」カルメンは声を殺して言った。「やつらはビビアナが関わってると思ったんだわ」

わめきたかった、反吐《へど》を吐きたかった。何よりも、何かを殴りたかった。ゴンサロは一歩一歩、足音を静かに響かせながら、一心に歩いた。ビビアナが死んだ。ビビアナが死んだ。

グラン・ビア通りを曲がろうとすると、行く手をさえぎられた。「まさか総統のご演説を最後まで聴かないつもりじゃないだろうな」ライフルを胸の前で斜めに構えた、治安警備隊員が言った。それは質問ではなく命令だった。

しかたなしにその場で演説を聴いたが、アンプに歪められて、何を言っているのかほとんど聞き取れなかった。拍手と思われる雑音がまた割れんばかりに流れ、治安警備隊員たちがいっせいに叫んだ。「フランコ万歳《ビバ・フランコ》！　立て《アリーバ》、スペイン《エスパーニャ》！」グラン・ビア通りにいる市民に向かって、ライフルの台尻が何度か突き出され、何をすべきか教えた。「万歳《ビバ》」通りからため息さながらに声があがる。「ビバ、ビバ」

「ビビ」二度と返事はないことが信じられず、ゴンサロは嗄れた声でビビアナを呼んだ。「ああ、ビビ」それからあとは、霞のなかにいるようだった。カルメンがどうにか家へ連れて帰り、ゴンサロが居間の折り畳みベッドに倒れこもうとすると、近づかないようにと注意した。ベッドはカーテンの後ろに隠されていた。平和の初日を祝してきょうは葬儀屋が休みのため、棺の用意ができなかった。ビビアナはベッドに横たわり、シーツを掛けられていた。ゴンサロはしばしシーツをめくり、姉のことばに慰められた。

〝やつらは傷つけなかったわ〟

その夜、ソファーで丸くなっていると、ここ数日のうちではじめて、まともにものが考えられるようになった。もはや、生き延びるチャンスは生きる目的と同じくらいしか残っていない。隣人がいずれ密告するだろう。あるいは、治安警備隊が国境警備隊員の名簿を見直せば、おれが最初は怪我で入院したものの、感染症から高熱を出しただけだったと気づくだろう。ビビアナのいないこの部屋で、カルメンとアレハと暮らし、治安警備隊が自分たちのミスを正しにくるのを待つか。それとも、いちばん近くの通りにいる治安警備隊員のところへ行って〝共和国万歳《ビバ・ラ・レプブリカ》!〟と叫び、こぶしを空に突きあげて死ぬか。それとも、残された時間でビビアナを殺したやつを捜すか。治安警備隊員をひとり殺したところで、いまさらたいした違いはない。それどころか、なんの問題もないだろう。カルメンはビビアナのそばに治安警備隊員が死んでいたと言った。ひとりだけ。だが、連中はつねにふたりで行動するはずだ。

では、まずは殺された男からだ。その男のパートナーを見つけ出せ。そいつが捜し求める相手だ。

4

これから数日間休みは取れないというラモス中尉のことばは、嘘ではなかった。パトロールに加えて、何百人もの囚人を処刑あるいは投獄したり、家族を捜しにやってきた〝一般市民〟を監房へ連れていって囚人と対面させたり、死体安置所で遺体の確認をさせたりせねばならなかった。ラモスはブルゴス（スペイン北部の都市。内戦中、フランコ軍が国民政府を樹立した）から、火器を隠していないかすべての家を調べるようにと書かれたメモを受け取っていた（〝ひょっとすると、連中はネズミの穴の目録も欲しいのかもしれんな!〟とラモスは叫んだ。〝いったいここをなんだと——どこぞの山村とでも思っとるのか。そんな人手がいったいどこにある〟）。そのうえ、数々の非難が書面や口頭で寄せられ、それを受理し、対処しなければならなかった。部隊は受難の主日（復活祭直前の日曜日）

も働き、それぞれの気性によって安堵かあるいは腹立たしさを感じながら、聖週のはじまりとなるミサに出席した。ヒメネスと数人の新入隊員は、忠実にフランコ将軍の健康を祈り、スペインで神の御業をつづけられることを願った。ラモスは当面の神の御業に手一杯で、留置場がこれ以上囚人であふれかえらないように、囚人を運び出せるトラックか列車、もしくは迅速な裁判と判決を願った。また、少し熟考したあと、正直で有能な補給係を祈っても利己的ではあるまいと判断し、願いに加えた。テハダはパコ・ロペスの魂のために祈った。そして理解を。神よ、彼の死が御心によるものなら、その必要があるとは思いません。ですが、もしこの世に理由があったのなら、せめてもの慰めに、それを捜し出したいのです。

二日後まで、テハダにその理由を捜す時間はなかった。フランシスコ・ロペス・ペレス軍曹の所属部隊を問い合わせるメモは、すでに全駐屯地へ送られていた。しかし、ほかの指揮官たちも多忙を極めており、死者が――しかもその犯人はすでに処刑されているとあっては――後まわしにされるのは無理もない。テハダがロレド一等伍長とパトロールへ出かけるとき、返事はまだどこからもなかった。パトロールの順路については、テハダは前夜、念入りに計画を立てていた。

実のところ、パトロールに同行させるのは、パコの遺体のそばで見つけた奇妙な証拠を知っているヒメネスか、せめてほかの平隊員が望ましかった。全員テハダより若く、上官の判断に異を唱えようなどとは思わないからだ。ロレドは三十代半ばの生え抜きの隊員で、いまの階級より昇進する見こみはない。命令には従うだろうが、反感を抱きがちであり、それが数歳も年下の男から出たものならなおさらだ。とはいえ、しかたがない。ヒメネスは十名の隊員とともに、列車一台分の囚人を連れて、トレドへ向かっている。モスコソは地図を新しく書き直すために、ラモス中尉に取りあげられた。ロレドでも役に立つだろう。

テハダの計画どおり、ふたりはコロン広場を一巡していた。広場の南の横道にはいったとき、背の高い漆喰の壁の横を通りかかった。壁の向こうから、子供たちのはしゃぎ声が聞こえる。壁には錬鉄の門がついており、レオポルド・アラス小学校と書かれた銘板が掛かっていた。テハダは満足げにそれを読んだ。「ちょっとのぞいていかないか、伍長」

ロレドは肩をすくめた。「なんのために」

テハダは答えを用意していた。「われわれも近隣と知り合いになってはどうかと思ってな。それに、年長の少年の名簿を手に入れておかなくては。いずれここにファラン へ党青年団のグループがいくつかできる。だれが参加するか知っておきたい」

ロレドは低くうなった。テハダらしい。いかにも大学出が考えそうなことだ。いかにも昇進しそうな思いつきだ。ロレドは猜疑心に凝り固まった目で見た。それでもこいつは軍曹だ。「わかりました」

テハダは校門の横にある呼び鈴を鳴らした。本館から人が出てきて門をあけにくるまで数分かかった。案内役がやってくるより先に、中庭にいた体育の授業中の生徒たちが、治安警備隊員の無言の監視に気づいた。にぎやかな声がささやきに変わり、子供たちはひとかたまりになると、とても体育の教師には見えない初老の男のまわりに群がった。ボールがこちらへ転がってくる。先ほどまでそれで遊んでいた子供のうちのひとりが、しくしくと泣きはじめた。

何事かひそひそとささやかれ、やがて教師が足をひきずりながらボールを追いかけてきた。近くで見ると思ったほどの年ではない。五十代前半くらいか。少し足を引きずる歩き方と弱々しい外見が、老けた印象を与えていた。大儀そうにボールを拾うと「こんにちは」とつぶやき、目をそらしたままきびすを返した。

このときようやく、十三歳くらいの少年が校門の前に現われた。治安警備隊を目にして顔が蒼白になっていたが、「何かご用ですか」とかろうじて口にした。

「ああ」テハダは言った。「校長と話がしたい」

「は、はい」少年が閂《かんぬき》を外すとき大きな音がしたのは、手が震えていたせいだろう。

校庭を横切っていると、体育のクラスの少女が泣きだした。だれかがあわてて黙らせる。テハダは子供たちの小さな集団を一瞥した。「男女共学か」とそっけなく述べる。

「実に当世風だな」

ロレドがまた低くうなったが、今回は好意的だった。

「男か女かろくに見分けがつかん」と相槌を打つ。「非キリスト教的だ」

案内役の少年が、顔を紅潮させて振り向いた。「三年生以上はクラス分けしています！　それなら見分けられるでしょう！」

ロレドとテハダは視線を交わし、そして少年の顔色が赤から青に変わるまで、その顔をじっと見据えた。「軍人に話しかけるときは敬礼するものだ、坊主」ロレドが低い声で言った。

少年は、まるで自分のものではないように、右手をのろのろとあげた。指が何度か引きつり、目に見えないティーポットの取っ手を握っているかのようだ。テハダはやさしく少年の肘をまっすぐにして、引きつった指を伸ばしてやった。怒りか、こみあげる涙のために、少年の瞳が光った。

「きみはまだ若い」テハダは言った。「これから多くのことを学ぶだろう。われわれはそのために来たんだ」

「よくやった」ロレドがぼそりと言った。テハダは満足げに微笑んだ。ロレドがこの訪問の必要性を認めれば、仕事はやりやすくなる。

少年はそれから終始無言で、アーチ形の入口から廊下を進み、校長室まで案内した。その部屋には、机と椅子と書類棚のみが置かれていた。レオポルド・アラス小学校の校長は、よけいな装飾品のたぐいが好きではないようだ。

校長のセニョール・エレーラは、治安警備隊員と会うことを実際は喜んでいないにせよ、少なくとも協力的に見られたがっていた。年長のクラスの名簿をふたりの男に運ばせ、ロレドが書き写すことを快諾した。こうしてロレドをそれに専念させると、テハダは校長に向き直った。「もうひとつ伺いたいことが。セニョリータ・フェルナンデスはこちらで二年生を教えていますか」

この日は涼しかったが、校長は汗をかきはじめた。「はい、エレナ・フェルナンデスはここで働いています。それが何か？」

「少し話ができないかと。たいしたことではありません。ただ、二、三訊きたいことがある」

校長の顔色はすでに真っ青だったが、テハダの話を聞き終えると、かすかに黄みを帯びた。「階段をのぼってすぐ右の教室にいます」絞り出すように言う。「一〇二教室です。一時になれば子供たちは昼食のために帰宅します。ですが、いまお会いになりたければ……」

「ありがとう」テハダはロレドのほうを向いた。「ロレド。まったくの偶然だが、先週ある事件でセニョリータ・フェルナンデスの名前を見かけたんだ。きみさえよければ、ある思い違いをはっきりさせておきたい。きみがその仕事を終えるまで、わたしは階上に行っていよう」

「わかりました」ロレドは敬礼し、生徒の名前と住所を校長が用意した便せんに辛抱強く書き写す作業にもどった。テハダは背を向けて部屋を出ようとした。

「あ……」校長がしきりに咳払いした。「ご予定では……その……午後からかわりの教師を呼ぶべきでしょうか」

この男の青白い顔、そしてほぼまちがいなく〝赤〟だろうという事実にもかかわらず、突然ラモス中尉の顔がテハダの脳裏に浮かんだ。テハダが笑いだすと、校長はいっそううろたえた。「その必要はないでしょう。ああ、それから、よろしければ、ひとつお節介な忠告をさせてください。この部屋にはスペインの旗がないようですね。用意されることをお薦めします。若者に愛国心を植えつけるには、手本が何より重要ですから」

「もちろん、もちろんですとも」校長は早口で言った。「旗は持ってましたが、ただ、その……あれは……」

「〝赤〟のやつらに焼かれた、ですか?」テハダはあとを引き取った。苛立った上官の顔を思い出したために、いまだ同情的な気分だった。「そんなことではないかと思いました」むき出しの壁に目を走らせると、見るからに塗装の色が薄い長方形の跡がいくつかあった。「壁掛けもいくつかなくなっているようですね。フランコ将軍の写真ですか?　それに国家の歌詞も?」

治安警備隊員がどれだけ逃げ道を残してくれているのか判断がつかず、校長はごくりと唾を呑んだ。「もちろんです……すぐに取り替えましょう……つまり、写真と……その、ほかの写真と……おっしゃるとおりに」

テハダはセニョール・エレーラがこの先問題となることはあるまいと確信しながら、一〇二号室へ向かった。階段をのぼると、右手に開け放たれたドアがあり、そこから女性の声が聞こえた。「……ルカノール伯爵は、パトロニオの助言に心から納得し……」戸口の手前で立ち止まり、その声が最後まで話し終えるのを待つ。そして足を踏み出した。

正方形の教室には、ざっと見たかぎり、十五名ほどの子供がいた。使い古しの学校机を並べ、男女の区別なくすわっている。かつて黄褐色だった壁は塗装が剥がれて、その下の白い漆喰がむき出しになっていた。しかし校長とちがい、セニョリータ・フェルナンデスは、飾りつけることを信条としているらしい。子供らしい絵が部屋じゅうに貼られており、そのほとんどにていねいな字で書かれた説明がついている。〝これはわたしのおうちです〟〝わたしのお姉さんは茶色の瞳をしていて、わたしとそっくりです〟〝ドイツ軍はマドリードにばくだんを落とします〟。壁の一面は黒板のために空けられていたが、何も書かれていない。

セニョリータ・フェルナンデスは読み終えたばかりの本を手にして、教室の前方に立っていた。この学校の印象から、パコの遺体のそばにいたような女闘士を予想していたテハダは、いい意味で驚かされた。女教師は黒かと見まがうほど深い紺色の丈の長い服に身を包み、非の打ち所のない着こなしをしていた。頭の上にまとめてピンで留めた黒髪はつややかで、流行遅れといっていいほど長そうだ。こちらを振り返ったとき、年は自分と同じくらいだろうとテハダは見て取った。向こうはテハダの制服と肩からのぞくライフルを見て目をみはったが、声はセニョール・エレーラのそれよりも落ち着いていた。「おはようございます。何かご用ですか？」

教室は静まり返っていた。テハダは子供たちの顔に目を走らせ、どの子がマリア・アレハンドラか目星をつけようとした。ほとんど見分けはつかない。どの子供も孤児になったばかりのように見える。「エレナ・フェルナンデスさん？」

「はい？」

「いくつかお訊きしたいことが」

「わかりました」エレナは子供たちに向き直った。『ルカノール伯爵』のつぎのお話を声を出さずに読んでいてちょうだい。五十三ページからよ。すぐもどりますからね」

テハダは廊下を手で示した。「コートを取ってくるべきでしょうか」子供たちの耳に届かないよう、エレナは声を落として尋ねた。

テハダは一瞬感服せざるをえなかった。これまでに逮捕したどんな男よりも落ち着いている。よほど勇敢なのか、あるいは一点の曇りもない良心を持っているかのどちらかだ——もしマドリードで国民軍派としてがんばり抜いたのであれば、どんなことがあってもその勇気に対して表彰を受けたにちがいない。「その必要はありません」テハダも同様に声を落として答えた。

エレナはほとんど聞き取れないくらいの吐息をついて廊下に出た。

テハダはあとについて教室を出ると、ドアを閉めた。「これに見覚えは？」ベルトについた革製の小袋に手を伸ばし、染みのついた皺だらけのノートを取り出した。

こんどは息を呑む音がはっきりと聞こえ、この女性が抱いている恐怖の大きさを見誤っていたのだろうか、とテハダは思った。とはいうものの、それを尋ねるわけにはいかない。

「わかりません」しばらくしてエレナは答えた。

テハダは眉を吊りあげた。「見覚えがあるかどうかわからないんですか？」

エレナはテハダを見あげ、そして口もとがゆがんだ。「お気づきでしょうけど、この学校の全生徒がこれと同じようなノートを持っています。このノートに見覚えがあるとは言えません。見覚えがあるかどうか、わかりませんから。でも、だれのものかわからないとは言っていません。持ち主のことをよく知っているかもしれないので」

テハダは微笑んだ。「実に賢明な答えだ」ノートを差し出した。「どうぞ。中を見たことがあるかどうか、たしかめてください」

エレナはすぐにノートの表紙を開き、持ち主の名前を捜した。「アレハンドラ」と抑揚のない声で言う。「この子はわたしの生徒です。どこでこれを」

「驚きましたか」テハダはその質問を聞き流した。

「ええ、あなたが子供のノートに関心を持っていることに」エレナは最後の書きこみまでページを繰り、少し悲しそうな笑みを浮かべた。「金曜日の宿題はやってないのね。まだできるかどうか尋ねた廉《かど》で、わたしは逮捕されるんですか？」

「問題がなくては宿題はできないでしょうね」テハダは答えた。「それ以外はわかりません。まだこの子に会ったこともないんですから」しばしためらい、それから言った。「こういったノートはだれにとって価値がありますか？」

「価値？」エレナはテハダを見つめた。「生徒とその家族を除けばだれにも価値なんてありませんわ」

「家族？」テハダは繰り返した。

エレナは苛立たしげな身ぶりをした。「紙は配給制じゃありませんか。どの子も一学期につき一冊しかもらえません。できるだけ長持ちさせなきゃならないんです」

テハダはノートを取り返し、最後の書きこみを見た。まだ半分程度残っている。それ自体が疑わしくはあるものの、すべての説明がつくわけではない。「では、ノートをなくしたらどうなります」テハダは言った。「あるいは盗まれたら」

エレナは頭を後ろに反らした。「わたしたちは互いから盗んだりしません」

テハダは暗にほのめかされた抗議を無視した。「では、なくした場合は」

つかの間の抵抗は終わった。「そうなると悲劇でしょうね。貧しい家庭の生徒ならなおさらです」

「マリア・アレハンドラの家も貧しいんですか？」

「いまは貧しくない家庭の子などいませんわ」エレナは視線を落とした。

テハダの目が細められた。「答えになっていない」

「ほかに答えようがありません」

「パロミノ家の政治的活動を疑ったことは?」テハダはいきなり矛先を変えた。「両親がいま身を隠そうとする理由はありますか?」

エレナはかすかに意地の悪い、勝ち誇ったような口調で言った。「あの子の両親のことはご心配なく。父親は二年前に亡くなりました」

「兵士だったのですか?」

エレナは肩をすくめた。テハダはしつこく問いただそうかとも考えたが、その答えを得るにはもっと簡単な方法があると思い直した。「アレハンドラをここに呼んでもらえませんか。話がしたい」

「できません」エレナは満足げに言った。「ここ二日間休んでますので」

「何かおかしいとは思いませんか?」

エレナの恐怖かあるいは我慢が、その限界を超えた。

「きょうはクラスの三分の一が休んでいます。どんな日でも三、四人は欠席するものなんです。鼻水、熱、家族の死。家にいなくてはならない理由はいくらでもあります。ですから、何もおかしいとは思いません」

アレハンドラの母親が死んだのはたしか四日前だとテハダは思い返したが、欠席の理由として考えられる説明を、この女性にする必要があるとは思わなかった。「セニョール・エレーラの部屋に、マリア・アレハンドラの住所の控えはありますか」

「たぶんあるでしょう」

「ご協力ありがとう」テハダは軽く頭をさげ、教室のドアの取っ手を握った。

エレナはまた息を呑んだ。「終わりですか?」

「ええ」こんどはテハダが驚いた。「子供たちはいまごろ指定された箇所を読み終えているでしょう」

「ええ……そうですね」エレナの顔に笑みがひろがった。「ええ、おっしゃるとおりです。てっきり……ありがとうございます、治安警備隊員殿」

その心からほっとした様子を見て、いったいどれほど怯えていたのだろうとテハダは思った。テハダは笑みを返した。この女性が何者だとしても、断じて臆病者ではない。

「正確には軍曹です」テハダは訂正した。「カルロス・テハダといいます。コートを取ってきてもらうべきでしたね」とドアをあけてやる。

「ご親切にどうも」そのことばは皮肉めいていたものの、声は親しげでさえあった。「さようなら、テハダ軍曹」テハダが階段を降りていると、エレナの澄んだ大きな声が聞こえた。先ほどふたりで話していたときの声とは全然ちがう。「それじゃ、読み終えた人は手をあげて」

ロレド伍長は最後の名簿の中程まで写し終えており、そのそばでセニョール・エレーラが心配そうにうろついていた。校長はテハダにいそいそと二年生の学級名簿も見せた。名簿は申し分なく整理されていたので、目当ての情報はすぐに見つかった。

パロミノ・リョレンテ、M・アレハンドラ
連絡先：セニョーラ・M・カルメン・リョレンテ
トゥレス・ペセス通り二十五番

「トゥレス・ペセス通りはどこにあるかご存じですか、セニョール・エレーラ」テハダは住所を書き写しながら尋ねた。

「おおよそですが」校長は邪魔立てしているように誤解されるかもしれないと気づくと息を呑んだ。「アトーチャ通りの近くです。たしか南だったと思います。幼い子供たちにはかなりの距離ですが、ここは戦時中も閉めなかったので、親が通わせていたんです」

安全装置がはずれたような不快な音とともに、テハダの頭にぴんと来るものがあった。アトーチャ通りの近く。アトーチャ通りから南へ走っているアモル・デ・ディオス通りにも近いだろうか？　〝かなりの距離〟を歩かされる子供は、最短距離で家へ帰ろうとするにちがいない。アレハンドラはそこで何か――それともだれか――に驚いて、ノートを落としたのだろう。たとえば殺人のような。しかし、なぜわざわざノートを取りにもどったのか。そのままにしておけば、何も問題はなかったはずだ。パコの遺体を見つけただけであれば、わたしはノートに気づきもしなかっただろう。だれもそのふたつを結びつけようとはしなかったはずだ。では、パコがノートを見つけたとしたら？　パコもわたしと同様に、苦もなくアレハンドラを見つけたにちがいない。パコはアレハンドラが見たものについて何か知っており、それをもっと聞き出したかったとしたら？　それは口封じのために、パコを殺すことも厭わないほどのものだったのか？　テハダはしだいに確信を強くしていった。パコはもう少しで破壊活動の企みを探りあてるところで、そのために殺されたとすれば、その死について捜査をつづけるための格好の理由になる。

「終わりました、軍曹」ロレドの声に、テハダは物思いから覚めた。

テハダの沈黙にまごついていたセニョール・エレーラは咳払いした。「ほかにお役に立てることはございませんか？　職員の名簿はいかがですか？　住所もご用意できますが。わたしの知るかぎり、むろんだれひとりとしていかなる政党とも関係はございませんが、戦時中に職員を調べるのは困難でしたので」

突然、自分がエレナ・フェルナンデスの教室のドアをノックし、コートを取ってくるようにと告げる不快な光景が、目に浮かんだ。彼女ならこれと同じ状況にあったとしても、この男よりはるかに落ち着いているはずだ。テハダは嫌悪の目をセニョール・エレーラに向けた。「その必要はありません。われわれはあなたのご判断を信頼してますので」

5

「ゴンサロ！　こんなところで何してんのさ！　頭がいかれちまったのかい？　外で人が撃たれてるのを知らないわけじゃないんだろ！」マヌエラ・アルセはドアを閉めようとした。が、無駄だった。ゴンサロの足が隙間にしっかり差しこまれている。

「知ってるさ。だからここへ来たんだ」ゴンサロは両手でドア枠を押さえていた。アパートの埃っぽい階段を見おろす。「マヌエラ、いま外にはだれもいない。それにだれもおれのあとをつけちゃいなかった」

「ねえ、ゴンサロ、カルメンが逮捕されたなら気の毒だと思うわ。ほんとに。けどここにいられちゃ困るんだ。かんべんしとくれ。うちには子供がいる。危ない橋は渡れないんだよ」階段をあがってくる者がいないか、マヌエラはゴンサロの肩越しにたしかめようとしたが、身長が数インチ低いため、うまくいかなかった。

「カルメンはだいじょうぶだ」ゴンサロの声は険しかった。「だが、いくつか訊きたいことがある。さっさとなかに入れてくれれば、それだけ早く出ていくさ」

「ゴンサロ、だめだって……」

「なんならこの玄関先で訊いたっていいんだぜ」また階段を見おろした。「もちろん、いつだれがのぼってくるともかぎらない。けど、どうしても入れる気がないっていうなら……」

「ああもう、わかったよ！」マヌエラはチェーンを乱暴に外すと、ドアを大きくあけた。「さっさとはいって。それから、窓には近づかないどくれ」

ゴンサロはなかに滑りこんだ。マヌエラが音を立ててドアを閉める。玄関を通って居間にはいると、そこにあるのはマグカップがいくつも置かれたままのテーブルと、染みだらけのソファーだけだった。ソファーの後ろの壁には何も掛かっていない。マヌエラは席を勧めなかったが、ゴンサロはかまわずソファーに腰掛けた。

「旗は取っ払ったのか？」と皮肉っぽく尋ねる。

「ゴンサロ！」マヌエラはすがるように言った。「馬鹿なこと言わないでよ」

マヌエラは早く出てってくれと言わんばかりに立ちつくしている。ゴンサロは意地悪く、できるだけのんびりと言った。「で、子供たちはどうしてる？　それからハビエルは？」

マヌエラはまるでひっぱたかれたかのように片手を頬に添えた。「この人でなし！」泣いているかのような声だった。

ゴンサロはふんぞり返って脚を組んだ。「失業したわけじゃないよな」

「土曜日に逮捕されたよ」マヌエラはほんとうに泣き出した。

ゴンサロは目をしばたたき、あわてて立ち上がった。

「そんな、すまん、マヌエラ。知らなかったんだ。おれ……つまり、ごみ収集は政治とは関係ないだろうって意味だったんだ。くそ、悪かったよ、マヌエラ。訊くことを訊いたら、すぐに出ていくから」

「あまり厄介なことじゃなけりゃいいけどね」マヌエラは苦々しげに言った。

「カルメンから、あんたがビビアナを見つけたって聞いたんだ」ゴンサロはその名前をやっとの思いで口にした。マヌエラはうなずいた。ゴンサロから離れて、テーブルの上のマグカップを片づけはじめている。「カルメンが言ったんだ、あんたが聞いたって……金曜の夜に聞いたことなら、どんなことでもいいから教えてくれないか」ゴンサロは辛抱強く言った。

「銃声を聞いたのさ」マヌエラはもう怒っても嘆いているふうでもなかった。ただ疲れ切っているようだ。「でも、ハビエルも子供たちも家にいたから気にしなかった」

ゴンサロはため息をついた。協力するつもりがないというわけではないらしい。「それは何時頃だった？」さほど期待せずに尋ねた。

「最初のやつのこと？　ファナとセサルが学校から帰って

きたばかりだったわ。五時半か六時頃じゃなかったかしらね」

ゴンサロは驚いて目をしばたたいた。「最初のやつ?」と繰り返す。「それじゃ、一斉射撃があったのか? 応戦は?」

「そうじゃないよ」マヌエラはかぶりを振った。「銃声は一発だけさ。セサルがバルコニーへ出て、道路に治安警備隊員が死んでるって言ったんだ。それで、あたしは放っておきなって言った。あいつらはふつうひとりじゃ行動しないからね」

「じゃあビビアナは?」ゴンサロは食いさがった。

「それは二、三時間あとのことさ。二度目の銃声を聞いたのは、夕食の支度をしてるときだった」マヌエラはテーブルを片づけ終えて、その上を布巾で拭いていた。

「外を見たか?」

マヌエラはゴンサロのほうに向き直り、首を横に振った。

「いいえ。治安警備隊員が死んでるってことは、通りのどこかに狙撃兵がいるってことじゃないか。外を見るのは危険だと思ったんだ」マヌエラの顔がゆがんだ。「つぎの朝まで、それがビビアナだとは知らなかった。知ってたら出ていったよ、ゴンサロ。誓うわ。なんとかしようとしたはずさ」

ゴンサロは目を閉じて、ビビアナの頭の傷痕を思い浮かべた。「だとしてもどうにもならなかったさ」

マヌエラは布巾を下に置き、ゴンサロの腕に手を添えた。「ほんとに残念だよ、ゴンサロ。いい娘だったのに」

ゴンサロは声が出せるか自信がなくて押し黙った。冷淡にされていたほうが、同情されるよりよほど我慢しやすかった。「ほんとに勇敢な娘だったよね」マヌエラはやさしく言った。ゴンサロはうなずいた。「旧式のライフル一挺で、フランコ軍のやつらに立ち向かおうとするなんてさ」マヌエラは少し微笑んだ。「あの娘はどのくらいあそこに隠れて待ち構えていたんだろうね。やつらはどうやってあの娘を捕まえたんだろう」

ゴンサロはその思いちがいを正そうとしたとき、そうするだけの根拠がないことに気づいた。しかし、これこそ治安警備隊も考えたことにちがいない。目の前に処刑できる生身の共和国派の人間がいるというのに、実体のない狙撃犯を捜す必要がどこにある? そこまで考えたものの、時間的にどこかおかしかった。「さっき、一時間以上あとだったって言ったよな」

マヌエラはその感情の変わりように驚いたようだった。「ええ。二度目の銃声を聞いたのは、ちょうど八時をまわったところだったわ」

「なぜ連中はすぐに狙撃犯を捜さなかったと思う」ゴンサロはマヌエラではなく自分自身に話しかけているようだったが、ともかくマヌエラは意見を言った。

「きっとひとり残ったやつは怯えてたのさ」マヌエラは鼻で笑った。「あいつらは数が多けりゃ強いと思いこんでるだろ」

「それで一目散に逃げだしたってわけか?」ゴンサロはかすかに笑みを浮かべた。

「かもしれない。それとも、死んだやつはもとからひとりだったか」

「あいつらはつねにふたりで行動するはずだろう」ゴンサロは反論した。

「非番のときだってあるだろ」マヌエラがもっともな指摘をする。「それにハビエルが言うには……」マヌエラは口ごもった。「ハビエルが言うには」もう少しはっきりとつづける。「連中がやることのなかには、ひとりでやったほうがいいこともあるんだって」

ゴンサロは思いがけず興味を引かれた。「へえ、それで?」

「ハビエルはあちこちの営舎のまわりのごみを回収してた……してるだろ」マヌエラは言った。「ごみのなかには闇市場でしか手にはいらないものもあるんだって。外国製の煙草の箱とか、そういったたぐいのもんがさ」

「イタリア人から手に入れられるんじゃないのか?」ゴンサロは頭の片隅で、ごみ収集人の仕事というのは、思いのほか政治的なのかもしれないと思った。

「ステーキ肉の骨をかい?」マヌエラが辛辣に言った。「イギリス産のチョコレートも?」

ゴンサロは口笛を吹いた。「そんなものまで捨ててあるのか」

「残り物だけだけどね」マヌエラは悲しげに言った。「夕飯のときハビエルが言ったんだ。子供たちに向かって、あと数週間もすればチョコレートが街に出まわるだろうって」

人間の心、というよりむしろ人間の胃袋というものは、いかなるときも身勝手なものだ。ゴンサロはつかの間、ステーキとチョコレートが、ビビアナと変わらないくらい恋しかった。「ブタどもめ」ここでこの話題を終わらせたかった。しかし、のぞき見的な好奇心から、思わず付け加えた。「上官たちは見て見ぬふりか」

「きっと、上官のほとんどは闇商人とグルなのさ」マヌエラもこの話題に引きこまれているらしい。「闇商人を捕まえれば殺し、商品を奪って貯めこむ。でなけりゃ、可能なら物々交換する」

「なぜそんなことを知ってるんだ」ゴンサロは驚いた。

マヌエラは顔を赤らめた。「ただの推測さ。ハビエルが見たことからの」

ゴンサロはうなずいたものの、心はすでにほかのところにあった。「二度目に撃ったやつの心あたりはないか。例の八時半ごろの銃声だ」

「ねえ、もう言ったじゃないか。あたしは夕飯を作ってたんだ。家族はみんな無事家にいた。外は見なかったんだよ」マヌエラは苛立っているようだった。

「カルメンが言ったんだ。あんたが外を見て、治安警備隊員たちを見たって」ゴンサロは食いさがった。

「そのときじゃないわ」マヌエラはため息をついた。「そのあとのことさ。ハビエルが散歩に行こうとしたんだ。それでバルコニーから外を見たら、隊員が集まってた」

「集まってた?」

「四人いたよ」マヌエラはいらいらと体の重心を一方の脚からもう一方へ移した。「あたしもいっしょに見たんだ。びっくりしたからね。ふたりで死体を持ちあげて担架に載せてた。あとのふたりはそばに突っ立ってたよ」

「てっきりやつらはビビアナを置き去りにしたとばかり…

…じゃあ、ビビアナはどこで見つけたんだ」ゴンサロはやっとの思いで尋ねた。

「ビビアナじゃないよ、馬鹿だね。死んだ治安警備隊員さ」マヌエラは言った。「そいつは朝にはいなくなってた」

「それはどのくらいあとのことだった？」

「もう、ゴンサロ、知るもんか！　なんでそんなこと気にすんのさ」

「夕食の前か、あとか」これがどれだけ有益な情報になるか、確信はない。しかし、ビビアナを殺した犯人につながる手がかりはほかにない。ゴンサロはなんとかしてマヌエラに話をつづけさせようとした。

「前よ」マヌエラはきっぱりと言った。するとそこへ赤ん坊の泣き声が割りこんだ。「ねえ、ペペが目を覚ましたわ。見に行かなくちゃ」

「ハビエルは夕食前に散歩へ行こうとしたのか？」ゴンサロは混乱した。

「そうさ！　うちの人はときどき妙な考えを起こした……起こすんだよ」マヌエラはゴンサロをドアのほうへ押しやりながら、振り返って赤ん坊の物音に耳を澄ます。

「八時半ごろに？　外はまだ明るかったのか？」ゴンサロはてこでも動こうとしない。

「ええ、日没時だった。ちょっと、もう話してるひまはないんだよ」

「ほかに何か見てたやつはいると思うか」

「アパートじゅうを聞いてまわるがいいさ！」マヌエラはこの招かざる客を追い出そうとするのはあきらめて、赤ん坊の泣き声がますます激しくなる寝室へ向かった。驚いたことに、ゴンサロがあとをついてくる。「そこらじゅうのドアを叩いてきなさいよ！　制服も着たらどうだい？　そうすりゃ名乗る手間が省けるってもんだ！　けど自殺するつもりなら、あたしを巻き込まないどくれ！」

「おれはだれがビビアナを殺したのかをつきとめたいんだ」

「なんのためよ」マヌエラは荒々しく尋ねた。ゴンサロの顔を一瞥すると、急いで付け加える。「どうでもいいわ。

あんたどうかしてる。あたしは知りたくないね」マヌエラが末の息子を慣れたやさしい手つきで抱きあげる様子は、その声と奇妙な対照をなしていた。「お願い、ゴンサロ。悪いけど、知ってることはもう全部話したんだよ」

「あんたはビビアナの友人だった」ほかの者ならあきらめただろう。だがゴンサロは絶望に慣れていた。「何か思いあたることはないか」

赤ん坊は泣きつづけていた。マヌエラは黙ったまま後ろを向き、ブラウスのボタンを外しはじめた。しばらくすると泣き声がおさまり、乳を飲む穏やかな音に変わった。ゴンサロがあきらめかけたとき、マヌエラが声を落として言った。「ここからいちばん近い駐屯地は大学都市《シウダ・ウニベルシタリア》にあるわ。死体を運んでいった治安警備隊員たちは、たぶんそこから来たんだよ」

ゴンサロは礼を言おうと口をあけたとき、前世から民兵をしごいているような鬼軍曹のことばを思い出した——銃が詰まったら頭をさげて五つ数えろ。ただの緊張にすぎないことが、往々にしてあるんだ。ゴンサロは息を止め、五まで数えた。「治安警備隊員のふたり連れが二組」マヌエラが言うと、ゴンサロはすかさず言う。「四人だ」「だから、死んだ男はきっとよその駐屯地から来たんだよ。でなけりゃパートナーを呼んだはずだからね」

「ありがとう」ゴンサロはマヌエラの背中に向かって言った。返事はない。「もう行くよ」とつづける。「それから、だれにも見られないように気をつける」

マヌエラはかすかに頭をさげたが、それでも何も言わなかった。

「ハビエルがすぐ出てこられるよう祈ってるよ」

マヌエラは、こんどははっきりとうなずいた。「ありがとう」

ゴンサロは玄関のドアをあける前に、のぞき穴から外を見た。廊下にはだれもいない。急いでドアをあけてすぐ閉めると、すぐ下の階まで駆けおりた。運がよければ、だれにも見られずにすむだろう。中央の階段にたどり着くと、少し息がつけるようになった。少なくとも、避けねばならない守衛はいない。戦前はひとりいたが、一九三六年に一階と二階の裕福な住人たちが退去し、三八年にその守衛が殺されてから、後任はいなかった。夜になると習慣で住人たちはそれぞれのドアに鍵をかけるが、建物の正面玄関は開け放たれたままだ。盗られるようなものは何もない。

建物の入口で、ゴンサロはいったん足を止めた。アモル・デ・ディオス通りとフライ・ルイス・デ・レオン通りの交差点がよく見える。数人の男が足早に通り過ぎていく。仕事に遅れそうなのか、それとも早いシエスタか。兵士や治安警備隊員の姿は見えない。ゴンサロは建物の陰から、水があふれている排水溝をできるだけ避け、道路へ出た。ごみ収集人が共産主義者として全員逮捕されたなら無理はない、とゴンサロは苦々しく思った。ちくしょう、哀れなハビエル。〝市の職員？　ほう、ではお前は赤にちがいない〟。ゴンサロは紙切れに足を滑らせ、バランスを取るためにしばらく立ち止まった。また歩き出そうとしたところ、足の裏で何かがつぶれる音がした。悪態をつき、左足をあげて調べてみる。

一インチ四方ほどのくしゃくしゃになった銀紙が、左の靴の底に貼りついていた。ゴンサロは驚いて、爪で引っ掻いた。銀紙は、靴の裏にこげ茶色の染みを残しながら、ほぼそっくりそのまま剝がれた。見たところ、銀色の塗料は片面にしか塗られていない。裏は白かったが、こげ茶色の物質がついており、赤さび色の染みもある。その染みのまわりには、赤黒いかすが固まっていた。おそるおそる、とてつもなく馬鹿げたことをしていると自覚しながらも、排泄物の悪臭から身を引く用意をしつつ、べとべとしたこげ茶色の物質のにおいを嗅いだ。ところが、それはチョコレートのにおいだった。耳の奥でマヌエラの声がこだまする。〝きっと、上官のほとんどは闇商人とグルなのさ〟。ゴンサロはもう少しこの場所でほかの排水溝も調べたかった。しかし、兵役年齢の男がいつまでもうろついていると、いらぬ注意を引いてしまう。ゴンサロは背中を伸ばし、銀紙を握りしめると、ポケットのなかへ滑りこませた。そして、人目を引かぬようしっかりとした足取りで自宅へ向かう。

治安警備隊員がひとりで行動することはまれだ。チョコレートが付着した銀紙に血痕とおぼしきものがついていることもまれだ。まったく関連のないまれな出来事がふたつ同時に同じ地域で起こるなんて、まずありえない。ゴンサロはこのときはじめて、治安警備隊員の動機に考えをめぐらした。苦心してわが身をビビアナを殺した男に置き換えてみたものの、仲間が殺されたのは単にその制服のせいだと疑ったのなら、狙撃犯を捜さないのは愚かなことだと認めざるをえなかった。むろん、連中はほんとうに愚かなのかもしれない。だが、死んだ男が別の理由で殺されたと気づいていたのかもしれない。たとえば、そいつが闇商人だった場合、あるいは闇商人から品物を盗んでいた場合だ。〝闇商人を殺して……商品を奪って貯めこむ。でなけりゃ物々交換する……〟。そいつが殺された原因となったミルクチョコレートを味わいながら〝なんてことだ。哀れなやつ。祖国のために死に、汚らわしい赤に殺された。せめて犯人はおれたちの手で始末したからな〟とでも言えば、どれほど都合がいいことか。

カルメンが昼食のために家へもどると、弟が台所のテーブルで銀紙を凝視していた。「けさはどうしてたの?」カルメンは気づかわしげに尋ねた。

ゴンサロはうなずいた。「マヌエラに会ってきた」

「まさか——。ゴンサロ! 家にいなきゃだめじゃない。あんたのことはだれも捜してないだろうし、ほとぼりが冷めたら……」

「闇市場とつながりのあるやつはどこで見つかる?」ゴンサロはさえぎった。

「死にたいようね」カルメンはきっぱりと言った。

ゴンサロはうっすらと暗い笑みを浮かべた。「いや、まだ死ぬわけにはいかない」

6

　テハダはすぐにでもマリア・アレハンドラを捜しにトゥレス・ペセス通りへ行きたかった。ところがあいにく、その子供の家とはまったく逆の北と西へ、ロレドと向かわざるをえなかった。長い道のりを歩いているうちに、それとなく向けられる敵意が、癇に障りはじめた。こちらに敬礼したり、〝治安警備隊万歳《ビバ・ラ・グアルディア・シビル》！〟と叫んだりする者がひとりいるごとに、目を伏せる者、背を向ける者、ドアの向こうへ滑りこむ者が十人はいるかのようだった。命令では怪しい挙動をする者に職務質問することになっていたものの、四時間後にはだれもかれも怪しく見えて、テハダとロレドは疲れ果てた。ふたりは怪しい挙動に目を光らせるのはやめて、ひそかにベーカリーかカフェを探しはじめた。店先に張り出した庇はあちこちに見かけるものの、雨戸は閉まり、明かりもついていない。閉店を知らせる貼り紙を出している店さえ、ごくわずかだった。

　営舎にもどると六時を少しまわっており、テハダはあまりに疲れすぎて、もう一度外出し、トゥレス・ペセス通りへ行こうなどと考える気力はなかった。どのみち、外出できる可能性はほとんどなかったが。「中尉がお呼びです」と、建物のなかにはいるなり、隊員のひとりに告げられた。

　テハダはため息をつき、ラモス中尉の部屋へ向かった。部屋にはいると、ラモスは電話中だった。「はい、大尉……はい。承知しました」紙片をこちらに突き出し、読めと身振りで示す。「はい、大尉、そのようで」テハダは紙片を見おろした。タイプ打ちされたそれは、モラレス大尉なる人物からラモスに宛てたものだった。「はい、ですがそれは容易ではないと」敬意と腹立ちが混じるラモスの声を遠くに聞きながら、テハダはメモを読んだ。

　一九三九年三月三十一日付けの貴下のメモについて、

　フランシスコ・ロペス・ペレス伍長はわが隊に所属し

ていたことを報告する。彼は三月三十一日十時に非番となり、その後まもなく駐屯地を離れた。パートナーであるディエゴ・デ・ロタ軍曹が、四月一日土曜日九時三十分に彼の失踪を報告。ロペス伍長の情報と、彼を殺害した犯人に対するそちらの部下の速やかな行動に感謝する。伍長の家族には当方より連絡済み。伍長が軍葬の礼にふさわしいと判断された場合は、その旨処置をとる。

「承知しました、大尉。アリーバ・エスパーニャ!」ラモスは電話を切った。「ロペスの所属がわかったことを知りたかろうと思ってな」

「ありがとうございます」テハダはメモを返した。

「あす、もう一台トレド行きの囚人護送列車の予定がある」ラモスはにこやかに言った。「きみを護衛に任命しよう」

「わかりました」テハダはうなずいて感謝を示したものの、さほど喜んでいるようには見えない。

ラモスは腹立たしげに言った。「てっきり喜ぶものと思ったがな。ロペス伍長の家族がトレドにいると言ってたろう。囚人を降ろしたあと、二、三時間ほど会ってくるといい。電報を受け取るだけよりはましだ」

テハダは目をしばたたいた。「ありがとうございます、中尉」ほかにことばが出てこなかった。この三年間で、戦争は人間の最善の部分より最悪の部分を引き出すことのほうが多いと身をもって知ったが、まれに思いもよらぬところから気高い心が生まれることがある。ラモス中尉は最善を尽くしてくれたのだ。

「たいしたことじゃない。あすは朝九時に出発だ。さがってよし」

ところが実際に護送列車が出発したのは、十一時をまわってからのことだった。テハダの部下の新入隊員たちが遅刻したことと、囚人を駅へ運ぶピストン輸送の回数をラモスが故意に少なく見積もっていたのがその原因だ。こぼれんばかりに荷を積んだ最後のトラックがもどってくると、途中で二名の囚人が気を失っていた。もう載せる場所はないと反対したトラック運転手は、〝言わんこっちゃない〟とは賢明にも口に出さなかったが、顔にはっきりそう書いてあった。テハダは腹立ちを押し殺した。気絶した囚人を撃ち殺せばいちばん手っ取り早く、そのうえ列車のスペースに余裕もできるが、どんな嫌疑をかけられているか知らなかったし、向こうの尋問官が話をしたがらないともかぎらない。「五分で立たせろ」テハダはきっぱり告げると、別の隊員に顔を向けた。「囚人が乗車をはじめたら点呼をとれ」予想に違わず、点呼には五分以上かかった。押し寄せた市民が囚人の名を呼び、囚人たちがそれに応えたため、しばしば名前を抜かしたからだ。テハダは空に向かって発砲し、市民に向かって発砲するぞと威嚇し、心のなかで無能な部下たちを罵った。列車がマドリードを出発するころには、トレドへ行きたいなどと言ったことをひどく後悔していた。

列車が到着すると、まずは囚人を降ろすという厄介な問題のために、考える時間は少しもなかった。ひとりの囚人が無謀にも逃亡を試み、入隊したての血気に逸る三名の隊員はそれぞれ数発分の弾を路上に撒き散らしてようやく命中させた。トレドでの記憶のほぼすべては配給と密接に関わっていたため、テハダは弾薬の無駄遣いに顔をしかめた。この逃亡未遂が引き起こしたものは、腹を立てたりうなだれたりしている囚人の再点呼と、刑務所のお偉方への長い報告書だった。

考える余裕ができたのは、午後も半ばのことだった。テハダは要塞《アルカサル》の中庭にたたずんで街を見おろした。建物の大半はいまだ屋根を失ったままだが、もはや爆発や砲撃はない。テハダの後方には、破壊された要塞の塔が、瓦礫のなかにあってさえ堂々とそびえていた。不可能と思われた任務を遂行した喜びを胸に、街を見おろしたときのことが思い出された。背後で足音がした。笑いながらやってくるパコの姿を半ば期待しながら振り返った。〝おい、カルロス！　モスカルド大佐がお呼びだ。どうやらおまえの昇進が決まったようだぞ〟

「失礼します、軍曹。アドリアーノ中尉より、車の用意ができたということです」顔も声も緊張気味のバスケスがそこにいた。

テハダは即座に時計を見た。そろそろ四時だ。「運転手付きか？」

「はい」

「待ってもらえないかと訊いてみてくれ。われわれはしばらく休憩をとる」

バスケスはあんぐりと口をあけた。きょうは虫の居所が悪いらしい。休憩を提案するなんて、ふだんの軍曹ではありえないことだ。「わかりました」バスケスはやっとのことで答えた。

いくつか打ち合わせをしたあと、マドリードから来た隊員は六時に帰途につくことが決まった。予定の時間に現われなかったり準備ができてなかったりした者には厳罰が待っていると脅したあと、テハダは街のなかに消えた。残された隊員たちは、要塞のまわりに留まった。「軍曹はしばらくうろつきたかったみたいだな」とバスケスが言った。

「つまり、アルカサルをもう一度詳しく知るためにさ」

「馬鹿だな」ヒメネスはせせら笑った。「アルカサルのことはよくご存じさ。もう一度詳しく知る必要なんてあるもんか。暗がりで目をつぶってても迷わないに決まってる」

「一九三七年の特別式典で、フランコ将軍が軍曹の英雄的行為に勲章を贈られたってほんとか？」デュランが目を丸くして尋ねた。

「もちろんさ。トレス伍長を知ってるか？　軍曹が礼装を着たところを見たことがあってさ、勲章がついてたって話してたぞ」

バスケスはあたりを見まわしてかぶりを振った。「ここで三カ月、〝赤〟のやつらの砲撃にさらされたんだ。バレラ大佐が解放したとき、みんな鼠を食ってたって話だぜ」

「軍曹が鼠を食うなんて想像できないな」デュランが考えこむように言った。

「テハダ軍曹ならなんだって食えるさ」ヒメネスの忠誠心は揺るがなかった。

その会話が行なわれていたちょうどそのころ、テハダはコーヒーの芳醇な香りを味わっていた。アルカサルを出たあと、広場を横断して大通りを進み、十九世紀のファサードを持つ豪壮な建物の前で立ち止まった。扉にはかつて精巧な石の彫刻が施されていたが、野蛮な芸術破壊者によって壊され、いまでは黄みがかった石にかろうじて人の形が見えるのみだ。その壊された彫像と数枚の割れた窓ガラスだけが、戦争がこの屋敷のそばまでやってきたことを示すものだった。持ち主が幸運だったのはそこまでだ。テハダは帽子を取り、皺だらけの制服をできるだけ整えると、呼び鈴を鳴らした。

黒い服を着た男が扉をあけた。「どういったご用件でしょうか」

「セニョーラ・ペレスはご在宅か」

「奥さまは本日どなたともお会いになりません」男は断固とした口調で言った。

テハダはこのとき、男の黒い外套と手袋に目を留めた。では、電報はすでに届いていたのか。「こちらが喪に服していることは承知している。わたしはロペス伍長の友人として、お悔やみに伺った」

門衛はテハダを眺めまわし、テハダは正装用の制服を着てこられなかったことを悔やんだ。「お名前を伺えますか」門衛は尋ねた。

「カルロス・テハダ・アロンソ・イ・レオン軍曹」テハダは門衛の目を見返した。

アーチ形の廊下へ通されると、その先に階段があった。カーペットが敷かれていたはずだが、いまは板がむき出しだ。その向かいの壁には大きな肖像画が掛かっている。そこには一八九八年の米西戦争時の大佐の礼服を身につけた白髪の紳士が描かれていた。片手を剣に添え、もう片方の手でカンバスのすぐ外にいるだれかを手招きしている。テハダはその肖像画に見入り、パコの面影を探そうとした。門衛がもどってきた。「奥さまがお会いになるそうです」と告げると、階段のほうへ向き直った。

階上の応接室はみごとな部屋だった。窓から陽光が斜めに差しこみ、花壇が見渡せる。部屋の隅に置かれたピアノは蓋があいたままで、楽譜が載っていた。マントルピースには磁器人形がいくつも飾られていたが、不自然に、だが注意深く片側に寄せられ、空いたスペースに二枚の写真が置かれていた。一枚は玄関に飾ってあった肖像画と同じ被写体を撮ったもので、ずっしりとした銀メッキのフレームに収められている。同じように銀メッキのフレームに収められたもう一枚の写真は、マントルピースの真ん中に置かれていた。それは士官学校の制服に身を包んだパコの写真で、とても若く、得意げな様子だ。その写真のまわりに、百合を生けた花瓶がいくつか飾られていた。

　パコの母親は客を迎えるためにソファーから立ち上がっていた。喪服を着、黒いレースのベールが鉄灰色の髪を覆っている。「奥さま、カルロス・テハダ・アロンソ・イ・レオン軍曹です」門衛は脇へ寄って告げた。

　テハダは陽光に満ちた部屋へはいったとき、奇妙な懐かしさを覚えた。この部屋、この貴婦人、自分の行動――どれもはるか昔に覚え、そして忘れたと思っていた、一連の規則にのっとっている。礼儀作法の知識ではなく、自転車に乗るとき欠かせないものにも似た一種の肉体的な記憶から、テハダは女主人の手に恭しく頭をさげてキスした。

「ごぶさたしております。ドニャ・クララ（ドニャは貴婦人に対する敬称）」うろ覚えの脚本を演じつづけているかのように、相手の頬にキスし、もう片方の頬にも同じことをした。「心よりお悔やみ申しあげます」

「ありがとう」ドニャ・クララは手振りで席を勧め、自分もまた腰をおろした。「来てくれてうれしいわ、カルロス。あら、ごめんなさい――テハダ軍曹とお呼びしなくてはね」

「いいえ」テハダはかぶりを振った。「そのままでけっこうです、ドニャ・クララ」

　ドニャ・クララは黒服の門衛のほうを向いた。「ホセ、コーヒーをお願い」

　沈黙が訪れた。脚本はいざというときに記憶から消えた。語られねばならないむごい真実のみを残して。「直接お伝えするために、もっと早く伺いたかったのですが」

「こんなに早く来てくれて、驚いているくらいですよ」ドニャ・クララは安心させるように言った。「どうやって知ったの？　パコはマドリードにいるあなたに連絡を取っていたのかしら。その――前に」

「いいえ」テハダはマドリードへの帰路についていればよかったと後悔した。「そうではありません。実は、パコの身元を確認したのはわたしだったのです」

「何があったの？」

テハダはためらった。ドニャ・クララは膝の上でハンカチをよじっている。「おねがい、カルロス。当局からの知らせには、詳しいことはいっさい書かれてなかったの。だけどわたしは知りたいのよ。知れば、気持ちが少しは楽になるわ」

テハダはドニャ・クララがかつて軍人の妻であり、いまは軍人の寡婦であることを思い出した。夫と息子とともに、あの籠城に耐えたのだ。テハダは少しずつ事件の顛末を語りはじめた。実際、話せることはごくわずかだったにもかかわらず、ずいぶん時間がかかったように思えた。知らないことが多すぎるし、知っていることの多くは口にするのがはばかられた。担架が到着するより前にパコの手脚が硬直していたことを言う必要はない。パコの目が閉じていなかったことも。マリア・アレハンドラのノートにまつわる出来事も伏せた。まだ答えの出ない疑問が多すぎる。パコを殺したとおぼしき女民兵のことは口にしたが、わずかにふれるだけに留めた。ドニャ・クララは目をつぶった。

「女！　女がいるなんて！　ああ、なんてことなの、カルロス。その者たちは人間じゃないわ！」

「おっしゃるとおりです」テハダは静かに言った。

ドアが開き、ホセがトレーを持ってもどってきた。ホセがコーヒーを注ぐあいだ、テハダはこれ以上パコの死の詳細を話すのは無粋だろうと思い、話題を変えようとした。

「パコがマドリードにいたことを知っていたらと悔やまれてなりません。いつ転任したのかご存じですか？」

「ヘロナに勝ったときまでは北部にいたのよ」ドニャ・クララは会話の新しい方向を暗黙のうちに受け入れた。「しばらくは国境警備につくと思っていたのだけれど」

「カタルーニャで？」

「ええ、主人が亡くなる直前にあそこへ送られたの。あの人は――」ドニャ・クララは故人の思い出に十字を切った。

「パコがバスクを離れることになって、ずいぶん安心していたわ。カタルーニャ人は地獄へ堕ちろといつも言っていたけれど、バスク人は地獄へ帰れとも言っていたから」

　テハダは微笑んだ。「パコからたまに手紙をもらいましたが、バスク人については同じ意見だったようですね。とはいえ、パコはトレド以外はどこも好きではなかったでしょう。彼ほどカスティーリャを愛していた男には会ったことがありません」

　ドニャ・クララも微笑んだ。「そうなの、あの子は父親にそっくりだったわ。〝わが《ラ・ミア》カスティーリャ〟と、あのふたりは口癖のように言っていた。まるで恋人みたいに。あの子がここを離れなければならなかったのは残念だったわ。父親でさえあまりよくは思わないこともあったけど、あの厄介なことのあと……」徐々に声が小さくなった。

「あの籠城戦のあと多くの者が転任させられました」テハダは相槌を打ちながら、自分がなぜ両親の勧める一般市民の生活ではなく、治安警備隊へはいったかに思いを馳せた。あの籠城と戦闘を〝あの厄介なこと〟と呼ぶのはかなりの無理がある。

「え？　ああ、籠城戦ね、ええ、そう。そのあとのことよ」ドニャ・クララはどことなくまごついている。

　テハダは一瞬驚いた。これまでパコの転任は単なる偶然だと思っていた。戦争における運のなせるわざだと。しかし母親はそう考えていないようだ。「ほかに理由があったのですか？」と尋ねたとたん、自責の念にかられた。弔問に訪れておきながら、悲しみに暮れる女性を問いつめるなど。

「あら」ドニャ・クララは少し顔を赤らめた。「てっきり知ってるものと……たいしたことじゃないの。ちょっとした……まあ、こういうことは女が口出しすべきことじゃないし」

「パコはつねに清廉の士でした」テハダはこの話題を追及したいという、不実で不躾な願望と葛藤していた。ドニャ・クララを困惑させたきっかけはなんだったか。

「もちろんですとも」ドニャ・クララはあたたかく微笑んだ。「わたしもそう言ったんですよ。フランシスコは――安らかに眠りたまえ――そう、いい夫でしたわ、もちろん。

でも、たぶんあの人のほうがよほど……ひっかかりやすい人でした。でもわたしは、息子があんなけばけばしいふしだらな女と関わりになるはずがないとわかってました」

テハダはコーヒーにむせた。〝ふしだらな女？　嘘だろう、パコ。なぜ話してくれなかったんだ！〟テハダは理不尽な裏切られたという感情に身悶えた。礼儀もかなぐり捨ててしまうほど傷ついていた。「その……それ以後は、パコがお父上を心配させることはなかったものと思いますが？」

「ええ、ちっとも」ドニャ・クララは満足そうにうなずいた。感情を露わにしすぎたことに気づいたのか、唇を嚙む。

「もう一杯コーヒーはいかが？」

「はい、いただきます」驚愕の新事実の波に揉まれていたテハダは、固い地面に足がついた気がした。「実にうまい」と心から言う。

ドニャ・クララは微笑んだが、目には涙が浮かんでいた。

「これはパコの最後の贈り物なの。一般市民への配給がどれほど苛酷なものか知っていたから、いつも食料を送ってくれて。先月はコーヒーと一ポンドの砂糖。こんなに気前よくしていたら、きっと自分はお腹をすかせていたでしょうに」

テハダはうなずいた。「パコらしい。そういえばこんなことがありました。あの籠城戦のとき、八月の半ばだったでしょうか、わたしは気も狂わんばかりでした。そのときパコが、自分の朝食を半分差し出して言ったんです。〝ほら、食えよ、カルロス。食わなきゃだめだ〟。そしてなんということか、わたしは食べてしまったんです。なのにパコに礼さえ言いませんでした」

ドニャ・クララは涙を拭った。「そんな必要はなかったのよ、カルロス。聞いてちょうだい。娘たちが生まれる前、あの子はずっと言いつづけていたの。〝覚えといてね、ママ。ぼくは弟が欲しいんだ〟って。娘がふたり生まれたあとはひどく腹を立てて、口もきいてくれなかったわ。あなたのことを弟のように思ってたのよ」

「光栄です」テハダは静かに言った。

このままゆっくりコーヒーを味わいながら、籠城戦のこと、パコのこと、パコの父親のこと、そして戦争のはじめのころ、勝利はすみやかにもたらされるものだと信じていたときのことを、もっと話したかった。しかし、ピアノの上に掛けられた小さな時計の鐘の音が急《せ》き立てた。「そろそろ失礼します」五時半にテハダは言った。「これから仕事なのです。部下たちと今夜、マドリードへもどらねばなりません」

ドニャ・クララは立ち上がり、手を差し出した。「来てくださってありがとう」

いとまを告げる前に、テハダはもう一度夫人の両頰にキスをした。昔の暮らしの決まり文句がまた口をついて出た。

「いつでもいらしてください」

ホセが外まで見送った。

六時を少しまわったころ、テハダは部下たちとトレドを発った。ヒメネスと数人の隊員は、籠城のときの兵士の配置や、アルカサルの壁にいくつかくっきりと残っているあばたのような穴のことを、テハダに訊きたくてたまらなかった。しかしテハダは上の空だったので、あえてその話題を持ち出そうとする者はいなかった。デュランがようやくためらいがちに言った。「楽しい午後をすごされましたか」

「ん？」テハダは乾いた黄色い原野を見つめていた。「ああ、ありがとう。訪ねてたんだ……古い知人を」

隊員たちはそれで満足するほかなかった。

7

治安警備隊がトレドに四人を輸送するところをひと目見ようと駅に詰めかけた人々のなかに、カルメン・リョレンテの姿はなかった。この日の午後、雇い主からその話を聞いてはいたものの、青い顔で家路についた。家に着くと、弟が部屋を歩きまわっていた。

「ひとつ思いついたんだ」姉が部屋にはいってくるなりゴンサロは言った。「姉さんの勤め先の人たちだけど……闇市場で買い物ができるくらいの金はあるよな。どこで買い物をしてるか、つきとめられないか？」

カルメンはコートを脱いでいた。やっとのことでそれを吊るしながら、震える声で言う。「無理よ」

「ちくしょう、カルメン。なんとかならないのか」ゴンサロはこの日、一日じゅう部屋に閉じこもっていた。きのうはいい手がかりになると思ったちっぽけな銀紙のかけらが、いまや希望を打ち砕こうとするかのように感じられる。床板がきしむたびにぎくりとし、衣装戸棚に隠れようとするのも一度や二度ではなかった。そんななかで、闇市場と接触するという思いつきは、この日たったひとつ浮かんだ妙案だった。絶対うまくいくと思ったのに。

カルメンはゴンサロに歩み寄ると、思いきりひっぱたいた。「この自分勝手なろくでなし」わめきたいのをどうにかこらえて、震える声で言う。「きょう何があったか訊きもしない。仕事をなくして、これからどうやって食べていくつもりなのか訊きもしない。国境警備隊員をかくまおうとしたあたしのような馬鹿な女が、どんな目に遭うか訊こうともしない。あんたはただ、そのいまいましいチョコレートの包み紙を見つめて、闇市場のことを嗅ぎまわろうとするだけ！」

「仕事を首になったのか？」ゴンサロは苛立たしげに顎をさすった。カルメンの機嫌が悪いことに気づく術はなかった。おれのせいじゃない。「知らなかったよ。なぜだ」

「なんであんたが気にすんのよ」カルメンは背を向け、テーブルに寄りかかった。「あんたには関係ないでしょ。馬鹿馬鹿しいビビアナの敵討ち以外はどうでもいいんだから」

「おれたちが食っていけるかどうかは気になるさ」ゴンサロは言い返した。

「おれたちですって！　そのなかにはアレハとあたしもはいってるの？　なんておやさしいのかしら！」

「なあ、悪かったよ」姉の声がしだいに大きくなっていることに不安を覚え、ゴンサロはつぶやいた。「ごめん、おれはただ……何があったか話してくれないか」

カルメンは椅子に腰をおろし、額をこすった。「きのうの夜、セニョール・デル・バリェが逮捕されたのよ。戦前に書いたちょっとした記事が見つかったらしいわ。それで奥さんが、もう来ないほうがいいって言うの。そのほうが身のためだって」

「で、おれたちは無事飢え死にするってわけか？」ゴンサロはこの場にいないセニョーラ・デル・バリェに八つ当たりした。「素晴らしい！」

カルメンはかぶりを振り、癇癪を抑えようとした。「いずれ起こることだったのよ。二、三日前、ふたりが話しているのを小耳にはさんだの。フランス行きの相談をしてたわ」

「ちょっとばかり遅かったようだな」

「ええ、遅すぎたようね。セニョール・デル・バリェは、きょうマドリードから連れ出されたって奥さんが言ってたわ。護送列車で。奥さんはご主人の名前を呼んだけど、人が多すぎて声が届かなかったんですって。それに、治安警備隊が集まった人たちを寄せつけなかったそうよ」

「列車はもどってくるのか？」

「奥さんは会えることを願って、きょうの夜まで待ってるそうよ」カルメンは身震いした。「列車はトレドへ行ったって噂よ。すぐに空っぽでもどってきたら、よくないしるしだって話だわ」

「くそっ」

「同感よ。セニョール・デル・バリェはいい人だったのに」

「くそっ」それは無神論者にとって〝安らかに眠りたまえ〟と同意語だった。

カルメンは立ち上がり、鞄を取りにいった。「奥さんが今週分の報酬を払ってくれたわ」

ゴンサロは目をこすった。「何で？」

「パンよ。ほぼ一斤ぶん。アレハにオレンジもあるわ」

「延々と腹が減ったって言ってたぜ」

「何かしらしゃべってはいたわけね」カルメンがため息をついた。「どこにいるの」

ゴンサロは無言で指差した。

「ああ、まったく」

居間にはまだ毛布が吊るされていた。ゴンサロとビビアナがベッドを共用していたとき、それで仕切っていたのだった。葬儀のあと、ゴンサロはシーツを裏返し、ベッドが狭すぎて並べられないふたつのまくらを、不格好なL字型に置いた。（はじめてベッドを整えたとき〝さぞかし窮屈でしょうね〟とビビアナは笑いながら言った。）それ以後も、ゴンサロはソファーを使っていた。カルメンは毛布に近づくと片方に寄せた。アレハがベッドの上で膝をかかえて丸くなっている。

「どうしたの、アレハ」カルメンは腰をおろし、娘に腕をまわした。返事はない。「ずいぶん静かだから、ここにいたなんて気づかなかったわ。あたしがゴンサロおじさんにがみがみ言ったから怒ってるの？　本気じゃなかったのよ」カルメンは娘の髪を撫で、なだめるように言った。「パンを食べる？」

「うん」あまり喜んでいるふうではないが、声を出したことにはかわりはない。

カルメンは胸を撫でおろした。「食べたら気分がよくなるわ。そうすればあすは学校へ行けるかもしれないわね」

アレハは体をこわばらせ、首を横に振った。「学校には行けないわ」

「だけど、もう三日休んでるのよ」

「ゴンサロおじさんは外に出なくていいんでしょ」

「しーっ」カルメンは即座に言った。「言ったでしょう。

おじさんが外に出ないのは隠れてるからなの。このことは絶対に家のなかでふたりだけのときにしかしゃべっちゃだめよ。でもあんたは学校へもどらなきゃ」

アレハは母親のお腹に頭をすり寄せた。「だって、ノートがないんだもん」もっと小さな子供のような、か細い声だった。

カルメンは助けを求めて弟を見た。しかしゴンサロはふたりに背を向けており、その肩の様子から、いっさい干渉する気がないのは明らかだった。「だけど、ずっと学校に行かないわけにはいかないでしょう」カルメンは言いくるめようとする。「あんたがさよならも言わないで辞めちゃったら、フェルナンデス先生はどう思うかしらね。それに、もしかしたら新しいノートをもらえるように協力してくれるかもしれないわよ」

「ビビアナおばさんはあたしのノートを取ってくるって約束してくれたの」アレハンドラは言い終える前に泣き出した。

カルメンは目をつぶり、娘をそっとあやしながら、気を落ち着かせるようなことをあれこれとささやいた。気が変になりそう。ゴンサロは家にもどって以来、姪をとがめるようなことはひとことも言わないけど、元気づけようともしない。あたしの知るかぎり、ふたりはいっさい口をきいていない。ゴンサロはじっと思い詰めてるか、無茶なことをしでかすだけ。そのうえ、ついにデル・バリェ家でのかろうじて正常な生活まで失ってしまった。あしたからは日課がない。あしたこそ、アレハを学校へやらなくては。あたしが連れていこう。まずはこの家からアレハを連れ出さなくちゃ。そうすれば仕事を探せる。カルメンは身震いした。仕事なんてどこにもない。兵舎の前には嘲笑に耐える女たちがいる。プタ・ロハ。〝赤〟の娼婦。それでも食べ物にはありつける。カルメンはまだそこまで飢えてはいなかった。とはいえ、アレハが空腹を訴えるようになれば……。カルメンはつと弟に向き直り、その考えを頭から締め出した。「セバダ広場で物を買えるって聞いたことがあるわ」

妹と姪から目をそむけていたゴンサロは、話しかけられたことをすぐには気づかなかった。「安く買えるってことか？」姉にもう一度繰り返されて、間の抜けた返事をする。「ちがうわよ」カルメンの声は冷ややかだった。「もっと高価な物。あんたがさっき訊いたんじゃない」「ああ」ゴンサロは振り向いた。一瞬ためらったあとで言う。「いまから出ていってもいいか？」

胸のしこりが、ほんの少し溶けたような気がした。ちっともよくないし、それでもこの弟は出ていくだろうが、いちおうは訊いてくれた。「ちゃんと帰ってくるならいいわ」カルメンは微笑もうとした。

ゴンサロはうなずいた。「もし身分証明書を見せろと言われたら、忘れたって言うしかないだろうな」

カルメンはうなずいた。身分を証明するものを持たず兵士に出くわせば、生きては帰れないだろうということは、ふたりともわかっていた。それでも、とにかくやってみようとゴンサロは思った。義理の兄のものだった帽子をかぶり、できるだけ顔を隠そうとしたが、変装と呼べるほどのものではない。セバダ広場へ向かいながら、知り合いと顔を合わせないことを祈った。いまのところ、ツキはまだついているようだ。気持ちのいい夜で、人がまた外に出はじめていた。通りにはゴンサロを目立たなくしてくれるくらい人が行き来していたが、知っている顔は見かけない。

セバダ広場まで遠くはないものの、そこまで歩いていけるかどうか心もとなかった。カルメンはけさ温かい飲み物を出してくれた——見かけや味がどうであれ、コーヒーだと言い張っていたが。きのうの夜は食べ物を口にした。とても絶食とは言えない。下を向いたままトレド通りを横切っていると、路面電車に鐘を鳴らされて跳びあがった。電車が間近に迫り、運転手は悪態をつきながら手を激しく振りまわしている。ゴンサロはどうにか重い足を引きずってその場から逃れた。道路の反対側で建物に寄りかかり、ショックから立ち直るためだと自分に言い聞かせるものの、気が遠くなりそうなくらいこめかみが脈打っているのは、間一髪で路面電車をかわしたためだけではなかった。

セバダ広場には人が大勢いた。みなふたり連れか三人組で、声を殺して話をしながら、後ろをちらちらと振り返っている。だれもがさりげないふうを装っているが、成功している者はいない。寒くもないのに、やたらと厚着したような連中が多かった。ときおり、上着かシャツの下から何かを取り出すと、とたんに体が細くなるやつがいる。トルティーリャが垣間見えたとき、ゴンサロは思わず涎《よだれ》が出た。これからどうすればいいのかと迷っていると、重そうな腹をかかえた妊婦とおぼしき女が、建物に寄りかかっていた。女のほうへゆっくり近づいていく。

女はゴンサロと目を合わせると、眉を吊りあげた。「何か探してんのかい」

「そんなところだ」ゴンサロはポケットに両手を入れていた。

「あたしはフランコの紙幣しか受け付けないからね。共和国の金はお断わり」女はきっぱりと言った。

ゴンサロはにらみつけた。「おれが治安警備隊員じゃないとなぜわかる」

「あんたが？」女は笑った。「おやまあ、隊員《オンブレ》はおまんまを食ってる。あんたが何も食ってないのはひと目でわかるさ」ふくれた腹を軽く叩く。「ここに新鮮なじゃがいもとレンズ豆があるよ」

「肉はないのか」ゴンサロはマヌエラが言ったことを思い出しながら尋ねた。

女はかぶりを振った。「ないね。でもじゃがいものほうが値打ちがあるんだから」

ゴンサロはポケットのなかの銀紙を握りしめた。「肉を売ってるやつを探してるんだ」ゴンサロはきっぱり言った。「チョコレートならもっといい」

「チョコレート！」女はまた笑った。「贅沢を言うもんだね、まったく《オンブレ》。ついでにヨットはどうだい？」

「売ってるやつがいるはずだ」ゴンサロは食いさがった。

女は目を細めた。「チョコレートが欲しいのか、チョコレートを売ってるやつを知りたいのか、どっちなんだい」

「おまえになんの関係がある」

女が腹の下で両手を組み合わせると、そのかたまりは胎児がはいっているとは思えない具合に動いた。「チョコレートが欲しけりゃ、兵士と取り引きするしかないよ」

ゴンサロはこめかみが脈打つのがわかった。五まで数えろ。「兵士と?」できるだけ平静を装って尋ねた。

その努力は無駄に終わった。密売人はゴンサロに背を向け、革のハンドバッグを持ち、頭からショールを被った女に目を向けた。「何か探してんのかい、セニョーラ」

「じゃがいも一キロはおいくら?」ゴンサロのようにその女性も平静を装おうとしていたものの、懇願するような声は聞くに忍びなかった。

ゴンサロはその場を離れながら、己の馬鹿さ加減に毒づいた。情報は無料《ただ》じゃない。なのにその代償として払えるものを、自分は持ってなかった。広場の端を歩きながら、思い切って兵士に接触してみたらどうなるだろうと考えた。証拠となりそうなものは何もない。つまり、チョコレートが手にはいるのはセバダ広場ではないということなのだろうか。

「お願い、それは婚約指輪なのよ!」突然アーチ道から声が響いた。怒りと絶望のあまり、思わず高くなってしまったような声。「ダイヤモンドだけで数千ペセタの価値があるわ!」

くぐもった声が返る。ゴンサロは振り返った。声の主は中年の女だった。身につけている帽子とコートは古ぼけてすり切れてはいるが、まぎれもない毛皮だ。ゴンサロはさりげなく近づいた。女はまた声を落としているものの何やら抗議しており、その訴えを頑として退ける別の人物の声が聞こえた。数分後、そばを通り過ぎていったその女は、コートの下に何かを握っていた。つかの間、肉のにおいは願望の産物だったのだろうかと思ったあと、ゴンサロはアーチ道へはいっていった。ふたりの男が、使い古しのスーツケースをふたつ前に並べてすわっていた。

「チョコレートはどこで手にはいる」男たちに姿を見られないうちに、ゴンサロはすかさず尋ねた。

「スイスさ」ひとりが即座に答えた。

ゴンサロは内心歯噛みした。「そのジョークはきょう何回目だ」

もうひとりの男が笑った。「はじめてさ。いまさらそんな質問をするやつはそういねえからな」男はゴンサロを眺めまわした。「で、なんでそんなことを？　あんたにゃもっと必要なもんがあるだろうに」

「ある人物から、兵士に訊けと言われたんだ」ゴンサロは男の問いをかわした。

最初に口をきいた男が、歯のあいだから唾を吐いた。

「下手な鉄砲も数打ちゃあたるかもな」

「安い弾を手に入れられれば文句なしだ」ゴンサロは軽い口調を保とうとした。

「軍隊の弾はどれも高いに決まってるさ、兄さん」闇商人は言った。

ゴンサロは手をポケットに入れていた。銀紙をつかの間指でもてあそぶ。それから取り出した。「こういうものを探してるんだが」

片割れが身を乗り出して包装紙を見る。そして言った。

「金はあんのか」

「もちろん」ゴンサロは嘘をついた。「でも、だれに払うのかわからないうちは出せないな」

男たちは目を合わせた。やがて片方が言った。「アルカラ通り沿いにある治安警備隊の駐屯地を知ってるか」

「もちろん」ゴンサロは不安で一音節以上のことばを口に出せなかった。それでも興奮を表に出さずにいるのは骨が折れた。

「そこから目と鼻の先にある公園の入口は？」

「もちろん」

「あす、そこで会おう。五時くらいに。約束ってわけじゃないぜ。けど、ひょっとすると手は貸せるかもな」

ほんとうに興味があるのはチョコレートではなく情報だということを、どうやって説明すればいいだろう。しかし、妙案は浮かばない。「じゃあ、あす会おう」と告げ、立ち去ろうと背を向けた。

「ひとつ条件がある」その声に、ゴンサロは足を止めた。

「なんだ」

男たちはまた視線を交わすと、片割れが言った。「身分証明書を持ってきな。おれたちの供給者は近ごろちょっとばかりうるさくてよ」

「わかった」身分証明書を持っていないわけをどう説明す

るか、拳銃を持っていく価値はあるだろうかと思案しながら、ゴンサロはその場をあとにした。

8

幾多の亡霊がさまようトレド訪問のために、テハダは気が塞いでとても眠れそうになかったが、その夜マドリードにもどるなり深い眠りに落ちた。さいわいにも。翌日は午前の勤務の予定が組まれており、ラモス中尉に呼び出されたとき、テハダは服を着替えるのがやっとだった。

「厄介な問題が持ちあがった」朝からラモスは――テハダに言わせれば――腹立たしいほどきびきびとして、張り切っているようだ。「そのうえ、取り扱いには慎重を要する。楽にしていいぞ」ラモスは言い添えた。「椅子にかけたまえ、テハダ」

椅子にすわるより、ひげを剃るために五分の猶予をもらえるほうがよほどありがたかったものの、テハダは黙って腰をおろした。「きみを呼んだのは、まもなくモラレス大尉から電話がかかってくるからだ」とラモスはつづけた。「きみも聞いておいたほうがよかろうと思ってな」時計に目をやり、眉根を寄せる。「五分前にかけてくるはずだったが」

「まだ八時半にもなっていませんが」とテハダは指摘しながら、モラレス大尉とは何者だったかとしばし記憶を探った。思い出した――パコの部隊の指揮官だ。

「わかっとる」ラモスはいかにも生まれついての早起き型らしい、信じられんといった表情だ。「八時十五分に電話すると言っとったんだ。その問題というのはな――」声を落として言う。「糧食が消えている。補給部のだれかが賄賂を受け取っとるにちがいない」

テハダに言わせれば、それは〝アナーキストが教会を焼き払った〟と言うのと同じくらい、口にするまでもないことだった。「さほど珍しいことではありませんが」

ラモスはかぶりを振った。「連中はいつもかすめ取っているという意味ならそのとおりだ。だが、今回はそんな次元の話ではない。全駐屯地で蔓延しとるんだ。〝腹が減っては戦ができぬ〟と言うだろう。このことを理解している将軍が、敗れることはない」

「ナポレオンですね」テハダはひげ剃りを妨げられたことに対して、なんらかの意趣返しをせねば気が済まなかった。「スペインではうまくいかなかったようですが」

おそらくはさいわいなことに、そのとき電話が鳴った。ラモスは受話器を取った。「治安警備隊、ラモス……おはようございます、大尉……はい……ええ、申しあげた者はここに。はい、テハダ・アロンソ・イ・レオンです」ラモスは送話口を手でふさぎながらテハダに合図した。「聞け」と声を出さずに言う。

テハダは立ちあがり、机をまわりこむと、電話のほうに身を乗り出した。ラモスは受話器を前に突き出して話した。「はい、大尉、つづけてください」

「大佐と話してみたが――」電話から洩れ聞こえるモラレスの声は奇妙だったものの、内容ははっきりと聞き取れた。「治安警備隊の糧食は厳重に調べられており、まちがいなく送られているはずだということだ」ラモスはテハダに向かってあからさまに顔をしかめた。「わたしも何人かの隊員に訊いてみたが、肉の量の概算はきみのところと一致する」

ラモスはしばし受話器を引き寄せた。「それならいいのですが」テハダをにらみつけ、ふたたび身振りで疑念を表した。「承知しました、大尉」

「では、糧食については以上だ」モラレスは言った。「ところで、あの件でテハダ軍曹をこちらへ寄こしてくれないか」

「あの件？」ラモスは目をしばたたかせた。「ああ、はい、むろん。ただちに」

〝ただちに〟がせめて朝食をとるくらいの融通はきくことを、テハダはとっさに願わずにはいられなかった。

「はい、大尉。アリーバ・エスパーニャ」ラモスは受話器を置いた。「大尉も憂慮されている」

「そのようですね」テハダは机の反対側にもどった。「本来配給係より送られる肉の量は、どのくらいだとお思いですか？」

「ひとりあたり二百五十グラムだ」

テハダは眉を吊りあげた。「きっかり二百五十グラムですか？」

ラモスは腹立たしげに鼻を鳴らした。「それがごく標準だ」と顔をしかめて言う。「心配しなくてもいいと言うやつは多いが、正確な量だと思ってるからそんなことが言えるんだ。実際はおおよその数字であり、きみも知ってのとおり、一般市民への配給量のほぼ二倍にあたる」

「では、頭がいいやつがいるということですね」テハダは言った。「物資を隠し持っている証拠をつかまれたのですか？」

「おいおい、テハダ。きみはここがどんなところか知ってるだろう。そんなことをするやつがいると思うのか」

テハダは首を横に振った。「アルカラで何が起こっているのか、突きとめろということですね」

「そうだ」ラモスはため息をついた。「十中八九、あそこでも見つからんだろう。わしは直接闇市場に流れてるんじゃないかと思っとる」

テハダはうなずき、雨戸の閉まった店と、食料を求めて駐屯地を取り囲む人だかりを思い浮かべた。「市民への食料はいつごろ到着するのでしょう」

「公式にか？　きのうだ。運がよければ、あす着くかもしれんな」

テハダは顔をしかめた。「では、好むと好まざるとにかかわらず、〝赤〟のやつらは聖金曜日に断食することになりそうですね」

ラモスは鼻で笑った。「やつらの魂のためにはいいかもしれんが、わしらにとっては煩わしいことだ。これが片づいたら、今後いっさい闇市場など開けなくしてやる。だが、さしあたり、われわれの糧食が闇市場に流れることは許さん。わかったな」

「はい。モラレス大尉にも報告しましょうか」

ラモスはうなずいた。「うむ。この問題は全隊に蔓延しているが、アルカラ駐屯地がいちばんひどい。向こうで大尉が詳細をきみに話すだろう。それからな、テハダ――」

「はい？」

「慎重にやれよ」

それから一時間と少しが過ぎたころ、テハダはアルカラ駐屯地に到着し、亡きロペス伍長の個人的な身のまわり品を取りに来たとだけ説明した。勤務中の伍長をたじろがせるほどきっぱりと、モラレス大尉は自分に会いたいと望まれるはずであり、品物を持ち帰ることも許可するはずだと告げる。伍長がテハダの到着を告げたとき、モラレス大尉は最初少し戸惑ったようだが、テハダが意味ありげに「ラモス中尉よりこちらへ向かうよう指示されました。わたしはロペス伍長の個人的な友人でしたので、何かなくなったものがあればわかるだろうと。本日の早朝、中尉と電話でお話しされたかと思いますが」と告げると、たちまち理解した。

「ああ、そうだったな」モラレスは伍長に合図を送った。

「ごくろう、さがっていいぞ」そしてドアが閉まったとたん、声を落として言った。「楽にしたまえ、軍曹。ところで、みごとな口実を考えたものだな。ここへ来たほんとうの理由を教えてくれるかね？」

「ありがとうございます。電話ではいささかはばかられる糧食についてのお話を、ラモス中尉と相談したいとお思いだったのでは？」とテハダは言いながら、目の前の男を観察した。モラレスは四十がらみの屈強な男だった。ラモスとはちがって、事務屋には見えない。その業務に含まれているデスクワークが、ラモスと同じくらいだったとしても。それにモラレスの机は本物の机であり、表面が見えている。几帳面な男だ、と思いながら、最初に糧食の紛失を気づいたのはだれだろうと考えた。

モラレスは手短に自分が気づいたことを語った。ラモスの予測どおり、それはテハダがすでに持っていた情報と完全に一致した。役に立つかどうかは怪しかったものの、テハダはメモを取った。モラレスが話を終えると、テハダは慎重に言った。「こちらか、われわれの部隊に、目星をつけている人物はいますか」

「いいや」モラレスはそっけなく言った。「いればよかったがな。というよりむしろ――」かすかに笑う。「本音を言えば、うちの部下がからんでいるなどということは知りたくない。そちらの駐屯地のことは、きみのほうがよく知っているだろう」

モラレスは責任を転嫁するわずかな機会も見逃さなかった。ラモスはアルカラ駐屯地がいちばん汚染されていると言った。しかし、あれもまた、責任を転嫁しようという目論見だったのかもしれない。自分の部下を悪く思いたがる指揮官はいない。こうした考えを声にはいっさい現わさずに、テハダは言った。「ラモス中尉より、だれが糸を引いているのか探るようにと申しつけられました。もし何かを見つけ出したら、大尉にはどうやってご連絡すれば？」

モラレスは躊躇し、やがて言った。「電話にしてくれ。アルカラ‐二一三六だ」

「その回線は安全ですか？」

モラレスはうなずいた。「見あげた用心深さだな。だが、もしきみが何かを見つけたら、わたしはできるだけ早くそれを知りたい。それにこれは専用回線だ。直接わたしに、情報をつかんだとだけ言ってくれ」

「わかりました。アルカラ‐二一三六ですね」テハダは敬礼した。「承知しました、大尉」

「隊員たちに質問したまえ」モラレスは言った。「下士官以上とは話をしたが、全員と話す時間まではなくてな」

「わかりました」テハダは一瞬ためらった。以前、数多くの囚人を尋問した中尉に会ったとき、尋問とは芸術だとその男は力説していた。テハダは不安そうに付け加える。

「しかし、ご承知いただきたいのですが」わたしは尋問官としての訓練を受けていません」

「きみの上司はきみのことを非常に高く評価していたし、わたしもきみの能力に全幅の信頼を置いている」モラレスは言った。「それに率直に言って、ほかに手が空いている者はいないんでね」

「わかりました」このようなお世辞を言われては、ほかに返事のしようがない。手がかりになるようなものを見つけ出せるか心もとなかったが、ラモス中尉は明らかになんらかの手を打つことを期待していた。とはいえ、どこから手をつければいいか、皆目見当がつかない。モラレス大尉はテハダをドアまで見送り、勤務中の隊員に世話を委ねた。

「軍曹を寮へ案内しろ」

テハダはいま使っている営舎にもう慣れた。寝泊まりする部屋は、当初からその目的のために作られていたからだ。だが、アルカラ駐屯地は内戦前からあり、その使い勝手は格段によかった。テハダは午前中をかけて隊員たちに質問した。打ち解けて話をする者もいれば、反感をむき出しにする者もいたが、おおかたは用心深く、口数も少なかった。見たところ、なんらかの有益な情報を漏らした者はいない。もし事件に関わっていれば、こうなることは予測していたはず。関わっていなければ、漏らすことは何もない。あるいは、情報を漏らせば身に危険が及ぶと知っているのかもしれない。テハダはひとまずその考えを、頭の隅にしまい込んだ。昼食時まで待ち、パトロールからもどってきた隊員たちにも質問してみたが、なんら得るものはなかった。すっかり昼をまわってから、ふたたびモラレス大尉の部屋で報告を行なった。モラレスは聞き終えると肩をすくめた。

「きみのところではもう少し成果が得られるかもしれないな」

「はい」テハダの表情に、その中傷に腹を立てたことをうかがわせるものはいっさいなかった。テハダは切り札を出した。「ロペス伍長の持ち物を預かる許可をいただけますか」

モラレスはけげんな顔をした。「本気で言っているのかね？」

「はい」テハダは慎重にことばを選んだ。「わたしは実際にロペス伍長の友人でしたし、身のまわり品を彼の母親に送ってやりたいと思っています。しかし……大尉もやはりその関連性に気づいておられましたか」

「関連性？」モラレスはぽかんとしている。

「ロペス伍長の死は糧食の紛失と関係があるかもしれないとお思いになりませんか。いずれにせよ、驚くべき偶然です」

「いやいや、とんでもない」モラレスは驚いたようだった。「ロペスは〝赤〟に殺されたと思っていた」と言って笑う。「まちがっているかもしれないが、たしかきみの報告書にそう書かれていたと思うがね」

「そのとおりです」テハダはゆっくり言った。「しかし当然お気づきでしょうが、もし闇市場がからんでいるなら、治安警備隊の外部にそのことを知っている者がいるはずです」頭の隅にしまい込んでいた、ふたつの事柄を結びつける。パコが見つけ出したもの。おそらくそれは、あの少女が見たものに関わっている——〝赤〟に何かを売っていた治安警備隊員だろうか？　このあと少女を捜さなければ。その可能性を除外するためだけだとしても。

「考えられなくもない」モラレスは肩をすくめた。「だが、気の毒なロペスが殺害された件については、きみが実に手際よく処理したように思うがね。あれはよくやってくれた」

ひどくずさんなやり方だったと自分では思いはじめていたものの、テハダはその考えをおくびにも出さなかった。

「ともかく、彼の持ち物を調べてもかまわないでしょうか」テハダは辛抱強く言った。

「ああ、そうだな、好きなようにするといい。やつは友人だったと言ったたな？　それは気の毒だった」

「戦争における運のなせるわざです」

「かもしれんな」モラレスはテハダの肩を軽く叩き、ドアをあけた。「だれか！　デ・ロタ軍曹を呼べ。いますぐ」

ドアの外にいた勤務中の隊員は敬礼して立ち去り、ほどなく軍曹の制服を着た痩せぎすで猫背の男を連れてきた。

「お呼びでしょうか、大尉！」気をつけの姿勢をとっても、男の両肩はさがっていた。

「デ・ロタ軍曹だ」モラレスはテハダに痩せぎすの男を紹介した。「こちらはマンサナレス駐屯地のテハダ軍曹。ロペスの持ち物を取りにきた」

〝たとえ頭がいかれてるとしても、上官の言うことには逆らいません〟とでもいうような表情がロタの顔に浮かんだのを、テハダは見逃さなかった。「わかりました」ロタは言った。「なんなりと、テハダ軍曹」テハダは挨拶を返しながら、なぜこの男は上官の命令にこれほど驚いているようなのかとぼんやり思った。

ロタはテハダが午前中にいた寮へ連れていき、廊下を進み、二段ベッドが二組置かれた小さな部屋へ案内した。三つのベッドは整頓されている。四つめにはいびきをかいている男がいた。テハダは男を一瞥して眉を吊りあげた。ロタは機嫌が悪そうな顔をしている。「ガルシア伍長は夜勤の当番なんでな」とよそよそしく言った。「それがお望みの品だ」

ロタは男の下のベッドを指さした。ベッドの真ん中に背嚢が置かれている。テハダは部屋を横切り、ベッドに腰掛けて荷物をあけた。

「おい、なんのつもりだ」ロタの声は友好的というには程遠いものだった。「おまえはやつの荷物を取りにきたんだろう。荷物はそこにある。それを持ってさっさと失せろ」

ロタのほうが階級が上なら従っただろう。しかしそうではなかったので、テハダは相手を無視し、背嚢をベッドの上にひっくり返した。出てきたもののなかに、個人的といえるようなものはほとんどない。背嚢自体がそうであるように、ごくふつうの支給品ばかりだ。とはいえ、いくつかの品には見覚えがある。モスカルド大佐から贈られた、砲火のなかでの勇敢さを表わすリボン。すり切れた革装幀の聖書。柄にダマスク象眼が施されたペンナイフ。そして——ふいに刺すような痛みを覚えて、テハダは目をしばたたいた——いまにもばらばらになりそうな、アソリンの『カスティーリャ』のペーパーバック。あと一度めくれば本体からちぎれてしまいそうな気がして、おそるおそる表紙を開く。最初のページに書かれた、自分の字が目に飛びこんだ。**一九三六年九月十六日　カスティーリャを愛するパコへ——カルロス**。

そうっと小さな本をめくる。背の割れたページのあいだに、栞《しおり》がわりなのか、硬いものがはさまれていた。〈花瓶の香り〉の最初のページが自然に開き、ピンキング鋏でていねいに縁を切り取られた写真が出てきた。驚いて二本の指でつまみ、目を凝らして見た。それは若い娘の写真で、屋外で隠し撮りされたもののようだった。娘はこちらを振り返り、帽子はかぶっていない。つややかな波打つ金髪が、フリルのついた軽いドレスによく映えている。カメラに向かって笑いかけているかのようだ。

パコの妹のどちらでもない。あの籠城戦のとき、パコの家族は全員アルカサルに避難していたので、妹たちの顔は知っていた。籠城のはじめのころ、男たちから熱烈にあがめられていたが、それは若い娘がわずかしかいない環境で、ふたりが若い娘だったからにすぎない。この写真の娘が持つ息を呑むような美しさは、どちらも持ち合わせてなかった。それに、これは男が妹の写真として持ったぐいのものではない。女性のファッションに詳しいわけではないが、ドニャ・クララの目には——自分の母親や義姉の目にさえ——このドレスのフリルのついた襟ぐりは、かなり大胆に映るのではないだろうか。写真の裏を見ると、鉛筆で書かれた文字は薄くかすれているものの、どうにか読み取れる。**愛しいあなた、これを〝幸せなときの思い出〟にしてください。愛をこめて、イサベル**。

テハダはもう一度念入りに眺めた。ドニャ・クララはつねづね手厳しい人だった。この娘はけばけばしいふしだらな女には見えない。デ・ロタ軍曹を見あげると、依然非難がましい顔でドアのそばに立っている。「これはだれだ」テハダは写真をかざしながら尋ねた。「きみは知ってるか」

「いいや」ロタは一歩も動かずに答えた。

「写真を見れば、何か思いあたるかもしれない」テハダは穏やかに言った。ロタの気持ちはわからないでもない。階級が上でもない見知らぬ男にあれこれ訊かれれば、自分だって不快だろう。とはいうものの、この男は必要以上に非協力的な気がした。なぜこれほど憤っているのか。これはパートナーを喪ったことに対する特有の反応なのだろうか。あるいは、糧食の紛失の捜査をしているのが気にくわないのか。モラレスは下士官以上とは話をしたと言っていたが、ロタに質問してみたかった。

　ロタを安心させるべきか、またどうやって安心させるか思案していると、ベッドスプリングの軋む音が聞こえて、頭上で体重が移動した。すると、頭が逆さまに現れ、好奇心と苛立ちが交差する視線をテハダに向けた。

「いったい何事ですか」上のベッドにいる男があくび混じりに言った。

「起こしてしまって悪かった、ガルシア伍長」ロタはよけいな強調をしながら言う。「こちらはマンサナレス駐屯地のテハダ軍曹。いまから帰られるところだ」

「休憩中に邪魔をしてすまない」テハダはけさの自分自身の心境を思い返しながら言った。「ロペス伍長の身のまわり品を預かりにきた。これを見つけたんだが、だれだか知らないか」と写真を掲げる。

　ガルシア伍長はベッドの縁からさらに身を乗り出した。

「ああ！　それはきっとイサベルでしょう。こりゃあたいした美人だ！」

　テハダはこのとき、自分がパコの友人であることを告げたのは、モラレス大尉だけだということを思い出した。ここは好奇心に身を任せることにしよう。「奥さんか？」

「結婚はしていません」意味深長な口ぶりだ。

「では婚約者？」テハダは気づかなかったふりをした。

「なんなのかは知りませんけどね、いやはや《オンブレ》」ガルシアは笑った。「でも、毎月給料の半分を送っていたのは知ってます」

「なんだって」テハダとロタは同時に言った。ロタはテハダをにらみつけて口を閉ざす。テハダはガルシアに注意をもどした。「なぜきみはそれを知っている」

ガルシアは体を起こし、ベッドから滑りおりた。「六カ月ほど前にふたりでパトロールへ出かけたとき、自分のかわりに郵便を出してくれないかと頼まれたんです」と言いながら、テハダが持っている写真をしげしげと眺める。「なぜ自分でやらないのかと訊いたら、ある娘に送りたいが、自分は会ってはならないうえに、手紙も書かないと約束したとかで……手紙はだめでも心は……ってことでしょうか。ちょっとばかりからかおうとしたら、黙りこんでしまいました。彼はあまり人を信じるたちじゃなかったもんで」数週間前なら、テハダはその評価に異を唱えただろう。しかしいま、イサベルのことを考えてみると、パコは自分をどれくらい信用していたのだろうと思った。「イサベルは、ママに会わせられるような娘じゃないんだなという印象を受けました」ガルシアはまだ写真を見つめながらつづけた。「で、これがイサベルってわけですかね。うん、たしかに金を送るだけのことはあるな。その金髪は本物だと思いますか？」

「なぜ給料を送っているとわかった」テハダはよけいなことにはかまわず尋ねた。

「月末の給料が支払われた翌日にいつも札束を渡されれば、だれだって給料だと思うんじゃないですか」ガルシアはもっともな指摘をした。

「ガルシア、そんなのはでたらめだ」ロタが憤然と口をはさんだ。「ロペス伍長は給料を両親に送っていた。未婚の隊員たちがみなそうしているように」

「いいえ」ガルシアは首を横に振った。「彼は両親には品物を送っていました。食料品とかそういったたぐいのものを。なぜ知っているかというと、彼は荷物を包装するとき、いつもその品物について話をしてくれたからです。ですが、給料の半分はこのイサベルという娘のところに送っていました。定期的に」

情報の波に揉まれ、テハダはめまいを覚えた。それでは、息子は男女関係のもつれとは無関係だというドニャ・クララの確信は、あやまちだったことになる。「イサベルの姓は？」

ガルシアは肩をすくめた。「トレダノ、だと思います」

「と思う?」テハダは繰り返した。「しかしイサベルに郵送していたなら……」

「イサベル宛てではありません」ガルシアは言った。「宛先はカンタブリアのどこか小さい町の郵便局留め《ポステ・レスタンテ》でした」

「それでも宛名は書いたはずだろう」テハダは言った。

「ええ、セニョーラ・トレダノ気付けにしてくれと言われました」ガルシアは言った。「でも彼の話しぶりでは、イサベラは未婚女性《セニョリータ》のはずなんです」

「伍長、おまえはいま死んだ男のことを話しているんだぞ」ロタはくいしばった歯のあいだから言った。「それにその芝居がかった脚色は不謹慎にもほどがある。ロペスとその女との……関係……がなんであれ、給料の半分を送っていたなどという理由にはなるまい」

「はい、おっしゃるとおりです」と答えると、ガルシアは気をつけをして床を踏み鳴らした。すぐに楽な姿勢にもどり、テハダを横目で見る。その目には上官に抱いている感情がありありと浮かんでいた。

テハダは普段なら不服従を奨励するようなことはしないが、面白がるような視線をすばやく返した。すでにデ・ロタ軍曹とガルシア伍長のあいだの緊張を感じ取っていたからだ。自分もロタは気に入らないので、ガルシアを信頼したかった。それに、パコが女に給料を送っていたことを、あれほどまでにロタが否定したわけも気にかかる。「この娘に金を送っていた理由に心あたりはあるか、伍長」テハダは冷静に尋ねた。

「おい、軍曹——」ロタが食ってかかろうとした。

「はい!」ガルシアはうれしそうに敬礼した。「子供が関係しているのではないかと思われます」

「死者を侮辱することは許されんぞ、伍長!」ロタの鋭い声に、テハダはわれに返った。「これは命令だ。従わなければ不服従の罪に問われることになると思え」

「失礼だが、彼はわたしの質問に答えたにすぎない」その声はまだ冷静だったものの、テハダはガルシアの前に立ちはだかっていた。「ありがとう、伍長」と後ろを振り向いて言い添える。「休息を邪魔してすまなかった」

ガルシアは引き際をわきまえて口を閉ざした。この見知らぬ軍曹の名前を覚えていればと悔やみながら、マンサナレス駐屯地へ移動する機会について思いめぐらした。

ロタの鼻の穴が広がり、口ひげが少し平たくなる。「まだほかに聞きたいことはあるのか」ロタは冷ややかに言った。

「ひとつだけ」訊きたいことはまだいくらもあったが、テハダも引き際というものをわきまえていた。ベッドに腰をおろし、パコの持ち物を詰め直す。「ロペス伍長が定期的に給料をこの娘に送っていたことを、きみはありえないと考えているようだな。理由を訊かせてもらえないか」

「伍長の給料がどれくらいか知っているだろう」ロタの口調は激しかった。「その金の多くを、こういった関係に注ぎこむなど考えられない。それに、ロペスにはほかに収入源はなかった」

ガルシアが話しているときから、テハダのなかにある疑念が生まれていた。気づかぬふりをしようとしたが、それはいまや頭の入口で飛び跳ね、ノッカーをがんがん叩いている。「ほかに収入源がないというのはたしかなのか？ガルシア伍長によると、彼の両親はこの娘を気に入らなかったのかもしれないということだった。彼は裕福な家庭の出ではないのだろう？」

「可能性がないとは言わん」ロタの声はこわばっていた。「しかしそんなことはないだろう。それに質問はあとひとつと言ったはずだ」

「そのとおりだ」テハダは立ちあがった。「ありがとう」

ロタは駐屯地の出口までテハダを見送り、むっつりと別れを告げた。テハダはほとんど気づきもしなかった。頭がめまぐるしくまわっている。ロタはあれほど敵意をむき出しにしていたにもかかわらず、闇市場との関わりが疑われる人物をほのめかそうと、やっきになっていた。ガルシアによる思いがけない暴露と、イサベルに金を送る余裕がパコにあるはずがないというロタの主張から導かれる推論は、パコには秘密の収入源があったということだ。そのうえ、ロタはパコが裕福な家庭の出ではないとほぼ言い切っていた。テハダは眉間に深く皺を寄せながら、アルカラ通りをゆっくりと歩いた。パコはれっきとしたファランへ党員だった。むろん、それを自慢したことはない。パコをよく知らない人物なら、貧しい家庭の出だと勘違いする可能性はある。可能性はあるけれども、まず考えられない。しかし、ロタと話をした人物がパコと一度も会ったことがなかったら、やつはまんまと容疑者を仕立てあげていただろう――思いがけないところにかなりの金を送っていた、そんな余裕のあるはずのない男。実に巧妙な中傷。〝いや、まさか、あいつにほかの収入源など、あったはずがない〟。わたしがまさしくそういう人物を探していると、最初から知ったうえでのことだ。

テハダはアルカラ通りのはずれにさしかかった。目の前には縦長のダイヤモンド型をしたプエルタ・デル・ソル広場が広がっていた。爆撃でそこらじゅうに穴があいており、練り歩く兵士たちで活気づいている。このまま営舎へもどり、報告書を作成するのが分別のある行動だろう。ラモス中尉がほかにやるべき仕事のリストを手に、おそらくいらいらと悪態をつきながら、帰りを待ちわびているはずだ。

とはいうものの、中尉は糧食の盗難を深刻な問題だとも言った。モラレス大尉もだ。テハダはプエルタ・デル・ソル広場をぐるりとまわって左に折れ、トゥレス・ペセス通りへ向かった。いまこそマリア・アレハンドラ・パロミノを見つけ出すときだ。

テハダがもしアトーチャ通りを横切るとき考え事にふけっていなければ、サイズの合わない民間人の服を着て、顔の一部を帽子で隠したやせこけた男が、怯えたような視線をこちらに向け、戸口へ逃げこむのに気づいたかもしれない。だがたとえその男に気づき、そのそぶりをいぶかったとしても、それがいままさに会おうとしている少女のおじだとは、知る由もなかった。

9

ゴンサロは闇商人たちと約束した時間より早く着いた。その日の朝、カルメンは数切れのオレンジを餌にして、ぐずる娘を学校へ行くよう説得した。母親が学校まで送ってくれることを条件に、アレハはしぶしぶ聞き入れた。遅くまで寝る習慣がついていたゴンサロは、ふたりのやりとりで目を覚ましたものの、そら寝を決めこんだ。

時がもっと早く過ぎてくれることを願いながら、ゴンサロがソファーで横になっていると、数時間後にカルメンがもどってきた。「アレハは学校に行ったか？」ゴンサロは尋ねた。

「ええ」カルメンはぐったりと椅子に腰をおろし、こめかみをさすった。「ここ半年くらい、頭痛の種が消えない気がするわ」

「種はひとつだけか？」ゴンサロは目を閉じたまま尋ねた。姉は鼻で笑ったが、返事はなかった。「仕事は見つかったのか」

「いま学校からもどったばかりなのよ」カルメンはうんざりしたように言った。

ゴンサロは起きあがった。「学校までせいぜい一マイルだろ。三時間はかかってたぞ！」

「帰りにちょっと休憩したのよ」カルメンは言い返した。「何か文句でもあるの？」

ゴンサロは怒りをこらえた。手が届かないほど高い食料のために金を貯めこんで、役に立つのか。それより路面電車に乗って体力を節約するほうが、よほど現実的なのではないのか。ゴンサロはセバダ広場へ行ったときの苦労を思い出した。「アレハはちゃんと歩いたか？」

「途中であたしがかかえていったわ。それからお昼はもどってこないように言っておいた」

娘をかかえていく力がどこにあったのか、ゴンサロはわざわざ尋ねなかった。いわゆる、母親ならできるわざのひとつなのだろう。「働き口に心あたりはあるのか」姉を苛立たせることはわかっていたが、訊かずにはいられなかった。

「ないわ」意外にも、カルメンはつっかかってこなかった。

口にされない〝赤の娼婦〟というささやきが沈黙のあいだに漂い、ふたりは互いにそれが相手に聞こえないことを祈った。カルメンのほうが街頭に立つ女たちを数多く見ていたので、そのささやきがはっきりと聞こえた。それを掻き消すために、カルメンは大きな声で言った。「家で縫い物仕事ができるかもしれないわ」

鮮やかな声が記憶によみがえり、ゴンサロは顔をしかめた。〝あなたの姉さんは裁縫をきらってるけど、わたしはちっともいやじゃないの〟。ビビアナはいつも縫い物が好きだと言っていた。ゴンサロはそれを、まるで毎晩フランコ将軍の健康を祈る、よきカトリック教徒の娘のようだと言ってからかった。「もし……ビビアナ……がここにいたら、きっと助けてくれたのにな」ゴンサロはことばをしぼり出すように言った。

「ええ、でもいないわ」カルメンにはやさしくする気力が残っていなかった。

おれがどんな気持ちでいるかわからないんだ、とゴンサロは思った。その冷たさにショックを受け、夫の死の知らせを聞いたときの姉の姿を忘れて。ゴンサロは押し黙った。カルメンも黙ってすわっていた。うたた寝していたのか、しばらく頭が空っぽになっていただけなのか、ゴンサロは三時前にカルメンの声で目が覚めた。「マヌエラのところへ行ってくるわ。アレハが夕食を欲しがるだろうから」

ゴンサロは何も言うまいとただうなずいた。口を開けば、自分も空腹だと言ってしまうことがわかっていたからだ。時計が三時半を告げると、忍耐が限度を越えた。ソファーから起きあがって寝室にはいる。衣装戸棚のなかは空も同然だった。義理の兄とカルメンの服のおおかたは、とうの昔にアレハの服に作り替えられていた。だが思ったとおり、カルメンの服の後ろに、ゴンサロが国境警備隊へ入隊したとき渡されたリボルバーがあった。ゴンサロは銃を手に取り、サイズの大きすぎるコートも引っ張り出した。銃を持っているのがコートの上からはわからないのをたしかめると、部屋からすべり出て階段をおりた。アルカラ通りまでは一時間もかからない。とはいえ、カルメンのように途中で休んでも害はあるまい。それに、もし遅刻すれば、闇商人たちは待ってはいないだろう。それはしょせん言いわけにすぎなかったが、何もせずソファーに横たわっているよりましだった。

のんびりと歩きながら、歩く距離を節約するために、いちばんの近道を慎重に選んだ。トゥレス・ペセス通り周辺の細い路地は、なつかしく安心できた。両側から迫るような建物はやさしい影を作り、休憩が必要なときは、固い壁で体を支えてくれる。吹きさらしのアトーチャ通りは、人目にさらされているようで落ち着かない。通りには車の姿がなくがらんとしており、爆弾のためにできた穴には瓦礫が詰められ、まるでボクサーのぼろぼろになった歯のようだ。開けた場所へ出ていく前にいったん立ち止まり、路面電車を探しているだけだと自分に言い聞かせた。その心休まる幻想は、反対側から渡ってくる治安警備隊員に打ち砕かれた。ゴンサロがかつてカフェだった建物の鎧戸に寄りかかり、身をこわばらせて見守っていると、その男はそばを通り過ぎ、ふいに足を止めた。

心臓が早鐘を打つ。誰何《すいか》されるかもしれない。コートのポケットにひそませた銃が重みを増す。治安警備隊員は振り返らなかった。かわりにポケットに手を入れ、紙を一枚取り出した。しばらくそれを読み、それから目の上に手をかざして、通りの標識をたしかめた。

胃のなかに張りつめていた緊張が、怒りとなって解き放たれた——最初はみっともなく怯えた自分自身に対して、つぎにあれほど気軽に未知の通りへはいっていった治安警備隊員に、そのつぎにその男の侵入をやすやすと許した通りそのものに、そして最後にもう一度、思いどおりのところへはいっていく治安警備隊員を止める力のない自分自身に。もし、その男の手に握られていた紙に自分の住所が記されているのをゴンサロが目にしていたら、おそらく持っていた武器を使っていただろう。けれど、その紙を見ることはかなわなかったため、ゴンサロは顔をあげ、自尊心とアドレナリンに支えられたたしかな足取りで、通りを横切った。

頭《こうべ》を高くあげ、物思いにふけりながら歩いていたときのことだった。「よう、ゴンサロ！　調子はどうだね」

ぎくりとしてわれに返ると、皺だらけの喉に白髪交じりの数日分の無精ひげを生やした腰の曲がった男が、目の前に立っていた。笑みを浮かべ、ゴンサロの注意を引いたことをとても喜んでいるようだ。「姉さんはどうしとる」老人は続けた。「元気にやっとるかね。あの若い大工の兄ちゃんと結婚したのか」

「えーっと……」この男はだれなのか、ゴンサロはなんとか思い出そうとした。かすかに見覚えはあるものの、どこで会ったかまるで思い出せない。ペドロ・パロミノが大工の見習いだったことを覚えているなんて、このおやじはいったい何者だ。「あの……元気です。ええ、ほんとに。姉は元気にしてますよ」

男は咳きこみ、抜けた歯のあいだから唾を吐いた。「そうか、そうか。そりゃよかった。この戦争はろくなことがないと、わしゃ言ったもんだが。しかし、あんたとあの大工の兄ちゃんが、めかしこんで誇らしげにしとったのはよく覚えて――」

「そちらのご機嫌はいかがですか？」ゴンサロは必死にさえぎった。

「ああ、心配せんでいいぞ。このタチョおやじは口が固いからの」老人はやさしく笑った。

記憶の底から何かが浮かびあがってきた。ティルソ・デ・モリーナ広場での夏の夜、やがて自分もその仲間入りを果たした、散歩中の恋人たちの終わりのない鬼ごっこ。あたり一面には焦げた砂糖のにおいと、あちこちからあがる声。〝タチョ、はい、十センチモ〟〝タチョ、チューロを一本頼む〟〝タチョ、こちらのお嬢さんにチョコレートを〟。ゴンサロは、できたての焼き菓子の香りがする屋台の奥に立っていた男と、目の前の男の顔を重ねてみた。面影はぴったり重なった。しかし、タチョじいさんは、こんなに太ってただろうか。

「ご機嫌はいかがですか、サー」ゴンサロはもう一度、こんどはもっと穏やかに尋ねた。タチョを〝サー〟と呼んだことなど一度もなかった。

「ああ、いやな時代だよ、まったくな」老人はかぶりを振った。「しかしあんたに会えてうれしいよ」

「おれもです」ゴンサロは言った。

ゴンサロがまた歩きはじめると、タチョは横に並んでひょこひょこと歩いた。「ひょっとしてパンを持っとらんかね、ゴンサロ。昔のよしみで頼めんか」

そのねだるような口調に、ゴンサロは恥ずかしさのあまり顔を赤らめた。「いいえ」と地面を見つめたまま答え、まぎれもない真実を語っているにもかかわらず、偽善者になったような気がした。「持ってないんです、すみません」

「ああ、いいんだ。神のご加護があるよう祈っとるよ」

「ありがとう。あなたにも」ゴンサロはその場をあとにしながら、タチョは神を信じているのだろうかと思った。おそらくタチョの考える天国とは、人がごったがえす夏の夜の広場であり、チューロとホットチョコレートの香りが、色のついたライトとテープのように、建物のあいだを漂っているのだろう。タチョはおそらくまちがっていない。その発想は、日曜学校で聞かされるあいまいで信じがたい作り話と、さしてちがいはなかった。

ゴンサロは戦争がなかったころの色褪せた記憶から逃れると、闇商人たちとの約束に注意をもどした。情報を買う金はない。だが、脅すことはできる。あいつらは兵士じゃないんだ。あとでおれを恨むだろうが、銃を突きつけられれば、こっちの知りたいことを話すにちがいない。もしあの闇商人がほのめかしたように、治安警備隊が関わっているとすれば、脅しは得策ではないだろう。ひょっとするとほんとうに、これからビビアナを殺した犯人と会うのかもしれない。こんな簡単なことだったのかもしれない、とゴンサロは一瞬有頂天になった。すると、姉に銃を持っていくと告げずに家を出たこと、そして姉が心配しながら帰りを待っているだろうということを思い出した。もう帰らないかもしれないと言っておけばよかった。眠れぬ夜を過ごして欲しくない。自分のうかつさを悔やんだが、それは駅が遠ざかるのを眺めていた男が、歯ブラシを忘れたことを悔やむ程度だった。少し気掛かりではあるが、進路を変えるほどのものではない。

アルカラ通りに着くと、公園に沿って歩きだした。前日、自信たっぷりにどの場所のことかわかると言ったものの、入口はふたつあり、そのどちらも治安警備隊駐屯地の真向かいではなかった。数分でも早く休めるように、近いほうを選んだ。近くにある時計の鐘が鳴りはじめる。ようやく四時半になったところだ。ゴンサロは入口のそばのベンチに腰をおろして、コートの襟を立てた。寒かったし、タチョとの思いがけない再会から、顔を隠したほうがいいと思い知った。暖を求めてポケットに手を入れる。

紙屑と松葉が風に吹かれ、公園の散歩道を転がった。コートのなかを風が通り過ぎ、ゴンサロは身震いした。手のなかの銃が氷のように冷たく感じられる。時計が四時四十五分を告げた。公園には黒い服を着た老女が数人いるだけだ。「待つことほど、苛立たしいものはないな」かつてふたりの若い民兵がこざかしく語り合った。「戦闘で最悪なのは待つことだ」事態が緊迫した一九三六年の秋、したり顔でそんな会話を交わしていたが、それもモロッコで戦った歴戦の軍人が嘲笑うまでのことだった。「馬鹿な若造どもが。戦闘で最悪なのは戦闘そのものだ。待つなどということは、できるうちにやっておくがいい!」時計が五時を告げた。ゴンサロは立ちあがり、何気ないふうを装ってもう一方の入口へ向かった。どうやら選択を誤ったらしい。

もうひとつの入口も、同じように人気がなかった。最初の入口へもどるべきか、もう少しここにいるべきか、ゴンサロは迷った。連中は約束を忘れたのかもしれない。避けられない用事ができたのかもしれない。何もかも罠だったのかもしれない。ゴンサロはできるだけ急いで来た道を引き返した。最初に腰掛けていたベンチの前でまた足を止める。あと数分なら待ってもいいだろう。

五時十五分にベンチを離れようとしたところ、公園の入口から声が聞こえ、フランコ軍の制服を着た男がこちらへやってきた。襟の折り返しにファランヘ党のシンボルである束桿《ファスケス》の記章をつけている。ゴンサロは身をこわばらせたが、その男の連れが女であることに気がついた。そのふたり連れはゴンサロの存在に気づいた様子もなく通り過ぎた。若い兵士は片手を女の腰にまわし、もう片方の手を大きく動かして何かを説明している。ふたりが見えなくなるまで目で追っているあいだ、ゴンサロの手は震え、銃を抜きそうになるのを懸命にこらえていた。

ゴンサロは公園に入ってきたもうひとりの人物に気がついた。こんどはスーツケースを持ち、きびきびとした足取りの男だ。マドリードに羽振りのいい実業家がまだいるとすれば、そんな服を着るだろうという身なりをしている。スーツケースをまるで書類鞄のように軽々と片手で持ち、コートはベルトでゆるく締めているだけだ。男はゴンサロを眺めまわした。「こんにちは」帽子に軽く手でふれる。「こんなところで会うとは奇遇ですね。湖のほうへ行くつもりですか?」

きのう話をした男だった。「ええ」とゴンサロは用心しながら答える。

「わたしもです」男は気安く言った。「ご一緒してもかまいませんか?」

「どうぞ」砂利を敷いた散歩道を歩きながら、ゴンサロは声を落として言った。「遅かったな」

「別件でね」男はほとんど口を動かさずに答えた。

細くなっている散歩道のほうへ曲がり、フランス式に刈り込まれた樹木の天蓋の下を通る。しかし木々はこの数年のあいだに育ちすぎており、いまは葉が落ちて節くれ立った枝が、風に吹かれてかさかさと音を立てているだけだ。ゴンサロはあたりを見まわした。「きょうはひとりなのか」

「ああ、おれの……同僚はほかの仕事があってな」

ゴンサロはためらった。もしものとき、ひとりのほうが扱いやすいにはちがいないが、どうすればこの男の関心を引くような話題を切り出せるか。ゴンサロは押し黙ったまま、男が口火を切ってくれることを期待した。期待は裏切られなかった。

「あんたの望みの品を手に入れてやってもいい」男の声は低すぎて、砂利の音に掻き消されそうだった。「だが、前金が必要だ」

「なぜだ」うさんくさい客のふりをしたまま、ゴンサロは尋ねた。

「つけで買えるような代物じゃねえんだよ。五十ペセタだ」

「五十！」ゴンサロは作戦を忘れて声を詰まらせた。そんな無駄づかいができる余裕のある人間が、この街にいるのだろうか。「冗談だろう」

「前金で五十。品物を渡したときに二十五。もちろんブルゴス通貨で」

どのみち、持ってもいない金を値切っても時間の無駄だ。

「あんたが五十ペセタを持ってとんずらしないって保証はあるのか」

「おれのことばを信じるしかねえな」

「なぜ直接買っちゃいけないんだ。あんたの……供給者から」ゴンサロは慎重に尋ねた。

「直接取引したいってんなら好きにやれよ」男の声には勝ち誇ったような響きがあった。

ゴンサロは大きく息を吸った。一か八かやるしかない。銃を使うか。それとも、危険なことに変わりないが、勘に賭けてみるか。ゴンサロはあたりを見まわした。この先、散歩道は湖の畔まで広がり、そこで木々は途切れている。しかし道に人気はない。銃か、勘か。「おまえは嘘をついている」ゴンサロは静かに言った。

「好きなように思うがいいさ」男は肩をすくめ、足取りを少し速くした。

「おまえの供給者は死んだんだ」ゴンサロは歩調を合わせた。「先週殺された、そうだろ？　アモル・デ・ディオス通りで。だからおれに商品が渡せないんだ」

「なんのことだかわからねえな！」男の声は震えていた。足を止めてゴンサロと向き合う。

「そうか」ゴンサロは男の反応に気をよくして言った。「じゃあ、おまえは治安警備隊員から買ってなかったし、先週そいつを殺したのもおまえじゃないんだな？　ちなみになぜ殺さなかったんだ。金で揉めたりはしなかったのか」

「ちがう！」男の自制心は崩れ落ちた。「おれはだれも殺しちゃいない。やつが死んだことを知ったのも……」男は口をつぐみ、顔が蒼白になった。「なぜそんなことを気にしやがるんだ。くそっ、まさかおまえ、治安警備隊員か？」

その答えとしてゴンサロは銃を引き抜き、男の脇腹に突きつけた。「そいつが死んだことを知ったのはいつだ」

「さっきあんたが言ったときだよ！」男は魅入られたように銃を見つめていた。

ゴンサロは男に立ち直る隙を与えたことを、内心毒づいた。「そいつは価格を吊りあげようとしたのか」

「いいや」男は腕を脇から少し離し、銃から体を遠ざけるために息を吸い、腹をへこませているかのようだった。

「いや、やつは金なんざ気にしちゃいなかった。全部女に送ってたんだ。揉めたことなんて一度もない。ほんとうだ、神にかけて誓う。頼む、ほんとうなんだ。やつは自分の仕事をし、おれたちも自分の仕事をした。けど、おれはやつを殺してなんかない。おれの仲間も！」

「じゃあ、だれがやったんだ」

「知らねえよ」男の声はかすれていた。「〝赤〟の狙撃兵じゃねえのか」銃をまた胸郭に突きつけられ、男は息を呑んだ。

「だれがそんなことを言ったんだ」

「新しい供給者だよ。やつは偶然だと言ってた」

ゴンサロの声がこわばる。「狙撃兵はどうなった」

「知らねえ！　ほんとうに知らねえんだ。死んだって聞いたぜ。けど、やったのはおれたちじゃねえ。よその駐屯地から来たパトロール中の治安警備隊員だ」

「どこの駐屯地だ」

「マンサナレスじゃねえか、たぶん」男は息を呑んだ。

「でもそんなこたあ商品とはなんの関係もねえんだ。〝赤〟がパコを殺し、マンサナレスから来たやつが〝赤〟を殺した。それだけのこった！」

「そのマンサナレスの謎の男が新しい供給者なのか」

「ちがう。嘘じゃねえ！　その治安警備隊員――軍曹だと思うが――そいつは堅物だってよ。セニョール……供給者がそう言ったんだ。そいつに気をつけろってな！」

「マンサナレス駐屯地の軍曹」ゴンサロはゆっくりと繰り返した。「それはたしかなのか」

男の目が細くなった。「おい、結局あんたは何が知りてえんだ。最初は商品、おつぎはパコ、こんどはその軍曹かよ。あんたは何者で、何を調べてるんだ」

ゴンサロはそろそろ会話を終わらせたほうがいいと気づいた。湖の向こう側に数人の人影がある。散歩道にいるこちらの姿が目にはいることはないだろうが、長引けば長引くほど見つかる可能性は高くなる。それにこの男も最初の恐慌から立ち直りつつあるようだ。いつ助けを呼ぶか、逃げ出してもおかしくない。「おれがそいつらみたいなやつじゃなくてよかったな」ゴンサロは言った。「さもなきゃ、おまえはいまごろ死んでたぜ」そこで一瞬躊躇する。「スーツケースを下に置け。それから後ろを向くんだ。手をおれの見えるところから動かすんじゃないぞ」銃口を男の腰のくびれに押しつけたあと、少しだけ離した。さて、ここからが肝心だ。膝を曲げてスーツケースを拾いあげた。それは片手で持つには重く、もう片方の手も銃の重みでしびれはじめていた。「さあ、歩け」不安が声に表れていないことを祈る。「真後ろについてるからな」

男は両手を脇から数インチほど離したまま、のろのろと歩き始めた。ゴンサロは砂利の上をできるだけ音を立てないようにしながら、男の一歩あとを歩いた。ゆっくりと、徐々に男との距離を広げていく。湖から少し離れたところに、細い泥道が広い散歩道と交差していた。そこに来ると、ゴンサロはすばやく銃をポケットに入れ、両手でスーツケースを引きずりながら小道へ逃げこんだ。夏だったら高い灌木が姿を隠してくれただろうが、いまは裸の枝がからまった茂みがうまく隠してくれることを期待するほかない。かつてバラ園だったところを目指して突き進む。スーツケースを捨ててしまおうかとも思ったが、その重みは食料の証であり、これほどの危険を冒しておいていまさらあきらめるなんて、腰抜けのやることだ。

あの闇商人が治安警備隊を呼ぶことはないはずだ。治安警備隊員ではないとおれは完全には否定しなかったし、そんなことをすれば、スーツケースの中身についてあれこれ問いただされるのは避けられないだろう。とはいえ、ゴンサロが少し楽に息をつけるようになったのは、どうにか公園から出て、ふたたび通りの陰に身をひそめたときのことだった。銃弾の跡があちこちに残る灰色火山岩造りのアパートにもたれて、脈拍が普通と思われる速さにもどるのを待つ。建物に寄りかかっていると、ふいにめまいを覚え、膝のあいだに置いたスーツケースの上にすわり、やがて舗道の丸石に髪がふれんばかりに倒れこんだ。

マンサナレス駐屯地の軍曹、と口のなかで繰り返しながら、そろそろとすわり直し、立ちあがった。時間の無駄ではなかった。マンサナレス駐屯地の軍曹。歩いて家へ帰るには、かなりの時間がかかった。スーツケースは重く、公園を走り抜けたことで体力を消耗していた。家に着くと息はあがり、汗だくになっていたが、にもかかわらず、ビビアナが死んだことを知って以来はじめて、しあわせに近い気分だった。ゴンサロはスーツケースを薄暗い居間に引きずっていった。「カルメン？」

「ゴンサロ？」カルメンが台所から現れた。「ゴンサロ！ああ、よかった！よかったわ！」カルメンは弟に駆け寄り、力一杯抱きしめながら涙ぐんだ。

「おれの顔を見てそんなに喜ぶとはな」ゴンサロは困惑しながら言った。姉に何も告げぬまま死ぬ可能性を、自分が冷静に受け入れたことを思い出し、胸がちくりと痛んだ。「でもさ、これを見てくれよ」姉を自分の体から離し、スーツケースをあけようと腰をかがめた。

どさっという音を立ててあいたスーツケースのなかから、丸みのある物体がいくつか転がり出た。カルメンは床に膝をつき、そのうちのひとつを拾いあげた。「じゃがいも……」とつぶやく。「それに……肉だわ！ゴンサロ、どうやって……」

「話すと長くなるんだ」ゴンサロは姉の頬をとめどなく流れる涙を見て、満ち足りた気持ちに近いものが感じられた。「料理してくれるあいだに聞かせてやるよ」

カルメンはうなずき、包みをスーツケースにそっともどすと、それをまるで赤ん坊のように胸に抱きかかえた。

「そうね」弟に笑いかける。「そうしましょう、ゴンサロ。ああ、うれしいわ」

「で、何をそんなに心配してたんだよ」ふたりで台所へ向かいながら、ゴンサロは微笑もうとした。「弟のことを信じてなかったのか?」

意外なことに、カルメンはこのからかいに乗ってこなかった。「そうじゃないの」スーツケースを台所のテーブルに置く。「あんたがいないあいだに、治安警備隊員が来たのよ。あれこれ質問していったわ。あたしが国境警備隊員をかくまってると疑ってるみたい」

一日早ければ、ゴンサロはそれを運命と平静に受け入れただろう。しかしいまは、ビビアナを殺した犯人があと少しで見つかりそうだということと、家族に食料を見つけてやれたよろこびが、ゴンサロを奮い立たせた。「夕食をとりながら話そう」ゴンサロはきっぱりと言った。「きっとなんとかなる」

10

テハダは苦もなくアトーチャの南までたどり着けたが、トゥレス・ペセス通りを捜し出すのにいささか手こずっていた。首都には学生のころ訪れたことがあったのでおもな通りは知っていたし、地図で新しい知識を仕入れていたものの、でたらめな標識がついた街の中心部の曲がりくねった路地には不案内だった。砲弾が多くの標識を(もし標識があったとすれば)破壊したようだが、それで探索が楽になるわけではない。結局、老人を呼び止めて、方角を尋ねた。その訊き方が思いのほかぞんざいだったのは、慣れない挫折感に苛ついていたことと、あたりの悪臭に辟易していたためだった。欠けたり剝がれたりしているファサードや、頼りない板材で支えた家々とその周辺の、自然に荒廃したか破壊された建物を眺めていると、ブルドーザーかまともな建築家を心から切望した。基盤目状《グリッド》だ。基幹道路の周辺から、放射状に設計し直す。この過去の遺物を取り壊し、建物の奥行きが減る埋め合わせに数階分高くすれば、ジープが通れるくらいまで道路を広げられる。テハダがいままで歩いていた通りは、その名を変えることなく、いつのまにかほかの通りと合流していた。絶対に基盤目状にすべきだ。テハダはうんざりした。教えられた方角はまだあっているのだろうか。

トゥレス・ペセス通りを見つけたころには、もはや、存在しない番号を探そうという気はなかった。適当に建物を選び、いちばん近いドアを叩いた。長い沈黙があり、やがてためらいがちな声がした。「どなた?」

「治安警備隊だ。ドアをあけろ」テハダはさらに脅しをかけることも考えたが、ひとりではうまくいくまいと思い直した。

ドアが開き、頭にショールを被った女が現われた。「うちは何もしちゃいません」その声は震えており、テハダは一瞬、この女がやましく感じているものはなんだろうと思った。

この女が何をしていようが関係ない。「二十五番はどこか教えてもらいたい」

女はしばし口をぽかんとあけてこちらを見つめたあと、ほっと息をついてドア枠にもたれかかった。「はい。はい、もちろんですとも。通りの向こう側に渡って三軒先です」

「感謝する」テハダはきびすを返して歩み去った。後ろでドアが音を立てて閉まった。

テハダは教えられた建物の前に来たとき、アパートの部屋番号を知らないことに気づいた。建物にははっきりと番号をつける、とますます都市計画を拡張する。住人の最新の名簿を持つ、信用のおける守衛も必要だ。テハダはため息をこらえ、一階のドアを叩いた。「治安警備隊だ!　ドアをあけろ!」一階に住む者はことごとく留守にしているか、まさかドアを蹴破ることはあるまいと踏んでいるかのどちらかのようだ。

テハダはしばし考えこんだ。ここが目当てのアパートだという可能性はある。もしそうだとすれば、ほかにもいくつか可能性が出てくる。パコを殺したあの女民兵がマリア・アレハンドラの母親、カルメン・リョレンテだとしたら、部屋には鍵がかかり、なかにはだれもいないだろう。一方、パコを殺したあの女が、不注意で落としたノートはさておき、アレハンドラとはなんの関係もないとすれば、パロミノ家には治安警備隊を避ける別の理由があるのかもしれない。もしくは、単にこのアパートの住人は留守なのかもしれない。もしくは、ここはまったく別のアパートなのかもしれない。たしかめるのにいちばん手っ取り早い方法は、だれかと話すことだ。テハダはアパートの裏にまわり、もう一度ノックした。「治安警備隊だ！　ドアをあけろ！」

こんどはまもなくドアが開いた。「なんでしょう」返事をしたのは、また女だった。マドリードには男が残っていないのか。いるとすれば、女の後ろに隠れているのだろう。〝赤〟のやりそうなことだ。

「マリア・アレハンドラ・パロミノという少女を知らないか」テハダは尋ねた。「七歳くらいだ。このアパートに住んでいると思うが」

女は口をぽかんとあけてテハダを見た。「アレハンドラ？　ええ、知ってますよ。でもなぜ……」女は治安警備隊員に質問するのは賢明ではないと気づいて口をつぐんだ。

「母親と暮らしてるのか？」テハダは尋ねた。

「はい。母親とそれから——」女は黙りこんだ。

「それから？」テハダは眉を吊りあげた。アレハンドラの母親は未亡人ではなかったか。

「母親と……それから……おばもいっしょに住んでました」女はかすかに息を呑んだ。「でもあの子のおばは……数日前に亡くなりました」

この女は嘘をついているのでなければ、何かを隠そうとしているのはまちがいない。だが怯えているし、嘘をつくのも下手だ。部屋の番号を尋ねるだけでなく、もう少し問いただしてみる価値はあるかもしれない。しかしこのとき、背後から聞こえる足音と、ゆっくりと階段をのぼるリズミカルな音に気がついた。女はテハダから目をそらし、ほっとして息をついた。「ああ、彼女だわ」女はしゃべりだした。「直接お話ししてくださいな。カルメン！　カルメン、こちらがあんたを訪ねていらしてるよ」

テハダは振り返って上を見た。ショールを頭からかぶり、黒っぽいコートをしっかりと着こんだ女が、凍りついたかのように階段に立っていた。近づくと、女はがっしりとした体格をしているのがわかったが、その肩の広さに対して極端な痩せ具合が、ちぐはぐな印象を与えていた。「セニョーラ・リョレンテですか?」

女の唇が動き、かすかにうなずいたことから、返事を発したことが察せられた。だが声は聞こえなかった。

「捕まえられてよかった」それがあまりうまい言いまわしではないことに、テハダは気づかなかった。「二、三、お聞きしたいことが」

カルメンはうつむいた。「どんなことですか」

「廊下で立ち話もないでしょう」テハダは気軽に言うと、手すりをまわりこみ、階段をのぼりはじめた。「上にあがって、ふたりだけで話しませんか」特に大きな声を出したつもりはなかったが、テハダの声は静かな通路に響き、隣人の女はあたふたとドアを閉めた。

テハダがそのまま向かってくるので、カルメンは前に向き直り、階段をのぼるしかなかった。「どんなことですか」少し息を切らしながら、カルメンは繰り返した。

「実際には、あなたの身内を捜してるんです」テハダは言った。「気をつけて」と言い添えたと同時に、カルメンは階段につまずき、前につんのめった。「あなたのお嬢さんだと思いますが。アレハンドラです」

「アレハンドラ?」カルメンの耳鳴りがいくらか引いた。声がいつになく高く、震えているのを、治安警備隊員に気づかれないよう祈った。「なぜでしょう」

「治安警備隊にとって、重要な情報を持っているかもしれないんです」階段をのぼりきったところで、テハダは答えた。

カルメンはテハダの前を足早に歩き、ドアの錠をあけた。「わかりません」できるだけ声を張りあげた。「なぜ治安警備隊がアレハに関心を持つんですか。あの子はほんの子供です」

ドアが開いた。カルメンはなるべく時間をかけ、大きな音を立ててコートを脱ぎながら、この治安警備隊員が自分を押しのけようとしないことを祈った。静かにたたずみ、時間を稼ごうとするこちらの企みには気づいていないようだ。「殺人を目撃したかもしれないんです」テハダは言った。「そういえば、最近ご家族を亡くされたと近所の方から聞きました。お悔やみ申しあげます」

「え？」カルメンは目をみはった。カルメンの知るかぎり、治安警備隊がお悔やみを言うことなどなかった。

「あなたの妹さんとご一緒に暮らしていたんですね。それとも義理の妹ですか？」

「わたしの妹です」カルメンはすかさず答えると、口の軽い下の階の住人に心のなかで毒づいた。もしかしたら、この治安警備隊員は、ゴンサロのことは知らないのかもしれない。「わたしの妹です」カルメンはこれ以上引き延ばすのは無理だと判断し、この招かざる客を居間へ案内した。だれもいないことに胸をなでおろす。一緒に暮らしていたのはビビアナだけだと言ったほうがいいだろうか。けど、もしこのアパートのだれかが、ゴンサロのことを話していたら……。「申しわけありませんけど、アレハは学校なんです」カルメンは急いで言った。「ですが、わたしでよろしければお答えします」

テハダは居間を眺めまわした。金があるような気配はどこにもない。家具はないも同然だ。飢えで痩せこけたカルメン・リョレンテの体つきが、闇市場とつながりはないことを示している。アレハンドラが目撃者だったとしたら、偶然見たにすぎないのだろうと、テハダは思いはじめた。娘の母親は明らかに怯えているが、この近所で話した連中はみなそうだった。「アレハンドラはいつもどってきますか」

帰宅を待つつもりだ、とカルメンは恐怖に襲われた。ゴンサロがすでに隠れているなら問題ない。けど、もし突然もどってきたら……。「わかりません」カルメンはとっさに口走ったあと、説明をしたほうがいいと考えた。「その、アレハの学校はかなり遠いところにあるんです。きょうはうちより近くに住んでいる友だちと一緒に帰ってきなさいと言いつけたので、ひょっとするとその子の家に泊まってくるかもしれません」

「それはどこですか？」テハダは北へ捜索に向かう価値はあるだろうかと考えた。

カルメンは答えを用意していた。「サン・マテオ沿いです」サン・マテオ通り《カリエ・サン・マテオ》かサン・マテオ間道《トウラベシア・サン・マテオ》のどちらとでもとれるように、巧みに嘘をつく。

テハダはその企みには気づかなかったものの、標識のない入りくんだ通りをまた探しまわるのは気が進まなかった。ラモス中尉が報告を待っているし、これ以上の遅れは身勝手が過ぎるだろう。テハダは中尉と相談し、さらなる命令を待つことに決めた。ため息を押し殺す。「わかりました、セニョーラ。あす出直してきます。お嬢さんの情報が、治安警備隊にとってきわめて重要かもしれないことをご理解いただきたい。あす、こちらでお嬢さんとお会いできるよう願います」

「わかりました」カルメンの口のなかが乾いた。

テハダは重要なことを見過ごしている気がしてならなかった。だが疲れていたし、集めた情報を整理する時間が欲しかった。青白い顔をしたセニョーラ・リョレンテと別れながら、あの女が語ったことのなかに、どれだけ真実が含まれていたのだろうと思った。アレハンドラの捕らえにくさには舌を巻くばかりだ。娘が何かを見たことをあの母親が知ったら、娘を隠そうとするにちがいない。やつらが子供を殺すことにためらいを覚えるとは思えない。実際、パコを殺すよりはるかにたやすいだろう。もっとも、目撃者がいることは知っていても、それが何者か知らないのなら話は別だが。そのとき、友人が殺される原因となったノートをまだ持ち歩いていたことを思い出して、テハダは落ち着かない心地がした。だが、ヒメネス以外に知る者はいない、と自分に言い聞かせる。ともあれ、曲がりくねった路地の終わりにたどり着き、パトロールの目が行き届いた広い大通りにもどったときはほっとした。

中尉への報告書を書きあげると、ゆうに五時をまわっていた。アレハンドラのノートが持つ情報が気掛かりで、ヒメネスを探しに行く。腹立たしいことに、ヒメネスは三時間前に、二十四時間の休暇をとっていた。しかたがないとあきらめ、寝室とオフィスを兼ねるちっぽけな部屋へ向かう。腰をおろし、自分宛てのメモを見つめた。メモが目の前でぐるぐるとまわる。不公平だ、と思いながら、いくぶん前にもたれかかるようにして、机に肘をつく。われわれは勝利したというのに、平和になったいま、以前の二倍働いている。パコは戦時中あのイサベルという娘と関係を持つ時間があったが、いまならそんな時間はとれなかっただろう。それとも、戦前に出会ったのだろうか。もしイサベルがカンタブリアにいたなら、どうやって……。カンタブリアは美しいところだと聞いたことがある。バスク地方の隣で……。雨が多いと……。だがパコは雨をきらっていた……

雷鳴が轟き、物思いから引きもどされた。テハダは跳びあがり、そしてそれはバスケスが長靴を踏み鳴らした音だと気づいた。バスケスは気をつけの姿勢を取ったまま、ばつの悪そうな顔をしている。「サー！」真正面を見つめ、テハダの頭が机に載っていたことに気づかなかったふりをしているが、まずい芝居だった。

テハダは時間を無駄にしたことを内心毒づいたが、つかの間その矛先を、とんでもない時間に起こしてくれたラモス中尉に向けた。「なんだ、バスケス」苛立ちを押し殺して尋ねる。

バスケスは直立不動の姿勢をつづけている。「女性がお会いしたいそうです！」

テハダは顔をしかめた。女のヒステリーは仕事絡みのもののなかでも煩わしさで群を抜いており、青ざめて怯えきった女に、きょうはもうじゅうぶんすぎるほど会ってきた。「いま何時だ」と鋭く言う。

バスケスは時計に目をやった。「二十時と三十二分です」上官は自分の時計をまちがいなく見たはずだという考えを、軍隊式の言いまわしでできるだけ押し隠した。

「では、その女はゴンサレス軍曹に会いに来たのだろう」テハダは不快そうに言った。「わたしは十二時間の勤務を二分前に終えたところだ」

「それが……はっきり軍曹とお話ししたいと言ったんです。名指しで」バスケスの直立不動の姿勢はおおかた崩れ、自信はほぼすべてが失われていた。

「何？」危機に直面したときのラモス中尉の机の上さながらに、テハダの頭にさまざまな推測が渦巻いた。ドニャ・クララと別れる際に告げたことばがよみがえる――〝いつでもいらしてください〟。クララ・ペレスが駐屯地へあいさつに立ち寄るなど考えられないが……。「喪服を着て堂々とした白髪の老夫人か？」テハダは必死に頭のなかを掻きまわしながら、思い切って尋ねた。

「いいえ」バスケスはますますばつの悪そうな顔をする。「もっと若い女性です。黒髪を三つ編みにして、青いスカートをはいていました」

バスケスのことばが、あわてて掻きまわした民間人のときの記憶から、無用な知識を拾いあげた。「ミカエラにちがいない《ス・ドウワ・エートル・ミカエラ》」テハダは思わず言った。

バスケスは目をまたたかせた。「なんとおっしゃいました？」

「いや、いい」テハダはその台詞の意味がわかるくらいにはフランス語を覚えていたが、どこから引用したのかがわからなかった。「ラモス中尉はまだ部屋に？」

「いいえ。半時間前に勤務を終えられました」

「では、その女性を中尉の部屋に案内してくれ」とテハダは言った。「そこで会う」

テハダは中尉の部屋に向かいながら、自分に会いたいという女はだれなのか見当をつけようとした。家族の友人にもマドリードに残っている者はいない。それに、まともな頭の持ち主なら、いま首都に来ようなどとは考えまい。友人の友人だろうか？　しかし、知らない人物と会うために、若い女が治安警備隊の駐屯地を訪れるものだろうか？　部屋にはいると、即座に机の上の書類を整え、盗み見されると差し障りのある書類が残っていないかたしかめた。マドリードで、同僚以外にわたしの名を知っている人物とは何者だ？　「ミカエラか」とうんざりする。どこのどいつだ。

書類の端を揃えてから、表を下に返して置きながら、それより小さな謎のことをぼんやりと考えた。あの台詞はどこから引用したのか。青いスカートと黒髪の三つ編みに関係のあるもので、おそらく覚えやすくするために、ばかげた曲がついている。思い出そうとして、テハダは鼻歌を歌った。するとドアが開き、バスケスの声が聞こえた。「こちらです、セニョーラ」

「どうも」明るい青色のスカートをはき、流行遅れの長い黒髪を頭の上に巻きつけた女が部屋にはいってきた。「こんばんは、テハダ軍曹」澄んだ声で言ったその女は、アレハンドラの担任教師だった。

11

バスケスは退出し、気を利かせてドアを閉めていった。テハダはやっとのことで立ちあがる。寝ぼけ眼に無精ひげを生やした顎、頭はぼうっと霞がかかったような自分の姿が情けなかった。「こんばんは、セニョリータ――」一瞬、名前が出てこない。「フェルナンデス」その間を相手に気づかれないほど、すかさず言い終えた。かつて教えこまれた礼儀をかろうじて思い出して言い添える。「ようこそお越しくださいました」

「ご親切にありがとうございます」どの音節もはっきりと発音し、慎重にことばを口にする。エレナ・フェルナンデスがとてもやさしい話し方をすることに、テハダは驚いた。エレナは前で交差させた手にコートをかけ、静かにたたずんでいる。落ち着いているものの、それ以上言うことがなさそうだ。

「どうぞおかけください」テハダは沈黙が耐えがたくなる前に言った。「なぜこちらへ見えたのか、教えていただけませんか」

エレナは示された椅子の端にゆっくりと腰をおろし、話し方と同じように印象的な無駄のない動きで両脚を揃えた。ぴんと伸びた背中と頭の上にまとめた髪の組み合わせは、どこかバレリーナを思い起こさせる。テハダは腰をおろしながら、あの髪はほんとうに黒いのか、それとも人工の明かりの下でそう見えるだけなのだろうかと、とりとめもないことを考えていた。青白い顔のせいで、髪の黒さはいっそう際立っている。「あなたと――」エレナは言い淀んだ。

「直接お話ししたいと申しあげたことが、あやまちでなければいいのですが。でも……」

「でも?」テハダはできるだけ励ますように言った。

「アレハ・パロミノのノートについて、いろいろ尋ねられましたね」ようやく心を決めたようだ。「あれは、先週の金曜日に同僚の方が亡くなったことと、関係があると思われたからですか」

テハダはまだ、エレナ・フェルナンデスが自分を探しにきた目的を、推し量ることができずにいた。むろん、囚人のために来たのかもしれないが、この女性がコネを利用しようとするような、みっともないまねをするとは思えないし、囚人と関係があるかもしれないという考えも気に入らない。しかし、さらなる情報を持っているとも思えなかった。ところがいまは、驚くほど事情に通じているように見える。テハダは身を乗り出した。「それはどういう意味ですか」

「アレハンドラが、きょう学校に出てきました」エレナは言った。「ノートをなくしたことでとても動揺していて、そのわけを打ち明けてくれたんです」いったんことばを切る。「わたしは、たぶんここへ来たことで、あの子の信頼を裏切ったんだわ」

テハダは深呼吸し、落ち着いた声が出せるかたしかめた。

「来てくださって感謝します」正直な気持ちだった。「ご安心いただきたいのですが、アレハンドラを傷つけようなど夢にも思っていません。それどころか、知っていることをすべて話してもらえれば、あの子の身は安全になるはずです」

「わたしもそう思ったんです」エレナの顔につかの間笑みが浮かんだ。「でも、そう言ってくださって安心しました。アレハは先週、帰宅途中にノートをなくしたそうなんです。治安警備隊員が前を歩いていて、そのあとすぐ銃声が聞こえたそうです。アレハは怖くなって隠れました。その直後、アレハが隠れていたところを、治安警備隊員が通り過ぎたそうです。はじめは同じ人だと思ったそうですが、また歩きはじめたところ、最初の人の死体を見つけました。アレハはもうひとりの隊員が殺したにちがいないと思って逃げたそうです。同僚のなかから犯人を捜すのは、気が進まないことだと思います。ですが、アレハは正直な子です」

テハダは疑わしそうに眉をひそめた。「ノートのことはどうなんです？」

「死体を見て、走って帰ったときに落としたんです。怯えてたんですわ」

テハダは最初、これは自分を誤った方向へ導こうとする罠だと思おうとした。エレナ・フェルナンデスは自分がノートに関心を持っていることを知っている。つまり、情報を提供するにはうってつけの人物だ。とはいえ、もしノートが闇市場と関係があるとすれば、この女性が同じ闇商人のグループの一員だというのは、信じがたい偶然だ。それとも偶然ではないのか？　アレハンドラがどんな状況で目撃したとしても……何を目撃したとしても。テハダはかなりの失望を覚えた。この女性の冷静さを賞賛していた。犯罪者だとは信じたくない。だが……。「アレハンドラのノートはロペス伍長の遺体のそばにはありませんでした」テハダは相手を観察しながら言った。

エレナはがっかりしたようだが、そこにやましさはなかった。「まあ。それではビビアナおばさんが先に見つけていたんですね」

テハダはあやうく声をあげるところだった。勇気があることと、凶悪な犯罪者の名前を平然とあげることは別物だ。この女性は真実を語っているのかもしれない。「ビビアナおばさん？」

　エレナは微笑んだが、その声は悲しみの色を帯びていた。

「アレハがそう呼ぶんです。フルネームは知りませんし、血のつながりがあるのか、義理のおばなのか、それに近い関係なのかどうかも知らないんですけど。アレハがノートをなくしてあれほど動揺していたのは、そのためなんです。ビビアナはアレハにノートを取ってきてあげると約束したそうです」

「なんだって？」テハダはかすかにめまいがした。

「アレハは家に帰ってからノートがなくなっていることに気づいたんです。そうしたら、ビビアナおばさんが取ってきてあげると言ってくれたそうで。どうやら……」エレナはためらった。「あの、もちろん、治安警備隊はまだ戦時下の命令に基づいて行動していましたし……」

「そんなば——」テハダはかろうじて女性の前だと言うことを思い出し、口にのぼりかけた悪態をあわてて呑みこんだ。「なんてことだ」言ったこととは不釣り合いな、激しい口調だった。「そうすると、ロペス伍長がそのノートを持っていたことは一度もないということですか？」

「持っていた？」その驚きが本物でないとすれば、たいした役者だというほかなかった。「もちろんそんなわけありません。なぜその方が？」

　テハダはまた悪態を呑みこんで息が詰まった。「では、あなたがここへ来たのは？」

「アレハンドラが犯人を見ていたかもしれないとお話するためです」エレナは声を落として言った。「ほかの方ではなく、あなたにお話したいと言ったのはそのためです。お気づきだと思いますが、あの子の証言は治安警備隊員が関与していることを示していますし、わたしはあの子を守りたいんです」かすかに頬が赤らんだ。「あなたは犯人ではないと思いましたから」

　テハダは褒められたことにほとんど気づかず、両手で頭をかかえた。「そのアレハンドラのおばという人物に会ったことはありますか」あまり期待はせずに尋ねる。「ビビアナに」

「一度か二度なら」

「どんな外見だったか、教えてもらえませんか」エレナのためらいがちな描写によって、この教師は嘘をついているという最後の希望は、跡形もなく消えた。その描写と一致する人物はいくらでもいるだろうが、身長、年齢、髪や肌や瞳の色すべてが、記憶にある女民兵のものと酷似していた。自分がノートを奪ったあの女のことを懸命に思い出そうとしていると、パコを殺してはいないと否定していたことが、突然脳裏によみがえった。〝では、だれが殺した。きみの仲間か〟とテハダは尋ねた。〝あんたたちの仲間じゃないの、きっと！〟と女は言い返した。アレハンドラが

「愚か者たちに治安警備隊員が犯人だと話していたとしたら……。あの女に神のご加護がありますように」エレナが説明を終えたとき、テハダは言った。

「軍曹？」エレナは少し面食らった。

テハダは顔をあげて自嘲するように笑った。「あなたがこの情報を提供してくれるまで、わたしはパ——ロペス軍曹を殺した犯人を確信し、なぜ殺されたかもすっかりわかっているつもりでした。それがいまでは、だれがなぜ彼を殺したか見当もつかないし、まちがった手がかりを追ってこの一週間を無駄にしてしまった」予備の弾薬用の革の小袋をあけてノートを取り出し、机の上に置く。「どうぞ。アレハンドラに渡してやってください。わたしからの礼とともに。長いあいだ返してあげられなくて、かわいそうなことをしました」

エレナは一瞬、躊躇した。「ほんとうにありがとうございます、軍曹……」

「あの子はそう思わないでしょうね」自分とヒメネスが現場に着くのがあと五分遅ければ、アレハンドラはもっと早くノートを手にしていただろう。

「アレハの住所を教えてくださるなら、喜んで返してあげられるんですけど」

エレナの口調に何か引っ掛かるものがあった。「住所を教える？」テハダは繰り返した。「学校の名簿に載っているでしょう。それに、復活祭の休暇が終われば会えるのでは？」

「アレハは休暇が終われば学校にもどると思います」その

声は淡々としていた。「でも、残念ながらわたしはもどりません」

エレナが膝の上で両手をもじもじと絡ませていることに、テハダは気がついた。それがはじめて見せる、意味のない動作だということにも。「なぜ」

一瞬、返事はないかと思った。やがてエレナは言いにくそうに答えた。「きょう、レオポルド・アラス小学校を辞めたんです」

「ずいぶん急ではありませんか?」テハダは驚いた。

エレナは自分の膝を見つめていた。「セニョール・エレーラが、学校のためにわたしは辞めたほうがいいと思われたので」

テハダはあの神経質そうな男を思い出した。「わたしがあなたと話をさせてくれと言ったために校長はあなたが〝赤〟だと思いこみ、われわれが学校を閉鎖して全職員を逮捕することを恐れたんですね」テハダは言い換えた。

返事はなかった。すばらしい。おまえはこの捜査で姪のノートを捜していた女性を殺したあげく、別の女性から職を奪った。「あなたのおかげでとても助かりました」テハダは言った。「セニョール・エレーラと話をさせていただけませんか」

「いいえ」エレナはテハダに微笑み、声には落ち着きがもどっていた。「その必要はありません。これ以上困らせては気の毒です」

別なときなら、テハダはセニョール・エレーラへの同情と、治安警備隊が人々を苦しめているというほのめかしのどちらにも反論しただろう。しかし、このときはほかに気を取られていた。「これからどうするんですか?」

エレナは肩をすくめた。「たぶん、家へ帰ります。両親がサラマンカにいるので」

「サラマンカ? では、あなた方は国民軍側ですね」テハダはわけもなく喜んだ。パコはやはり、糧食の紛失に関する何かを知ったために殺されたのかもしれない。つまりそれは、連中自身が手をくだしたことを意味する。捜すべきものがわかったいま、こんどこそパコを殺したやつを見つけ出してやる。エレナが真実を語っていたことをようやく確信して、テハダは笑みを向けた。「あなたには大変お世話になりました」立ちあがって手を差し出した。

テハダの機敏な動きに、エレナは心の準備ができていなかった。思わずとっさに立ちあがり、テハダが驚いたことに、体を支えるかのように両手を机についた。不安定な机は体重がかったために ぐらりと揺れ、エレナは一瞬よろめいた。「だいじょうぶですか?」テハダは机に身を乗り出して支えると、その腕が手のなかにすっぽり収まった。「ええ、ありがとうございます」エレナは空いているほうの手を頭にやった。「なんでもありません、ちょっとめまいがしただけ。もうだいじょうぶです」

エレナのクリーム色のブラウスは、長い袖が先端に行くほど細くなっていた。前腕で止まるようにデザインされているが、片手をあげるともう反対側の袖がずり落ち、あげたほうの手首と腕の骨が肌に浮かびあがる。一般市民の食料を積んだ列車は、予定どおりに着いたのだろうか。「夕食をご一緒しませんか」とテハダは出し抜けに言い、その腕を離した。

「え? そんな、ありがとうございます、でもわたしは……」

「お返しだと思ってください」テハダは言った。「たいしたものじゃありません。ただの隊員用の食堂です。ぜひともそうさせて欲しい」

エレナは戸惑った。「ありがとうございます。でもわたし……夜はあまり食べないようにしてるので」

〝空腹ではない〟と言いたいのだと的確に察したテハダは、このさらなる誠実さの証を喜んだ。「では、飲み物でもご一緒に」と言うと、エレナの肘を取って部屋から連れ出した。

大学の寮がマンサナレス駐屯地として選ばれたのは、ひとつには厨房つきの広いカフェテリアがあったためであり、学生のために作られたそれは、大食堂として使うにはうってつけだった。ラモス中尉はその近くの談話室を、軽食堂に定めた。テハダはエレナを連れて、できるだけ早くカフェテリアの前を通り過ぎ、軽食堂へ案内した。なかにはだれもいなかった――ラモス中尉を除いて。いかにも仕事を山ほどかかえ、夕食に時間を費やしたくないと考えている人物らしく、食事に没頭している。ドアがあくとラモスは顔をあげ、見苦しく口をあんぐりとあけた。

テハダは上司が口を閉じてくれることを願いながら敬礼した。「来客を同伴してもよろしいでしょうか」

「ここは家族だけに限定されてるぞ、テハダ」ラモスは急いで口のなかのものを飲みこみ、腰をあげて制服からパン屑を払った。「こちらのご婦人は……」

「わたしのいとこです」テハダはきっぱりと言った。

「では、もちろんかまわん」この男がしゃくにさわるのは、しらじらしい嘘を平然とつくことだ、とラモスは思った。とはいえ、これまで特権を乱用することは一度もなかったし、この娘に決まりの悪い思いをさせるのも気の毒だ。ラモスは手を差し出した。「はじめまして、セニョリータ」と言いながら、テハダと家族の定義について話し合うことを心に決めた。夕食を終えて席を立ったあとも、テハダの客のことが頭から離れなかった。

思ったとおり、エレナは食事を前に並べられても断らなかった。何度か深呼吸してから食べはじめる。控えめに少しずつ齧り、ひと口ずつ徹底的に咀嚼するところを眺めながら、先ほどのような形ばかりの抵抗を示す気概をまだ持っているのだろうかとテハダは思った。飢えは明らかに食べ物をむさぼり食うような段階を通り越して、一片をゆっくり大切に味わう領域にはいっている。テハダはエレナが食べるところを見守った。しばらくしてエレナは顔をあげ、観察されていることに気づくと、顔を赤らめた。「ごめんなさい。何かおっしゃいました?」

「マドリードに来てどれくらいになりますか、と」テハダはとっさに頭に浮かんだ問いを口にした。

「八年ほどになります。大学にはいったときからなので」

「サラマンカで学ぼうとは思わなかったんですか?」

エレナは微笑んだ。「わたしはサラマンカの大学内で育ったんです。だから首都を見てみたくて」

とすると、マドリードに来たのは第二共和制が宣言されたころか。テハダはエレナの政治的信条を知りたいとは思わなかった。「あなたがサラマンカを離れる数年前、わたしもあそこにいました」ほかの質問をしないために言う。

「もしかしたら共通の知人がいるかもしれませんね」

「そうですね」エレナは控えめに答えた。「世間は狭いですから。ご家族があちらに？」

「いいえ」テハダは笑った。「あそこで法学士の学位を取ったんです。父の言うことを聞いた最後の記念です」

エレナはフォークを置き、目を大きく見開いた。「大学を卒業されたんですか？」その声には激しいショックを受けたかのような響きがあった。「でもあなたは治安警備隊員でしょう。つまり……士官学校を出られたとばかり」

テハダは自嘲気味に笑った。「話すと長くなります。わたしは十八のとき、兵役に就くことを望みました。父は身代わり兵を雇い、わたしが学業を続けることを望みました。父は最終的に、大学へ通う費用と身代わり兵を雇う金を出す、そして卒業してもまだ軍隊にはいりたければ、辞令書を手配するかわりに勘当すると言いました。わたしは法律を学ぶことに同意し、四年間をふてくされて過ごすことにしたんです」

「それでほんとうに大学へ？」エレナは治安警備隊員になりたいと思う者がいるなんて、考えたこともなかった。彼らは生まれつきか、もしくはすっかり成長してから、どこその将軍の頭から飛び出すものとばかり思っていた。

「まあ、刑法には興味を持ちましたが、覚えているかぎりずっと兵士になりたかった。だから治安警備隊は妥協策として、うってつけだと思ったんです」テハダは笑った。

「わたしがそう言ったせいで父の寿命は縮まった、と母によく言われています」

思ったとおりエレナは笑った。感じのいい笑い方だ、とテハダは思った。気取らない笑み。「セニョール・テハダはあなたが何になることを望んでいらしたのかしら」

テハダは肩をすくめた。「さあ、なんでしょうね。もう家にいなくていいと思ったのはたしかです。兄のほうが農場をうまく管理できますからね」

「農場？」エレナは眉を吊りあげ、出身はどこなのだろうと思った。話し方は教養のある人らしく訛りがない。

「大半が穀物です。葡萄園も少しばかりありますが。たしか……えーっと、五千エーカーほどだったかな……兄なら正確に知ってるはずですが。グラナダのはずれです」

「そちらでお育ちに？」

「夏のあいだは。グラナダにも家があるんです」おそらくエレナをくつろがせるために、またおそらく心から興味がある様子だったために、テハダは食事のあいだ、思いのほか自分のことを語った。子供のときのこと、大学のこと、やめたほうがいいと思いながら、なぜかパコとの出会いのことも。会話を独占していることに気づき、何度か相手にも話をさせようとしたが、ふれてはならない話題が多すぎた。戦時中マドリードで何をしていたのか訊くつもりはなかった。生い立ちを詳しく聞き出そうとするのも失礼だ。

うずくまった猫のように緊張していたエレナは、はじめのうちは質問に警戒していたものの、沈黙が受け入れられると肩の力を抜いた。最初は恥から逃れようとやけになり、そのあとは困惑を深めたために、ただ黙々と食べつづけた。テハダはほんの少ししか食べなかった。パンのかたまりをふたりのあいだに置き、エレナがすべて食べることを期待していたるようだった。エレナは施しを受けている自分を嫌悪し、かわりに何か要求されることを恐れながら食べた。テハダが話し続けているうちは、我慢できるくらいに恐怖は和らいだが、弱みを見せたことがいっそう恥ずかしかった。問いかけに何度か答えようとはしたし、少なくとも感想を述べようとした。食事を引き延ばすために、また、少しはマナーをわきまえていることを示そうとして。「じゃあ……」会話が途切れたとき、エレナはためらいがちに言った。「あなたは……ファランへ党員になってから、かなりになるんですか？」

「はじめてファランへ党に興味を持ったのは、大学を卒業するときでした」テハダはエレナの眉が吊りあがったのを見て、実際に入党した時期をはぐらかしたことに気づいているのがわかった。「わたしが抱いていた問いに対する多くの答えを、党が持っているように思えたので」

「そうですか」エレナは自分の顔がこわばるのがわかった。共和国の末期、警棒や自転車のチェーンを振り回しながら、通りを練り歩く青シャツの若者たち。エレナは食べ物を咀嚙することに集中したものの、おがくずのような味がした。

テハダはその沈黙をさらなる問いだと受け取った。「実のところ、運動に加わったのは、内戦がはじまってフランコ将軍が指揮を執るようになってからことでした」少しばつが悪そうに言う。

エレナはほっとしてかすかに息を呑んだ。その反応を誤解したテハダはあわてて付け加えた。「単に利己的な問いというわけじゃありません。ファランヘ党の土地の再分配の政策については、何年も前から非常に関心がありました。家族に多大な影響をもたらすだけではなく……」テハダは口ごもった。治安警備隊の制服を着るだけではあきたらず、襟の折り返しにファスケスの記章をつけて家にもどり、両親を我慢の限界に追いこむようなまねはしたくなかったことを、どうやって説明すればいいのか。

「ご両親は伝来の土地所有権を維持したいとお思いだったのでは?」思いがけず、エレナがあとを引き取ってくれた。瞳がかすかにきらめいている。

テハダは笑った。「では、わたしの祖父は屈指のカルロス党員だったと?」と言い、エレナが共感を示しているようなので胸をなでおろす。

「わかります」エレナは力強くうなずいたものの、実のところ何ひとつわからなかった。なぜテハダの家族がファランヘ党になんの愛着も抱かなかったかはわかる。ことさら謙遜しているにもかかわらず、彼の声や物腰が、その制服を裏切り、君主主義のカルロス党を結成した古い地主の家系の一員であることを語っていた。とはいうものの、なぜ両親の期待に背いてカルロス党を捨て、急進的人民主義のファランヘ党へ走ったのか理解できなかった。いわれのない蛮行を楽しむタイプにも、スペインのヨーロッパ化に格別関心のあるタイプにも見えない。ファランヘ党に惹かれたのは、単にヨーロッパじゅうにファシスト党が勢力を伸ばしていたからではないかもしれない。よもやファランヘ党の農民たちへの見せかけの関心に、感銘したわけはあるまい。もう少し頭がよければ、きっと社会主義者に転向しただろうに。エレナは目の前の制服を見て、その考えを払いのけた。馬鹿馬鹿しい。この人は警官の役を演じて楽しんでいる紳士にすぎない。

テハダは政治の話題をつづけることに相手が居心地の悪さを感じているのを察して、ほかの話題を探した。「教師の仕事は好きですか？」ようやく尋ねたものの、相手が職を失ったばかりだということを思い出し、たちまち後悔した。

「ええ、もちろん！」エレナの熱意は疑いようもなく、怒っている様子は見られない。学校の話題は無難なようだ。「子供たちと勉強するのは大好きです。子供たちが成長し、変わっていくところを見ているのは、ほんとうにすばらしいことなんですよ。それに、あの子たちはとっても寛大なんです！」

「寛大？」

長い沈黙が流れた。やがて、おもむろにエレナは話した。「そう……たとえば、ほとんどの子供たちは、いま学校に出てきても、昼食をとるために家に帰ることはありません——つまり、よけいに歩かずにすむように——それで、その……もちろんルールでは、学校に持ちこんだものはみんなで分け合うことになっています。いつもお腹をすかせている小さな子たちにとってはほんとうにつらいことですが、それでもあの子たちはつねに分け合うんです。わたしにさえ分けてくれようとするんですよ」エレナは顔を赤らめた。「もちろん、あの子たちから食べ物をもらったりしませんけど」

エレナが食事するところを見ていたテハダは、〝もちろん〟について思いめぐらし、生徒たちが寛大なのは、教師が見本を示しているからだろうと思った。「あなたが結婚されてないとは意外です。ご自分の子供を育てればいいのに」

「考えたこともありませんでした」その声に困惑したようなところはなかったものの、テハダはたちまち恥じ入った。この女性《ひと》がマドリードで出会った男といえば、仲間の女とさえ結婚しない〝赤〟か、自由主義の共和国弁護論者だけだろう。汚らわしい民兵と同棲するなんて考えられないし、いわゆる上流階級——臆病者ども——にいたっては論外だ。エレーラのような、青白い男の腐ったような連中。どのみちホモ野郎ばかりだ。ああいった手合いはこの女性の半分の強さも持ち合わせていなければ、この女性を賞賛することもできない。そんなやつらをどうやって敬えるだろう。

　エレナはテハダが何を考えているかわからなかったが、いかめしい顔つきをしていることに気がついた。笑っているほうがずっといいと思ったので、明るく冗談めかして言った。

「格言の生きた見本になれて、名誉だと思ってるんです」

「どの格言ですか？」テハダはエレナが明るくふるまおうとしていることに気づいた。この女性《ひと》は、脚のない者がいるのに、靴がない自分を嘆くことはないだろう。

「あら、きっとご存じだわ。〝ラテン語を学ぶ娘が……〟」

　実のところ、テハダはすっかり忘れていたが、それはおそらく母親の十八番だったからだろう。〝ラテン語を学ぶ娘が、白いサテンを着ることはない〟。心のなかで、エレナ・フェルナンデスに義姉のウェディングドレスを着せてみる。それは魅力的な絵であり、驚くほどたやすく思い描くことができた。「まさか、ほんとうにラテン語を知っているわけじゃありませんよね？」

「残念ながら知ってるんです」エレナは微笑んだ。「わたしの父は——」だれと話しているかを思い出し、あわてて思いとどまる。「古典文学の熱心な崇拝者なんです。家で父に教わりました」

「お父上も学校の先生を？」さりげない問いだったが、エレナは危険だと知っていた。

「以前はそうでした」と慎重に答える。「いまはわかりません。戦争がはじまってから、両親には会ってないので」

「それはお気の毒に」

　エレナは唇を噛み、最近母から届いた手紙を思い出した。


　お父さんがマルクス主義者だと疑われて、逮捕されています。お父さんはほんとうのことを話しました——ドン・ミゲルとは年来の友人で同僚でもあり、彼の身に起こったことには憤りを感じているが、自分は革命家ではないと。きっとすぐ解決するでしょうから、新しい知らせがはいりしだい、また連絡します。

「さすがにギリシャ語は学んでいませんけど」沈黙は本心をさらけ出してしまうことを知っていたため、エレナは話をつづけた。「わたしの変わった名前の由来はギリシャ語なんです」

テハダは眉根を寄せた。「エレナ？　ヘレナ？　ああ、トロイのヘレネですか？」エレナがうなずいて目をまわすと、テハダは言い添えた。「あなたにぴったりだ」

「浮気性の姦婦が？　まあ、ご挨拶ですこと！」

「ヘレネをそんな風に考えたことはなかったな」とテハダは言ったものの、文学の期末試験以来、ヘレネについて考えたことなど一度もなかった。「思うに……彼女はただあまりに若くて……感じやすかった。とても夢見がちで。そこにパリスが現われて、ハンサムで口もうまいし、無邪気だったヘレネは、パリスが自分をかどわかすために卑劣な取引をしていたことに気づけなかった。そして気づいたときにはもう遅すぎた」

「おもしろい解釈ですね。じゃあ――」エレナはことばに詰まった。ファシストを自認する人物に、ジャン・ジロドゥを読んだことがあるかと尋ねようとするなんて。「ラシーヌはお読みになりました？」急いでことばをつづけながら、何を血迷ったのかと戸惑っていた。

「覚えがないですね」テハダは正直に答えた。「フランス文学がお好きなんですか？」

エレナはたまたまフランス文学が好きだったものの、治安警備隊は自分の好きな現代の作家の大半を快く思わないだろうと、確信に近い印象を持っていた。そこで、あいまいで控えめな答えを返すにとどめた。するとテハダは思いがけないことを言った。「ミカエラという登場人物に心あたりはありませんか」

エレナは眉をひそめた。「なさそうですわ。なぜでしょう？」

「少し前に、ある人物が言ったことがきっかけで、この台詞が頭に浮かんだんです。〃ミカエラにちがいない《ス・ドゥワ・エートル・ミカエラ》〃」テハダはきまり悪そうに説明した。「なんなのか思い出そうとしているんですが。ちょっとした歌もついてるんです」

少し考えたあと、鼻歌を歌う。「やっぱりわか……いいえ、待って！」エレナはフォークを置いて笑いだした。「もしかして……」いったん口をつぐみ、テハダをしげしげと眺めた。かすかに困惑しているようだが、エレナは視線をすばやく顎の下で組んでいる両手に移した。指輪ははめていない。「オペラはお好きですか？」気後れがして、それだけを言った。

「母がね」しかめ面を浮かべていることに、本人は気づいていない。「わたしは二、三度見たことがあるだけです」

「ビゼーの作品です」エレナはまた笑いを押し殺した。「『カルメン』に出てくるの。ミカエラはソプラノの役。気だてのいい貞淑なヒロインなんです」こんどはエレナが、いつのまにか顔をしかめていた。この台詞を思い出させたものがなんだったのか尋ねてみたかったが、そんな勇気は出なかった。

テハダはエレナの表情に気づいたが、その意味を『カルメン』に対する自分の意見と同じなのだろうと勘違いした。フランス語の家庭教師にいくつか暗記させられ、音楽自体はきらいではなかったものの、話の筋はとてつもなく馬鹿げていると思っていた。エレナの博識に感心し、趣味のよさに喜びながらその話題を終わらせると、かわりに好きな作家を尋ねた。

この百年間に著作のある作家の名前はいっさいふれないようにして、エレナは楽しく無難な会話をどうにかつづけた。「コーヒーはいかがですか」ローペ・デ・ベガについておだやかな議論を交わしたあと、テハダは尋ねた。

エレナが目をみはった。「コーヒー！」呆然として繰り返す。「ほんとうですか？」

「便宜上の呼び方です」テハダは笑みを浮かべながら白状した。「夕食のあと来客に〝温かい茶色の液体はいかがですか〟とは言えませんからね」

エレナは笑った。「あなたもお飲みになるならいただきます」

「もちろん」テハダは席を立ち、ほどなく慎重にふたつのカップを持ってもどってきた。エレナは礼を言い、文句を言わずに苦い液体を飲んだ。テハダはカップを口もとに運び、味見した。「ひどい味でしょう？」と楽しそうにその感想を述べる。

「見たところ、治安警備隊にはなんの不満もなさそうですね」エレナはぽつりと、だが断言するように言った。

テハダはきまりが悪くなった。「たしかにわれわれは飢えていません」真剣な面もちで答える。「それでも本物のコーヒーを口にすることは、めったにありません」声がしだいに小さくなり、ささやきに近くなる。カップを置いたときがちゃんと音がして、液体が少しこぼれた。

思いがけず、エレナの心に憐憫の情が湧き起こった。この人が……何者であったとしても。とても親切にしてくれたのに、まるで幽霊を見たかのような顔をしている。「どうなさったんですか」そう尋ねた声は、大切なものをなくした生徒をなぐさめるそれだった。

「なんでもありません」テハダはとっさに嘘をついた。

「だいじょうぶです」

エレナはそれ以上何も言えなかった。黙って飲み物に口をつける。相手も黙りこんだまま、ますます険しい顔つきになっていくので、恐怖がわずかによみがえった。この人は治安警備隊員だ。教養があって、おおかたより聡明にはちがいないが、〝彼ら〟の一員であることに変わりはない。仕事を離れれば、あの人たちも人間らしさを持ち合わせてはいるだろうし、感じがいい人だっているかもしれない、でも……〝彼ら〟なのだ。エレナは中身を飲み干してカップを置いた。いつのまにか、テハダは立ちあがっていた。

「家まで送りましょう」

「いいえ！」その口調の激しさに、テハダは驚いてわれに返った。「あの——」エレナは真っ赤になっている。「ご迷惑をおかけしたくなくて。とても親切にしていただいたのに……どうかそんなことはなさらないで」

テハダは思いのほかこの夜を楽しく過ごしていた。十五分前なら、エレナの苦悩に戸惑い、説明を求めただろう。しかしいま、確信は下手に貼られた壁紙のように剝がれ落ち、むき出しの不信感だけが残った。エレナが最初にやってきたときその誠実さを疑ったことや、あえて気づかぬふりをしたものの、会話のはしばしにためらいが見られたことが思い出された。住んでいるところを知られたくないと思っているのは明らかだ。考えられる理由はただひとつ。「お望みどおりに」わざと堅苦しく言う。「では外までお見送りしましょう」

黙って受け入れてくれたことにエレナは感謝したものの、テハダの声音が変わったことに気づき、それを残念に思った。自分のことばを後悔しそうになり、恐怖と嫌悪で胃が締めつけられた。テハダは同属のなかではいちばんましかもしれないが、家へ連れて帰るのは気が進まなかった。駐屯地の中庭で、エレナは手を差し出した。「ありがとうございました」それだけではじゅうぶんではないとわかっていた。「とても感謝……しています」

「どういたしまして」テハダは冷淡に言った。握手を交わしたのはそうしなければ怪しまれるだろうと思ったからにすぎず、通りを渡り東へ向かうエレナの姿を見送った。

そして、できるだけ足音を忍ばせてあとを追った。パコがなぜ卑しい闇市場の世界に足を踏み入れたのかはわからないが、トレドでドニャ・クララに出されたコーヒーを手に入れることができるのは、そこしかありえない。パコが自分に嘘をついていたなら、〝赤〟の教師が嘘をつかないわけがない。彼女が危険を冒し、あえて犯人追跡の目をそらそうとしたのなら、行き先と——もしだれかに会うとすれば——だれに会おうとしているのかを、なんとしてもたしかめねば。

しても、その香りに抗うことはできなかった。けれど警戒心が、みるみる色づいていく肉とじゃがいもへの喜びに水を差した。香気が広がれば、隣人たちを呼びこんでしまうかもしれない。

ゴンサロは話を聞かせている途中、自分がつい先ほど男を銃で脅し、その結末を笑おうとしていることに気づいた。氷の結晶に囚われている戦前の軟弱な自分が、氷の檻を叩き、その不道徳な行為を咎めようとしたものの、その声と動きは厳重に閉じこめられていた。耳を傾けていたカルメンは弟の身を気づかったが、弟のやましさは気にも留めなかった。食料に変わりはない。「全部食べるわけにはいかないわ」カルメンはきっぱりと言い、フライパンに蓋をして、危険なにおいを閉じこめた。「ちょっとだけ食べて、残りはあすに取っておきましょう。それから、あんまり急いで食べちゃだめよ、アレハ。お腹が痛くなっちゃうから」

この殊勝な心がけはあえなく挫折した。アレハはおとなしく食事を味わい、カルメンやゴンサロもそうした。ところ

12

カルメンがじゃがいもを洗っているあいだに、ゴンサロは闇商人と接触したときのあらましを語った。つぎはカルメンが料理をしながら、テハダがやってきたときのことをなるたけ詳細に語った。じゃがいもに引く油はなかったが、なんだかわからない肉が混ざった挽肉から油が出てくることを期待して、カルメンは楽しそうにフライパンへ放り込んだ。いずれにせよ、食べ物に比べればフライパンが焦げるくらいたいしたことではない。テハダが去ってまもなく帰宅したアレハは、においに釣られて台所へやってくると、矢も楯もたまらず跳びまわり、しまいにはカルメンが生のじゃがいものかけらを口に入れてやらねばならなかった。

リョレンテ－パロミノ家の生き残りは、欲望と恐怖の混交物のにおいを嗅いだ。実際は塩気もなくぱさついていたと

ろが、食べ終えたあとも肉とじゃがいもはあまり嵩が減ったようには見えず、あと少しくらい食べても問題はなさそうだった。おかわりはまたたく間になくなった。残りはほんのわずかとなり、取っておこうとするのも馬鹿馬鹿しいほどだったので、ただちに平らげられた。

夕食後、アレハはゴンサロのところへやってくると、おじの腰に両腕をまわした。「ありがとう、おじさん」ゴンサロにしがみつく。「うちにいてくれてよかった」

ゴンサロはアレハの髪を撫でた。いまならビビアナの命を奪うことになった姪の不注意を、少しは許せそうな気がした。あとひと息でビビアナを殺したほんとうの犯人を突き止められそうだからかもしれないし、単に空腹がいくらか収まったからかもしれない。「どういたしまして」

アレハは顔をあげた。「あたし、おじさんがいること、だれにも話してないわ」しかつめらしく言う。「フェルナンデス先生にもよ」

「えらいぞ」

「でも、ノートをなくしたことは、話さなきゃならなかったの」

カルメンは弟を見守っていたが、その静かな口調に感情の変化は見られなかった。「もちろんそれはかまわないよ」

「アレハ」そのあと訪れた一瞬の沈黙に、カルメンが割ってはいった。「学校から帰ってくる前に、治安警備隊員がうちに来ていたことは知ってるわね。その人がまたあした来るの。もしゴンサロおじさんのことを訊かれたら、なんて答えるの？」

「おじさんが入院してからは会ってません」アレハはきっぱり言った。

「いい子は嘘をついちゃいけないって言われたら？」

「おじさんには会ってません」アレハは繰り返した。

「牢屋に入れるぞって脅されたら？」

アレハはゴンサロにしっかりとしがみついた。「カンデラのお父さんは、国境警備隊員の人たちがみんなそう言われたように、チャマルティンの競技場へ行ったの。おじさんが病院にいたときのことよ」アレハは小さな声で言った。

「カンデラのお母さんは、牢屋にカンデラを連れていって
くれないそうなの。子供ははいれないからって。だから、
おじさんには会ってませんって言うわ」
「ノートのことを訊かれたら？」カルメンは尋ねた。
アレハンドラは考えこんだ。「なくしたって言ってもい
い？」心細そうに尋ねる。「その人、フェルナンデス先生
に訊くかもしれないもん」
「ノートはおそらくそいつが持ってる」ゴンサロが口をは
さんだ。突然期待するように姉を見る。「そいつの階級は
わかったか？　どこの駐屯地から来た？」
カルメンはテハダとの会話を思い返した。「いいえ、わ
からなかったわ」弟がつぎに何を考えているか読み取り、
いそいで言い添える。「もう寝る時間よ、アレハ」
「まだ眠くない」アレハは即座に言った。
カルメンは娘と夜ごとの口論をはじめた。今夜はいつも
より早く終わったのは、いつにない暖かい満腹感からアレ
ハが眠気を誘われたからだった。無事に娘が眠りにつくと、
カルメンは弟のもとにもどった。ゴンサロはまだ台所のテ
ーブルで物思いにふけっている。「何を企んでるかは知ら
ないけど」カルメンは声を落として言う。「やめなさい。
危険すぎるわ」
「なあ、カルメン、その治安警備隊員はひとりで来たって
言ったよな」声は抑えているが、緊張している。「それか
ら、アレハに会いたがってたって。ノートを持ってなけれ
ば、アレハの存在を知るはずがないだろ？　それにそいつ
が見つけたんじゃなきゃ、ノートを持ってるはずがない。
ビビアナを殺したのはそいつかもしれない。もしそうだと
したら、そいつを捕まえるには、ひとりで油断してるとき
が最適じゃないか」
「そしてあたしの娘を巻き添えにして殺すつもり？」カル
メンは嚙みつくように言った。「で、そのあとは？　治安
警備隊がそいつを捜しにやってきて、床で死んでいるのを
見つけるまで待ってるの？」
「それまでにおれは消えるよ」ゴンサロはきっぱりと言っ
た。
「最高！」カルメンがランプを吹き消し、あたりは闇に包

まれる。カルメンのささやきはダイヤモンドも切れんばかりだった。「じゃあ、あたしは連中になんて言えばいいのかしら。〝ええ、その方がいらして娘にいくつか質問をすると、なぜか知らない男に撃たれて、そいつは窓から出ていきました〟とでも？　きっと信じてもらえるでしょうね！」

食事がゴンサロの感覚を研ぎ澄まし、困難な仕事をやり遂げたという満足感が、全身を麻痺させていた深い悲しみを和らげた。姉の話を聞いているうちに、これまで姉が多くを語らずにいたことに気がついた。弟が、復讐を遂げたあとのみずからの生死にまるで頓着していないことを暗黙のうちに受け入れており、それ自体でもかなりの寛容さを示していた。だが、それだけではない。ゴンサロの計画は自分自身の命をほとんど考慮しなかったが、姉の命はまったく考慮してなかった。姉はそれを口に出しては非難せず、アレハのことだけを話している。姉がすでに弟のために投獄されるのを覚悟していること、家で治安警備隊員が殺されれば姉の死はほぼ確実であることに、ゴンサロはようやく気づいた。まるで幻影肢（事故等で突然四肢を失ったあとも、まだそれが存在するかのように感じる現象）のように、断ち切ったはずの良心が痛み、激しい後悔に襲われる。「姉さんやアレハに危害が及ぶようなことはしないよ」ゴンサロは静かに言った。「ここでは何もしない。どこかに隠れて、なんとかそいつのあとをつければ……」

カルメンはその声を聞いて、姉を侮辱した、自分の二倍はありそうな体格の少年たちに殴りかかっていく幼い弟の姿が、脳裏によみがえった。そんな弟を思い出すことはめったになくなっていたことに気づき、涙が頬を伝った。弟を愛することはもはや習慣であり義務でもあったが、ビビアナの死後、家に帰ってきた男は、まるで別人だった。

「そのあとはどうするの？」カルメンはささやいた。暗闇では無駄なしぐさだったが、ゴンサロは肩をすくめた。

「だめ」カルメンの声が詰まった。「だめよ、ゴンサロ。自殺だけはだめ。そいつのあとをつけたら、そのまま姿を消しなさい。逃げるのよ」

「どこへ」穏やかな声のまま、ゴンサロは言った。

「街を出るといいわ。しばらく姿を隠せば……」愚かなことを言っているのはわかっていた。ゴンサロにとって、もはやスペイン国内で安全なところはない。治安警備隊員を殺せば、危ないところはもっと危険になる。「フランスとか」カルメンはつぶやいた。

「月に行くも同然だな」それはまぎれもない真実だった。

「あのイギリス人の坊やはどうかしら、ミゲルって言ったと思うけど。ペドロの友人の」カルメンは藁《わら》にもすがる思いで言った。「住所を残していってくれたの。あんたが帰ってきてからずっと、あの坊やに手紙を書こうかと思ってたのよ」

姉がペドロの名を口にするのはいまだつらいことだとわかっていたので、ゴンサロは無駄と知りながらも、姉が名前を挙げた若い義勇兵のことを思い出そうとした。赤毛で獅子鼻の、子犬のように人なつっこい少年で、マドリードへ来る前にわざわざスペイン語を学んできたものの、その発音と熟語は奇妙でほとんど理解できなかった。「たしかアメリカ人だ」ゴンサロは少年の話し方を思い返しながらぼんやりと言った。「そうだ、彼の教師はキューバかサントドミンゴ出身だとか言ってた」

「そう、そのとおりよ」万が一の望みを託して、カルメンは熱心に相槌を打った。「あたしが手紙を書けばきっと助けてくれるわ。書類が届くまで、あんたは身をひそめてるだけでいいのよ」

「手紙が届くはずはないよ」ゴンサロはできるだけやさしく姉に思い出させた。「そんなことをすれば、姉さんが怪しまれるだけだ。アレハのために、そんな危険は冒せない。それに……おれは逃げたくないんだ」

「けど……」

「逃げたくないんだ」ゴンサロは静かに繰り返した。

カルメンは口をつぐんだ。そして弟の体に腕をまわし、暗闇のなかで声を殺して泣いた。「いつだって危険はある」気休めにもならないと知りながら、ゴンサロは言った。

「知ってるだろ、戦争が始まってからこのかた……」

「でも、こんどは袋の鼠みたいなものよ」

「せめて最後に一度は鼠捕りに噛みついてやるさ」ゴンサ

ロは言った。

それからすぐにカルメンは床《とこ》についた。ゴンサロはソファーで丸くなり、その日あったことを振り返った。不思議と何も感じない。ビビアナを失った悲しみに慣れたのではなく、夢のような静けさがそこにあった。われながら落ち着いていることをいぶかしみ、記憶の海へそうっとつま先を差し入れる。凍りつくような荒れ狂う波に、足を払われることはなかった。過去の記憶の最良のものが、夏の湖に立つさざ波のように、ゴンサロを静かに包む。夏の日曜日の公園。はじめての給料。マルクスにディケンズにフロイト、そしてひそかに最も愛好しているガルドスに出会った労働組合本部の図書室。ペドロとふたりで通りすがりの女の子たちと遊んだ夜の広場。そのペドロがもう女の子と遊んだりしないと気づいた夜、そしてその親友がやってきて「カルメンとおれは、おまえに知ってもらいたかった……真剣なんだ……反対か？」と言った夕方——反対しようなんて思いもしなかった、姉のよろこびを妬んだりはしなかった、ただ幸せが——ほんの少しだけ——うらやましかっただけだ。ゴンサロは深呼吸し、最近の記憶に浸かった。

それらもまた、痛みはなかった。鐘が鳴り、まるで四月の花々が永遠に咲くかのように思われた、第二共和制が宣言された日。アレハの誕生、メーデーのパレード、いっせいに突きあげられる何千ものこぶし。民兵に入隊した当初の緊張の日々と、隣で女性が訓練を受けている衝撃。グループのなかでいつもひときわ声が大きく、ひときわ美しい女性から受けた衝撃——「なぜ路面電車の運賃を払ってくれるの、ゴンサロ。わたしたちは同志よ。平等なのよ」そして、ゴンサロはその真実に愕然とした——「きみが好きだからだ」ビビアナや、膠着した前線、そして緩慢でつらい損失の記憶は、当然胸が痛むはずだった。それでも、ゴンサロは静けさのなかに浸っていた。外国人義勇兵から教わった、わけのわからぬ歌や鬨《とき》の声、彼らのために設けた即席のスペイン語教室（しょっちゅう罵倒語に熱中した）。ビビアナとふたりで、実現するはずのない将来の計画を立てた日々。女性民兵たちを爆笑させたジョーク——それがおもしろかったからではなく、まだ生きていることがすばらしかったからだ。いい思い出だ、とゴンサロは思った。いい人生だった。文句は言えない。

もう遅いとは思ったが、いっこうに眠気を感じなかった。時間を知る術はない。教会の鐘は聖金曜日には鳴らない。復活祭まで鳴らないだろう。街は闇と、通常夜明けにのみ訪れる静寂に包まれている。しばらくして立ちあがり、そっと窓へ歩いていった。いつものように、擦り切れた黒いカーテンが引かれている。カーテンを片方だけあけて外を見た。ちょっとした賭けだった。暗い窓のなかの姿を、監視者が見ているとは思えない。向かいの建物のおおかたは、どこも夜は明かりを消していたが、どうにか見分けられた。空に雲がたなびき、巨大な街灯のような青白い満月が、建物の真上に掛かっている。月は本物の街灯と変わらないくらい、周囲の星々を見えなくしていた。ゴンサロはしばしば空を見あげた。夜空を眺めるのが格別好きだったわけではない。自分は都会の住人であり、明るく照らされた通りを眺めるほうが好きだった。しかし前線にいたとき、月明かりと星明かりのありがたさを知った。月は前線からの同志だ。月に別れを告げる機会があったことを、ゴンサロは感謝した。

13

テハダは満月にあらゆる種類の悪態をつきながら、駐屯地の門をすり抜けた。通りに人気《ひとけ》はなかったものの、煌々とした月明かりがなければ、エレナのあとをつけるのは楽だったはずだ。少なくとも、かなり楽にはなったはずだった。街灯の大半はまだ消えたままで、エレナはあとをつけられているとは思っていない。しかし、向こうが街と行き先を知っているのにひきかえ、テハダはどちらも知らなかった。それに彼女は聡明だ、と非難にはあてはまらないようなことを、苦々しげに思った。

石畳の舗道に響く、長靴の足音で警戒されることのないように、じゅうぶん間隔をとる。エレナは足早に歩き、後ろを振り返る気配はない。テハダは最初のうち、エレナは街の中心に向かっていると思いこんでいたので、引き離されるがままにしていた。マドリードの中心に着けば、あとをつけるのはもっとむずかしくなるだろう。予想どおり、エレナは東へ急いで向かっていたものの、その直後に思いがけず北に折れたので、あやうく見失うところだった。さいわい、その先は街灯が点いていたため、ひとりで歩く女性の人影はすぐに見つかった。街灯に近づくにつれ、国歌を大声で歌う声が聞こえた。あまりうまくはなく、ふたりで歌っている。テハダは兵舎の近くを歩いていることに気づいた。それでこの明かりと、ただならぬ騒音の説明がつく。テハダは少し安心した。エレナと彼女がこれから会おうとしている人物くらいは、ひとりでじゅうぶん対処できるが、万が一のとき応援を受けられるとわかったのは心強い。自分のカーキ色の制服は、兵士たちの黒っぽい制服のあいだでは目立つかもしれないと思い、陰を歩くようにした。暗がりをうろついているのは、テハダだけではなかった。明かりの輪の外側に数人の男女が――たいていふたり連れで――集まっている。だれもが無視されることを望み、こちらのことも進んで見て見ぬふりをした。

テハダは兵舎の正門前を通り過ぎた。エレナにはまた引き離されており、暗闇で見失いたくはなかった。テハダの足音を掻き消す、国歌を歌う声が大きくなったとき、ふたり連れの若い兵士が脇道からエレナとテハダの前によろよろと現われ、兵舎に向かって歩きはじめた。兵士たちはいかにも酔っぱらいらしい呂律のまわらぬ舌で、熱心に歌っている。テハダはふたりを一瞥し、つぎの起床ラッパで泣きを見るだろうと思った。まだ子供《ガキ》だ。どちらもヒメネスやモスコソと年はさほど変わらないだろう。

エレナが近づくと、ひとりが口笛を吹こうとした。「よお、べっぴんさん！」エレナは歩きつづけた。「こんにちはって言ってんだぞ」その兵士は連れからふらふらと離れ、行く手をさえぎるようにエレナの前に出た。意図的だったのか、単に足がもつれたのか、どちらとも言えない。

「なあ、〝赤〟のねえちゃん」もうひとりの兵士が言った。

「何をそんなに急いでるんだい」

「〝赤〟のねえちゃん！」最初の兵士が大声で笑った。

「ずきんを忘れた〝赤〟のねーちゃん！」自分たちの洒落にげらげら笑いながら、ふたりはエレナの両側を歩き出した。テハダの胸に怒りがこみあげる。エレナがほんとうに〝赤〟の隠れ家へ向かっているなら、酔っぱらいのファランへ党員を連れていくようなまねをするはずがない。

兵士の片割れがエレナの腕をつかんだ。「キスしてくれよ、〝赤〟のねえちゃん」

エレナたちはすでに通りのはずれに差しかかり、街灯から離れていた。月明かりの下、エレナが兵士の腕を振り払うのが見えた。何か言ったようだが、その声は小さすぎて、テハダには聞き取れない。エレナはそのまま歩こうとした。もうひとりの兵士がエレナの腰をとらえて引き寄せる。

「照れるなよ、ねえちゃん！」兵士は顔を近づけると、突然あとずさりしてエレナを連れのほうに突き放した。「このアマ！」罵声があたりに響きわたり、男が手の甲でエレナを殴った音を掻き消した。連れの兵士はよろめいたエレナを捕まえ、地面に突き飛ばした。

思わずテハダは駆け出した。「治安警備隊だ！　手をあげろ！」

どちらの兵士もその声を聞いたものの、どこぞの犯罪者に向けられたものと決めてかかって一顧だにしない。銃口を向けられても脅しに応じないだろうと見て取ると、手前にいた兵士をつかみ、力ずくでその両手を背中にまわした。

「これは命令だ！」テハダは怒鳴りつけると、兵士が痛みに悲鳴をあげるまで片手をひねった。「同じことは二度と言わん。そこのおまえ！」もうひとりの兵士に叫ぶ。「自分が何をしているかわかってるのか！」

兵士は体をまっすぐに伸ばし、エレナをよけようとしてつまずいた。面食らったような顔をしている。「な、なんのことでしょう」兵士の目がテハダの制服に留まった。

「おい、あんた、治安警備隊員じゃないか」

「われわれは軍人の身分を有している」テハダは怒鳴りつけながら、捕らえた兵士が抵抗をやめていることに内心腹を立てた。こいつの頭を舗道に叩きつけてやれば、さぞかし胸がすくだろうに。「命令不服従で軍法会議にかけられたいのか」

「い、いいえ」兵士はだらしない敬礼を試みた。

「よし。では酩酊と粗暴な振る舞いについては見逃してやってもいい」テハダはしぶしぶといったていで捕らえていた兵士を解放した。「だがそれは、この女性に謝罪するならの話だ。きさまらに選択の権利はないが」

「ですが、こいつは〝赤〟の売――」ひとりが言いかけたとき、額に治安警備隊員の拳銃が突きつけられていることに気づいて口ごもる。「わたしに唾を吐きかけたんです」

兵士は不満げにふてぶてしく言ってのけた。

「そうするだけの挑発を受けたからだ。さあ、謝るつもりはないのか」

兵士のひとりが振り向き（まだ片手を胸の前でかかえていることに目を留め、テハダは意地の悪い満足感を覚えた）エレナを見おろした。石畳に倒れたまま、男たちから顔をそらし、丸めた肩が小刻みに震えている。「すみませんでした、セニョリータ」兵士はつぶやいた。

「すみませんでした」もうひとりも言い添えた。そしてテハダに向き直る。「もう行ってよろしいでしょうか」

テハダは逮捕して軍法会議にかけるという脅しを実行し

たかったが、エレナが立ちあがらないのが気掛かりだった。

「さっさと行け」テハダは言った。「それから、まともな女性を襲うようなまねはするな。この街に娼婦ならそこらじゅうにいる。そういう手合いが必要ならな」

兵士たちは言い返そうとしたが、相手が銃をまだホルスターにもどさず、無造作に持っているその様子のどこかが、酔いで少し鈍っている頭にさえ、この男はそれを使うことにためらいはないだろうと教えていた。ふたりは何やらつぶやきながら、おぼつかない足取りで立ち去った。テハダはエレナに目を向けた。倒れているのではなく、両手を地面についてうずくまっていることがわかり、胸をなでおろす。テハダはかたわらに膝をつき、両手をその肩に置いて声をかけた。「だいじょ――」

「さわらないで!」その口調の激しさに、テハダは一歩あとずさった。

もう一度片膝をつき、手をエレナの背中のほうに伸ばすが、ふれないようにする。「どこか怪我は?」先ほどの揉み合いで、まとめていた髪がほどけていた。軽い生地のブラウスに、黒い三つ編みが深い傷痕のように流れている。エレナはうずくまったまま、テハダから逃れるように身をよじるが、返事はない。「立てるかい?」もし怪我をしていたら、すぐあいだにはいらなかった自分のせいだ、とテハダは背筋が寒くなった。

「コートを取ってください」エレナの声は震えていた。なんであれ返事があったことにほっとし、テハダはコートを探しながら、この日はじめて月が出ていることを感謝した。排水溝のなかにしわくちゃに丸まったコートを見つけ、できるだけ汚れを払う。エレナは動かなかった。テハダはかたわらで一瞬ためらった。「ひどく汚れてる」

「わたしもよ」

エレナがふらふらと立ちあがろうとしたので、テハダは肘に手を伸ばそうとした。「わたしにつかま――」

「近寄らないで」テハダは動きを止めた。

エレナは立ちあがると、腕を胸の前で交差させてうつむいた。まるで懺悔しているかのように。テハダはエレナのブラウスが破れていることに気がついた。「これを」コートを差し出しながら目を伏せる。エレナはすばやくそれをつかむと、無造作に体に巻きつけた。

「すまない」テハダは地面に向かって言った。「あいつらは……まだ子供なんだ」

エレナの沈黙は、楽隊をも掻き消すかと思われた。

「酔っぱらった、馬鹿な子供だ。分別のない」なぜあの兵士たちをかばわなければならない気がするのか。五分前なら喜んで殺しただろうに。「あいつらはきみのことを、あ……共和国派だと思ったんだ」慎重にことばを選ぶ。これ以上よけいなことばで傷つけたくない。

「そのとおりよ、軍曹。お気づきじゃなかったの？」その声に含まれた嫌悪と嘲笑はおもにエレナ自身へ向けられていることが、テハダにはわからなかった。

「いや、そうじゃなくて、きみが――」女性を侮辱せずにそのあとをつづける術はないと気づき、テハダは口ごもった。

エレナの繊細すぎる感受性は、限界を超えていた。

「〝赤〟の娼婦。近ごろじゃ、わたしたちのほとんどがそうよ。食料のためにね」

その口調の鋭さに、なぜエレナが家まで送ろうという申し出を断わったか、テハダはその理由を悟った。「わたしは……そんなつもりで家まで送ろうとしたんじゃない」

エレナの長い沈黙のために、テハダの頭のなかで危険な声がささやいた。ほんとうに？　もし彼女に誘われていたら、おまえは断わったか？　顔が赤らむのが感じられ、闇が顔を隠してくれることに感謝した。

「なぜあとをつけたの？」ついにエレナは尋ねた。

この状況がかっこうの嘘を思いつかせた。「きみのことが心配だったんだ」テハダは答えた。「若い女性がひとりで……夜間に……街なかを歩くなんて」

「あんな目に遭ったのは、これがはじめてだわ」エレナは自分がテハダを挑発しようとしていることに気づいた。もう少し落ち着きを取りもどしていたら、その理由がわかっただろう。エレナはテハダを信じていた。そして治安警備隊の一員を信じるのは危険なことだった。彼は治安警備隊員らしくふるまうべきなのだ。

テハダはエレナのあてこすりに気づいたものの、そのことに怒りよりも深い悲しみを感じた。「家まで送ろう」と静かに言った。「戸口まで。いいね？」

エレナは泣き出したくなるのを懸命にこらえた。「ええ」とつぶやく。上唇をなめると塩辛い味がしたので、ポケットのなかを探った。「ハンカチを貸してもらえるかしら。鼻血が出てるみたい」

「これを」テハダは差し出した。「もう止まっているようだ」注意深くエレナの顔を見る。「けど、あすになればたぶん目のまわりに痣ができるだろうな」

「ありがとう」エレナはくるりと背を向けて歩きだした。テハダはあとを追った。エレナの足取りが前よりゆっくりとしているので、先ほどは怯えていたから急いでいたのか、いまは単に疲れているからなのかと思案した。「ここから遠いのかい」何か言うことを探して、テハダは尋ねた。

「いいえ。クアトロ・カミノスの近くよ」

互いに口をつぐんだまま、しばし歩いた。月は沈みつつあり、建物がその前に立ちはだかって、通りを完全な暗闇に閉ざした。あちこちの交差点では、トンネルのなかの列車のヘッドライトさながらに街灯が点いている。その下を歩いているとき、テハダはエレナが震えているのがわかった。ショックからか、ただ寒いだけなのか。「ほんとうにだいじょうぶかい？」テハダは思い切ってその体に腕を回した。エレナは身をこわばらせたが、振りほどこうとはしなかった。

「ええ」エレナは無意識に言った。自分からひどいにおいがしているような気がした。軍曹が吐き気を催さないのが信じられないくらいだ。家へ帰りたかった。服を脱ぎ捨て、風呂にはいり、あんなに喜々として食べた食べ物を吐き、体のなかから今夜起こったことすべてを洗い流してしまいたかった。

エレナがその腕のなかで緊張を解いていたら、テハダは喜んで静けさを分かち合っただろう。そよ風やくぐもった足音のやさしい調べを、ことばは台無しにするだろうから。けれど、エレナは緊張に身をこわばらせ、小刻みに震えていた。テハダは何か安心させるような話題を探した。「思い込まないで欲しいんだ……腐った林檎がいくつかあるからといって、今晩のようなことが……よく起こるとは」ようやく話しはじめるが、エレナの緊張がほぐれたようにはは見えない。「つまり……軍隊には規律がある。もしあの青年たちが〝赤〟だったら、上官の言うことなど耳を貸さないだろう」

もしあの連中が共和国支持者だったら、同志たちがわたしを襲わせはしなかったわ。エレナは声に出してそう言いたかった。かわりにこわばった声で言った。「そうかもしれないわね」

「まあ」テハダは正規軍をかばおうとする試みをあきらめた。「治安警備隊はけっして――われわれの使命は人々と財産を守ることだ。街の安全を守ること。われわれは――」

エレナは体を引き離した。「憲章を聞かせてくださらなくてけっこうよ、軍曹」

テハダはこれまでレイプされた女性を何人か見たことがあったものの、みな死んでいるか意識を失っていた。レイプ未遂の被害者を扱ったことは一度もなかった。こうした場合、女性は泣くか、気絶するか、ヒステリーを起こすだろうと漠然と考えていた。このようなむき出しの敵意を向けられるとは、思ってもみなかった。本来なら腹を立てていたはずだ。しかし、男が崖っぷちに指の爪をくいこませてしがみつくように、エレナが懸命に冷静さを保とうとしていることをなぜか感じ取り、ロープを投げてやりたかった。「きみを傷つけるつもりはないことはわかっているね」テハダは半ば言い切るように、半ば問いかけるように言った。

エレナは目に涙があふれてくるのが感じられ、うつむいて、暗闇で相手に気づかれないことを祈った。この人は治安警備隊員だ。カルロス党の地主の息子。ファランへ党員の友人。スペインのありとあらゆる悪の象徴。それでもアレハンドラを守るために話を打ち明けるほど信頼し、いままた〝ええ、わかってるわ。あなたを信じてる〟と口にしてしまいそうになっている自分に気づいた。見慣れた薄暗い交差点に着いたとき、エレナは心からほっとした。「こちらよ」と指差し、できるだけ早く歩く。「着いたわ」明かりのついていない玄関のアーチの下で立ち止まった。テハダにはほかの玄関と見分けがつかなかった。「おやすみなさい。それから……ありがとう」

「たいしたことじゃない」テハダは上の空で答えた。「こんどはいつ会える？」

「わたしがどこに住んでいるか知ってるじゃない」エレナは言った。「いつでも呼び出せるわ」

テハダは苛立たしげにかぶりを振った。「ちがう。そうじゃなくて……個人的に。ここの教区は？ 復活祭の礼拝はいつ終わる？ まだマドリードにいるなら、そのあと迎えに行こう」

「いいえ、だめよ」エレナの声は震えていた。

「なぜだめなんだ」テハダは思わず口走った。

エレナの自制心が音を立てて崩れた。「教会には行かないからよ」

「なんだって？」

「教会には行かないわ」エレナは声を張りあげて繰り返す。「わたしは社会主義者なの。汚らわしい〝赤〟よ」声はますます高くなり、ヒステリーじみた響きを帯びる。「教会が焼かれて司祭たちが処刑されたときは喜んだわ。喜んだのよ！」

「黙りなさい」テハダは低い声で言った。暗い窓の向こうで、だれかが聞いているかもしれない。

「どうして？ さあ、逮捕すればいいわ！」

テハダは自白を引き出す術の基本は少しばかり知っていたものの、自白をやめさせようとしたことは一度もなかった。エレナの澄んだ声が、人気のない通りに響く。「信じないの？ 共和国万歳《ビバ・ラ・レプブリカ》！ わたしは社会――」

テハダはエレナの腕をつかむと、その口に唇を押しあてた。エレナの唇が狂ったような動きをやめると、ようやく名残惜しそうに離れた。「きみはヒステリーを起こしているんだ」かすれた声でささやく。「だから何も聞かなかった」

「裏切り者」エレナはつぶやいた。その洞察の鋭さと、こちらが簡単に逃げられるように、わざと軽く肩に置いた手が、憎らしくてならなかった。「ファシスト、寄生虫、カルロス党員《カルリスタ》」最後でことばに詰まったのは、泣いていたからかもしれない。

テハダはまたエレナに口づけし、その体にまわした腕に力を入れた。しばらくして、エレナの指が頭の後ろに軽くふれた。

「言ったでしょう……戸口まで」エレナがようやく言った。

「わかってる」テハダはやさしく答えた。エレナの顎の下で、脈が激しく打っているのが感じられる。「もう帰って欲しいかい?」

「そうね……たぶん」エレナは自分の声が震えているのがわかった。

「頼む、せめてイエスかノーで答えてくれ!」

「じゃあ……イエスよ。もう帰って」テハダを押しやりながら、エレナの心の一部が、あんたは大きなまちがいを犯そうとしているのよ、と叫んでいた。「あなたの……あなたのせいじゃないの、カルロス……。でも無理よ……あなたのせいじゃない」

「じゃあ、なんなんだ」テハダの体がこわばった。「恋人がいるのか」

「ちがう! そんな、もちろんちがうわ! わたしはただ……前にも言ったのは……あ……あなたは……治安警備隊員だから」その声には悲痛な絶望の色がにじんでいた。

テハダは深く途切れがちに息を吸った。「わかった」と静かに言う。「けど、エレナ、聞いてくれ、ほんの少しでいい」闇のなかの人影に近づき、おそるおそる抱きしめる。エレナがため息をつき、ようやく緊張を解いて体を預けてきたとき、彼女の気持ちへの疑いは消えた。「聞いてくれ」なだめるように繰り返し、指を髪にからませながら、頭をめまぐるしく働かせた。「覚えてるだろう、夕食の席で、きみは浮気性の姦婦にちなんで名付けられたと言ったね」

エレナがうなずいたのを肩口で感じた。

「それから、わたしがそれはちがうと言った。トロイのヘレネはそんな女性《ひと》じゃないと。彼女は自分にふさわしくない人物を信じるようにそそのかされたのであって、それは彼女のせいじゃない。だけど、それだけじゃないんだ。彼女が過ちを犯したと気づいたあともトロイに残ったのは、彼女が高潔だったからだ。彼女は名誉と犠牲、そしてパリスには理解しようとすることすらできないことを理解していた。だから残ったんだ。パリスが自分に値しない男だと気づいたあとも……ギリシャの勝利を確信したあとでさえも」エレナが身じろぎしたのが感じられ、テハダは腕に少し力をこめた。「ヘレネは責任を感じたために残ったんだ。自分たちが仕掛けたわけではない戦争で苦しんでいる、トロイの人々を救いたかったから……おそらく、とりわけ子供たちを」腕のなかでエレナの体がこわばり、テハダはたたみかけるように言った。「都市が陥落したとき、誇り高い彼女は慈悲を請うことができなかった。自尊心が許さなかった。ギリシャがついにトロイを打ち破ったとき、殺されたかもしれないし、奴隷の身に落とされたかもしれなかった。たぶん、それは当然の報いだと信じていたんだ。そしてギリシャ人のなかにも、そう思う者たちはいた。というのも、彼女の反抗的な態度だけを見て、そのわけを理解しなかったからだ。だが……」エレナが身を引こうとはかない努力をしたので、もう少し強く抱きしめる。「けれど……夫は……ヘレネを愛していたから……なぜ残ったのかを理解したんだ。だから瓦礫のなかから捜し出して頼んだ……願ったんだ……ともに戻ってほしいと。もう一度やり直すために。その勇気に見合う男の妻として。彼女にふさわしい、尊敬され、愛され、守られる場所へ、連れて帰るために」

エレナは深いため息をついた。テハダが腕の力をゆるめると、エレナは顔をあげ、その頬にキスした。無精ひげでざらついている。「とても興味深い解釈だわ」エレナはささやいた。「だけど……もしそれがほんとうだったら……彼女はスパルタのヘレネとして知られていたはずよ。トロイのヘレネじゃなく」急に力の抜けたテハダの腕から、エレナは身を振りほどいた。「それから、あなたはヘクトル王子を見くびっていると思うわ」深く息を吸い、声が震えないようにありったけの気力を掻き集める。「おやすみなさい、テハダ軍曹」どうにか部屋にたどり着いたとたん、エレナは泣き崩れた。

　帰りはかなりの時間がかかった。テハダは何度か暗い道に迷いこんだが、よけいに歩いたことを気づきもしなかった。深夜を数時間ほどまわったころ、ようやく駐屯地にたどり着いた。夜勤の指揮官であるゴンサレス軍曹が、驚いて声をかけてきた。「テハダ！　何かあったのか？　応援はいるか？」

「いや、なんでもない」テハダは足を止めなかった。

「街を出ていたのか？」ゴンサレスは愛想よく尋ねた。「おまえが女の子と夕食をとってたって中尉が話してたぞ。痩せ型だけど、なかなかきれいな子だってな。楽しくやってきたか？」

　テハダは階段の途中で立ちすくみ、手すりを握る指の関節がたちまち白くなる。「地獄へ堕ちろ、ゴンサレス！」と低くつぶやき、階段をのぼっていった。

14

　聖金曜日の朝、空は澄みわたり、陽光があふれていた。ゴンサロがちょうどひげを剃り終え、カルメンはアレハの顔を拭いていたとき、だれかが激しくドアを叩いた。姉弟は互いに顔を見あわせた。ゴンサロは剃刀をつかみ、寝室へ向かった。ノックはつづいている。「だれ？」カルメンはできるだけ大きな声で尋ねた。ゴンサロは衣装戸棚の扉を閉めた。

「あたしよ」消え入りそうな声。「カルメン、ねえ《ムヘール》、入れとくれ、大事なことなんだ」

　カルメンはおそるおそるドアをあけると、マヌエラ・アルセが肩で息をしながらドアの前に立っていた。マヌエラはほっとため息をもらすと、急いでアパートにはいりこみ、静かにドアを閉めた。そしてカルメンを居間へ連れていく。

「ゴンサロはどこ?」声を殺して尋ねた。

「ゴンサロ?」カルメンはまごつきながら繰り返した。

「さあ、知らないわ」マヌエラに教えたくないわけではないが、これは気軽に答えられるたぐいの質問ではない。

マヌエラは安堵のため息をついた。「じゃあ、もう逃げたんだね。よかった。ならいいわ。こんな朝早くから邪魔して悪かったわね」

マヌエラがきびすを返して出ていこうとすると、腕にカルメンの手が置かれた。「もうってどういうことなの。なぜここへ?」

「じゃあ、知らないのかい?」マヌエラは声を落とし、一気にまくしたてた。「ハビエルの友人が、きのうの晩タチョじいさんを見かけたって言うんだ。あのチューロ売りのことさ。すっかり酔っぱらってワイン片手に、銀貨三十枚でもっとパンが買えるはずだって泣きながら言ってたんだって（銀貨三十枚はユダがキリストを売って得た金）」

「なんですって?」カルメンの顔から血の気が引いた。

「そのハビエルの友人がどうにか話を聞きだしたら、きのうゴンサロに出くわしたらしくてさ。タチョはゴンサロのことを密告して金を手に入れたんだよ。治安警備隊はもうゴンサロのことを知ってる。いつ現われたっておかしくないよ」マヌエラはまた背を向けた。

「なぜもっと早く教えてくれなかったの」カルメンは責めるように言った。

「あたしだってたったいま知ったんだよ」マヌエラは嚙みついた。「あたしはハビエルの知らせを待ってたんだ。念のため言っとくと」

「その友人ってだれ?」

「友人さ。信用していいよ」マヌエラはもう玄関に差しかかっていた。

カルメンは必死に頭を働かせた。「その人、ハビエルのことは何か教えてくれたの?」

マヌエラは苦々しい表情で首を横に振った。「何も《ニチヴォー》」

そのロシア語が、カルメンの胸に浮かびかけていた疑惑を裏づけた。「マヌエラ!」カルメンは友人の腕をつかむ。

「ゴンサロはまだここにいるの。あんたのその友人が助けてくれそうなら……」

マヌエラはためらった。「頼んでみるわ。けど、わからないからね。それに無料《ただ》じゃないよ」

「どこで会えるの？」

「サン・イシドロ教会で」マヌエラは早口で言う。「きょうの午後のいつか。礼拝堂の割れてない窓の下で。最近イサベルに会ったかと訊かれるわ。〝彼女が結婚してからは一度も〟とだけ答えるんだよ。だけど、約束はしないからね」

「恩に着るわ！」

カルメンはマヌエラに抱きついたが、たちまち振りほどかれた。「馬鹿だね、もう帰しとくれ。治安警備隊がここへ向かってるかもしれないんだから」

マヌエラがすばやく出ていくと、カルメンは寝室へ駆けこんだ。衣装戸棚の扉を勢いよくあけ、急いでマヌエラの話を弟に伝える。ゴンサロは小声で毒づきながらコートに手を伸ばし、ポケットにまた銃を忍びこませた。「鞄は持っていってもしょうがない。人目を引きたくないしな」

カルメンの目から涙がこぼれた。「マヌエラは、たぶんお金を要求されるって言ってたわ。でも、もしかしたら説得できるかも……」

「なんとかなるよ」と言ったものの、ゴンサロはそれほど楽観的ではなかった。

カルメンは整理箪笥の最上段を夢中で掻きまわしている。「あの隊員がきょうアレハと話をしにもどってきたら、何者かつきとめておくわ」

「ありがとう」ゴンサロは姉のその無駄な行為に、不思議と胸が熱くなった。

「あったわ」カルメンは勝ち誇るように紙切れを掲げた。「あのアメリカ人の坊やの住所よ。持っていきなさい。役に立つかもしれないから」

ゴンサロは言われたとおりポケットに滑りこませた。

「それから、ここにいくらかあるわ」カルメンはひとつかみの紙幣を差し出した。「マヌエラの友人が受け取ってくれるかもしれない」

ゴンサロと同様に、カルメンもそれが意味のないことだとはわかっていた。もはやこの街に共和国の通貨を受け取る者などいない。だがゴンサロはそれもポケットに入れた。そして姉を抱きしめる。「じゃあな、アレハの面倒をちゃんと見てやれよ」

「もちろんよ」カルメンは喉が詰まった。

戸口から目を見開いてその様子を見ていたアレハが、突然口を開いた。「気をつけてね、おじさん」

ゴンサロは床に膝をつき、姉と同じように姪も抱きしめた。「ああ。母さんの言うことを聞いて、いい子でいるんだぞ」

ゴンサロは立ちあがり、姪の髪をくしゃっと乱暴に撫でて、玄関へ向かった。ドアの閉まる音が聞こえたあと、カルメンは息を凝らして、治安警備隊の声と階段で争う音を待ち受けた。何も聞こえない。五分たってもまだなんの音もしないので、ゴンサロは無事に逃げたのかもしれないと希望が湧いた。慎重に部屋のなかを調べ、ゴンサロが最近いた痕跡がどこにもないことをたしかめる。

一時間が過ぎた。何も起こらない。カルメンは急いでゴンサロの痕跡を消そうとするあまり、大掃除をはじめていた。アレハは母親を手伝いながら、ビビアナが教えてくれたおかしな歌を歌っている。「ちゃんと覚えてるわね」カルメンは娘に注意を促した。「ゴンサロおじさんと最後に会ったのはいつ？」

「おじさんが入院したときよ」アレハは神妙に答えた。

「いい子ね」カルメンはにっこり笑った。

もうすぐ正午になろうとしていた。アレハは埃を払い、カルメンは床に膝をついて、台所の床を磨いていた。窓は外に向かって開かれ、通りのにぎやかな音が部屋にはいってくる。アレハはまだ歌を歌っていた。「〝ある日、三羽の子ガモが外へ出ると、丘を越えて遠くへ行った……〟」

ドアを叩く音がした。マヌエラのノックとは明らかにちがう。手ではなく、ライフルの台尻で叩いている音だ。「治安警備隊だ！」厚い木製のドア越しに、怒鳴り声がはっきりと聞こえる。「ここをあけろ！」

カルメンの手からスポンジが落ち、暗い部屋の隅や椅子の下から蜘蛛の巣と一緒に洗い落としたはずの恐怖が、一気にもどってきた。立ちあがって玄関へ向かうと、激しくドアを叩く音から、治安警備隊員たちがドアを押し破ろうとしていることがわかった。アレハはさっきまで使っていた布巾を床に置き、手を後ろに組んで廊下まで母親のあとをついてきた。歌はもうやめている。

カルメンはドアをあけ、いくつもの銃身を見おろした。治安警備隊員が四人いる。「手をあげろ！」ひとりが叫んだ。「全員、両手を頭の上に置くんだ！　後ろを向け！」

カルメンは背中を向け、両手を上にあげると、隊員のひとりに銃で背中をこづかれた。アレハは壁ぎわに縮こまり、言われたとおりに両手を頭の上に伸ばしている。カルメンは居間へ連れていかれた。アレハは唇を固く結び、目を見開いて、母親のあとを追った。

「やつはどこだ」最初に叫んだ男が言った。カルメンは悪夢のなかでこの場面を何度も見ていたため、練習済みの台本を演じているような気がした。とはいうものの、舞台稽古をしていたからといって緊張しないわけではない。

「やつって？」

「よくわかってるはずだ。ゴンサロ・リョレンテ・カルデナス、国境警備隊上級伍長」容赦のない声。「やつは反逆罪に問われている」

「弟は」カルメンの声は、音質の悪いレコードのようだった。雑音が多く、息が漏れている。「弟は」声量を調節しようと繰り返す。「ここにはいません」

「じきにわかる」男は明らかに指揮官と思われた。「ゴメス、この女とガキを見張れ。ほかの者は部屋を捜せ。寝室からだ」男たちは指示に従って動いた。カルメンはソファーに腰掛け、ゴメスと呼ばれた男と向き合いながら、衣装戸棚が力任せにあけられる音と、治安警備隊員らがライフルでベッドの下をついて引っ掻きまわす音に耳を傾けていた。次々に物が壊れる音がして、化粧箪笥の引き出しが順番にあけられ、中身が床にぶちまけられる。指揮官の男はあけ放たれた窓に近づいた。「ここから出ていったのか？」ゴンサロが煉瓦造りの壁にしがみついているかのように、怪訝そうに窓から身を乗り出す。つぎに台所へ向かった。

「いま磨いたばかりなのよ！」長年の習慣が恐怖さえ乗り越え、カルメンは叫んだ。

「残念だったな」男は台所に踏みこむと、濡れた床で足を滑らせて毒づいた。カルメンは笑いを噛み殺した。

治安警備隊員たちは恐ろしいほど徹底しており、カルメンはそのあとの数分間、心のなかで繰り返しマヌエラに感謝した。指揮官がついにまたカルメンの前に立った。「だれがやつに知らせたんだ」

「何？」〝何を言ってるのかわからないわ〞と言うほうが説得力があるとわかってはいたが、喉がつかえて、ひとこと声に出すだけで精一杯だった。

「だれが知らせたんだ」指揮官は脅すように繰り返した。

「ここにいたことはわかっている」

「弟は」カルメンは息を呑んだ。「数カ月前に入院しました。もうずっと……戦争の終わりごろから顔を見てません」

「でまかせを」指揮官はひとことで切り捨てた。隊員のひとりに合図すると、その男は前に出てカルメンの腕をつかみ、強く引いて立たせた。母親の手に小さな手でしがみついていたアレハは、突然の動きに母の手から引き離され、すすり泣きをはじめた。「では、来い。最後にやつを見たのがいつだったが、もう一度よく考えてみるんだな——留置所で」

カルメンは後ろ手にされても抗おうとしなかったが、玄関に向かって歩き出すと身をよじった。「待って！　娘はどうなるの」

一行は足を止めた。「この子供のおじはどこだ」

「知らないわ！」

「では、子供の面倒はおじに任せておけ」

「ねえ、下の階の人に預けるだけでいいの」カルメンはすがるように言った。「一分もかからないわ。お願い！」

耳をそばだてていたアレハは、母親に飛びつき、しがみついた。「一緒に行く！」

「だめよ、アレハ」娘をなだめるために、カルメンは腕を振りほどこうと一瞬もがいたが、後ろの男はびくともしなかった。「いいわね、心配しないで。すぐに帰ってくるから。でも……」

「いやー！」アレハの声はことばをなさない悲鳴に変わっていった。

「かわいそうなことを」これまで口をきかなかった隊員が諭すように言った。「リョレンテの居場所を言え。そうすればおまえも悲しい思いをしなくてすむ」

「知らないのよ」カルメンは繰り返し、真実を語っていることに感謝しながら、数時間後ゴンサロがおそらくサン・イシドロ教会に姿を現わすことを忘れようとした。そのとき、ぞっとするような確信をもって、もしアレハを傷つけると脅されたら、洗いざらい話してしまうだろうと気づいた。「お願い」声が震えないようにつとめながら繰り返す。「この子を隣人のところに連れていくだけでいいの。何があったかだれかに話すだけでもいい。そうすればこの子を迎えに来てもらえるわ！　お願いだから！」

　母親の声が恐怖の色を濃くしていくのを感じ取り、アレハは悲鳴をあげた。治安警備隊員がママを連れ去ろうとしている。治安警備隊員のせいで、ビビアナおばさんも、ゴンサロおじさんも、どこかへ行ってしまった。泣き叫びながら階段まで母親にしがみついていると、母の泣き声が聞こえ、指揮官が大声で命令をくだし、ライフルの台尻が頭に振りおろされ、つぎの瞬間世界は爆発し、アレハは闇に包まれた。

15

テハダはほとんど眠れぬ夜を過ごした。夜明け前にようやくまどろんだものの、目の前でパコが撃たれる夢を見た。パコが倒れるときテハダは狙撃兵を殺し、死体に近づくとそれはエレナの顔をした女民兵で、するとパコの死体がテハダの肩を軽く叩いて「気にするな。そいつはしょせん〝赤〟の娼婦だ」と言い、テハダは死体につかみかかって、それが死体らしくまたおとなしくなるまで殴りつけた。目が覚めたときには、汗をびっしょりかいていた。

その朝は書類仕事をして、エレナのことを考えまいとした。かわりに、パコの死について知り得たことを整理しようとした。最新の情報源のことは考えないようにしながら。アレハンドラ・パロミノから話を聞こうという気はほとんどなくなっていた。そもそもパコが一度もノートを持っていなかったのなら、パコが闇市場に足を踏み入れる原因となったことや人物について、アレハンドラが何か知っているとは思えない。とはいうものの、もしアレハンドラがほんとうにパコを殺した犯人を見ていたとすれば、重要な情報を握る人物であることは認めざるをえない。午前中さんざん逡巡したあげく、テハダはようやくトゥレス・ペセス通りへ向かった。

階段をあがりきったところでアレハがうずくまっているのを見たとき、最初に頭に浮かんだのは、パコを殺した犯人がまた目撃者を黙らせるために少女を襲ったということだった。すばやく少女に目を走らせるとまだ息がある。部屋のドアはあけ放たれ、何者かが閉める間も惜しんであわただしく出ていったかのようだ。テハダは意識を失っている少女を抱きあげ、居間のソファーにそっと寝かせた。

アレハの怪我はかなりのものだった。頭の片側が血まみれになっている。傷口を洗うために水を探して台所へ行くと、スポンジとその横に石鹸水のはいったバケツが、傷だらけのタイル張りの床の真ん中に残されていた。バケツのそばには褐色の輪郭の足跡がひと組、磨いたばかりの床に残っている。そのうちのひとつは滑ったかのように、かかと部分がにじんでいる。テハダは足跡をしばし見つめ、つぎに片足をあげて自分の靴の裏を調べた。その輪郭は、居心地が悪くなるほど足跡とよく似ていた。

少女の顔を洗い、腫れが引くように、氷がないので冷えた布巾を頭に置く。そしてつぎに何をすべきか思案した。きのう話をしたあの怯えた女の姿はない。アパートのなかをひとまわりしたところ、捜索されたのは明らかだった。おそらくプロの手によるものだ。自分の靴の裏と似すぎている足跡のことを考えると、否応なしにエレナ・フェルナンデスの声がよみがえる。〝あの子の証言は、治安警備隊員が関与していることを示しています〟。エレナがわたしに嘘をつくはずはない。テハダは頭に痛みを覚えて顔をしかめ、またアレハに注意を向ける。自分より先にこのアパートを訪れた人物が何者であれ、この子が死んだことを確認できたはずだ。頭への一撃は致命傷になったかもしれないし、いまもまだその心配はあるが、もう一度殴っていれば確実に死に至らしめ、たやすく目的を果たしていただろう。とすると、殴った人物はこの子の生死をまるで気にかけてなかったことになる。秘密が暴露されるのを防ぐためにこの子が襲われたのなら、それではまったく筋が通らない。しかし部屋の捜索とセニョーラ・リョレンテの不在もまた、筋が通らなかった。

テハダは頭部の怪我についての知識を思い出そうとした。意識を失っている時間が長ければ長いほど傷は深いということは知っているが、いつ殴られたのかがわからない。医師の判断を仰ぐために最寄りの病院へ連れていこうと決心した矢先、アレハの声がした。

目が覚めたとき、アレハはソファーで横になり、額に濡れた布巾が載せられていた。去年風邪を引いたときよりも頭が痛い。体をもぞもぞと動かし、なぜ頭が痛むのか思い出そうとする。「ママ?」

「ありがたい!」聞いたことのない男の人の声だ。ソファーの背もたれの向こうから顔が現われた。アレハは目をまたたかせた。視界がぼやけ、その人がぐるぐるまわって見える。知らない人だ。アレハはまた目を閉じる。「ママはどこ?」

「しーっ。静かに寝てなさい」男の人がやってきて、足もとに腰掛けた。学校の先生みたいな話し方だ。お医者さんかもしれない。それとも、ママのお勤め先のセニョール・デル・バリェかもしれない。

「頭が痛いの」医師だったときのために、アレハは具合の悪いところを伝えようとした。

「だろうね」アレハは皮肉がわからなかったが、声の調子は読み取れた。男の人がまた口を開いたとき、その声は真剣だった。「きみの名前は?」

「アレハ」

「アレハのフルネームは?」

「マリア・アレハンドラ」

「数をかぞえられるかい、アレハ」

「もちろんよ!」アレハは馬鹿にされていると思った。

「赤ちゃんじゃないんだから!」目をあけてにらみつける。

男の人は笑った。「よろしい。では、わたしの指が何本見える?」

アレハは目を細めた。「三本」

「よくできたね」男の人はうれしそうな顔をした。まるでアレハがまだ小さな赤ん坊で、三までかぞえられるとは思ってなかったかのように。「地理も知ってるかい? スペインの首都はどこか言ってごらん」

「マドリードに決まってるわ!」この人は絶対にあたしを赤ん坊扱いしてる。「ずーっとマドリードよ」

「まあ、それに近いかな」くやしいことに、アレハがおかしなことを言ったかのような口振りだ。

この人はくだらない質問ばかりする。アレハにはもっと大切な質問があった。「ママはどこ?」

男の人は眉根を寄せた。そして別の問いを口にする。

「何があったか覚えてるかい……目を覚ます前のことを」

アレハは懸命に記憶をたどった。朝、ゴンサロおじさんが家を出ていったけど、それはだれにも、お医者さんにだって話しちゃいけないはず。とはいえ、アレハはおじさんが出ていったことが重要だとわかっていた。そのあと、ママはおじさんのものをすっかり片づけた。それからふたりで家を掃除した。「あたしは埃を払ってたの」これは言ってもかまわないだろう。「ママは台所の床を磨いてたわ」

「埃は拭き終わったのかい」男の人は真剣に尋ねた。

アレハはまだ頭痛がしていたものの、いまは痛みも薄れて、目をあけても、もうぐるぐるまわらない。男の人の顔に焦点を合わせてじっくり見た。怖そうな顔ではない。最初に見たとき、なぜあんなに恐ろしかったのだろう。「だれかがドアをノックしたの」アレハはゆっくり言った。

「そのあと何があったんだい」男の人は赤い襟とカーキ色の外套を身につけていた。

何かよくないこと、ゴンサロおじさんに関係がある何かが起こったが、アレハはそのカーキ色の外套を見て、なぜかはわからないものの、この人におじさんのことを話してはいけないと思った。「あ——あたし、喉が渇いたわ」アレハは言った。それはほんとうのことだった。

「水を持ってきてあげよう」男の人は立ちあがった。まっすぐ立つと、とても背が高く、外套と揃いのズボン、それに弾薬帯と拳銃を身につけているのが見えた。

記憶が一気に押し寄せ、アレハは何があったのかを思い出し、その制服を見て悲鳴をあげた。

テハダは、アレハが自分の状況を理解できるようになるかと一瞬期待した。なのに、話が重要なところに差しかかったとき、少女はいきなり半狂乱になった。テハダはその変わりように驚き、また、いくぶん心配になった。先ほどまで少女は混乱し、少しばかり警戒もしていた。それがいまはあからさまに怯え、敵意を見せている。腹立たしいのは、もう少しで何かを話してくれそうだったのに、それがもはや望めそうにないことだ。なだめすかそうとして悪夢のような数分間を無駄に費やすと、まともに頭も働かなくなり、やはり医師に見せたほうがよかろうと判断した。しかし最寄りの病院までの道がわからないし、少女をひとり残して病院を探しにいくのも気が進まない。泣きわめく子供をかかえて、迷宮のような通りを行き先もよくわからぬままさまようなど、考えただけでもうんざりした。駐屯地に連れて帰り、電話で医師を呼ぶほうが手っ取り早いだろう。

アレハを抱きあげたとたん、泣きわめく子供をかかえて曲がりくねった道を通り抜けねばならないと考えたのは、過ちだったことがわかった。泣きわめき、脚をばたつかせ、爪でひっかく子供をかかえていかねばならないのだ。心底嫌気がさし、部下を連れてくればよかったと激しく後悔しながら、アレハの怪我をした頭を肘の内側になるべくそっと抱きかかえ、もう一方の手を膝の下に入れて、階段をおりはじめた。このようにして運ぶにはアレハは大きすぎたが、ほかの方法は互いの協力が必要だと思われた。

多くの人々がシエスタのために家路についており、テハダは驚いたような視線をいくつか向けられた。その視線にテハダが気づくと、決まってたちまちそらされた。徒歩は骨が折れた。アレハは山岳地をパトロールする際の治安警備隊規定の背嚢より重いわけではないが、テハダの抱き方はぎこちなく、背嚢は暴れたり泣き叫んだりしない。トレド通りを走る路面電車は、まるで祈りが通じたかのようだった。テハダはそれを呼び止め、強引に乗りこんだ。車内は混雑していたにもかかわらず、テハダとその騒々しい荷物のために、乗客は一斉に場所をあけた。視線は車内でさらに集中し、責めるような目に囲まれて、テハダは煌々としたスポットライトに照らされているかのような気がした。アレハのすすり泣きに紛れて、あちこちで同情の声がささやかれる。「かわいそうな子」「あんまりだわ」「怪我をしてるみたい」「かわいそうに」テハダはだれかの――だれでもいい――視線をとらえ、声をひそめて（だがまわりの乗客すべての耳に届くくらいはっきりと）「わたしはこの子が頭に怪我をしているのを見つけ、これから医者に連れていくところなんだ」と言ってやりたかった。しかし、だれもテハダと目を合わせようとはせず、雨戸の閉まった市内の商店のように目を閉じた顔が並んでいるばかりだった。

駐屯地にたどり着いたときは、安堵のため息をついた。すでにアレハの抵抗はやみ、涙の涸れたうめき声をあげている。子供というものは、声が嗄れるまでどれだけ泣き叫ぶことができるのだろう。かなりの時間であることはたしかだ。モスコソと名前を知らない若い隊員が警備に立っていた。ふたりはこちらを見るとすばやく敬礼し、つぎにその腕にかかえているものをしげしげと眺めた。

「ほら」テハダはモスコソに少女を押しつけた。「頭に気をつけろ。ついてこい」

「で、ですが――」モスコソは口ごもり、手渡される際に脚をばたつかせる元気を取りもどした子供を、必死に抱きかかえた。「少し興奮しているようです。女性のほうが……いたた！……うまく扱えるのでは？」

「だろうな」医務室へ向かいながら、テハダは答えた。「だが、そんな心あたりはないし、わたしはトゥレス・ペセスからここまで運んできたんだ。きみに怪我をさせるようなことはないだろう」

手を噛まれたモスコソの苦悶のうめき声は、あたかも上司への反論のようだったが、テハダは一顧だにしなかった。モスコソの最後のことばが、まるで傷口のように扱っていた考えから、覆いを取り去った――エレナならあの子の扱い方を知っている。医務室へ着くと、モスコソはほっとしたようすで少女を簡易ベッドにおろしてあとずさった。ひとまず自由の身になったことに気づいたアレハは、果敢に立ちあがって逃げようとした。両脚に力が入らず、アレハは床に転げ落ちた。テハダとモスコソは、安全な距離からそれを見ていた。

「医師を呼べ、モスコソ」テハダは命令した。「七歳くらいの少女がしばらく脳しんとうを起こし、ひどいヒステリーを起こしていると伝えろ。それからベントゥラ伍長に、この子を落ち着かせるものが何かないか訊いてくれ」

「わかりました」モスコソは自分の手を調べた。血が何滴かにじみ出て、手のひらに小さな歯形が並んでいる。「あの……軍曹」

「なんだ」

「あの……この子、狂犬病は持ってませんよね？」

「知るかぎりそれはなさそうだが」テハダはかすかに笑った。「医師を連れてきてくれれば、もっとよくわかると思う」

「はい。ただちに」モスコソは急いで部屋を出ていった。

テハダは殺人事件の最重要証人であるすすり泣く哀れな塊を眺めながら、なぜこれほど急に激しい反応を示すようになったのかと、ふたたび考えた。テハダの行動の何かがそうさせたのか、はたまた何か恐ろしいことでも思い出したのか。アレハは母親を求めて悲痛な声で泣いていた。母親はどこへ行った？　あの口の重いセニョーラ・リョレンテもまた、見なければよかったものを見てしまったのか？

ベントゥラ伍長が、テハダを物思いから覚ました。頭のはげあがった陽気な小男で、駐屯地内の薬局の担当者だ。

「モスコソから、ここに狂犬病にかかっている子供がいると聞きましたが」制服の上にはおった白い上着と奇妙な対称をなす黒い皮の手袋をはめながら、ベントゥラは言った。

「モスコソは大げさに言いすぎだ」いつもながらその白い上着を滑稽だと思いつつ、テハダは上の空で言った。

「おや、そうでしたか」ベントゥラはがっかりしたような視線を手袋に向け、横目でテハダを見やり、結局手袋はそのままにした。「それでわたしは何をすれば？」

「この子をモルヒネでおとなしくさせられるか？」

ベントゥラは少女に専門家らしい目を向けると、かたわらに膝をついた。「ええ、もちろん。明かりが消えるみたいにおとなしくなりますよ。ですがブランデー一杯でも同じ効き目があるでしょう」そっとアレハを抱きあげ、頭を腕でかかえこまずに体を起こしたまま抱いている。自分がここへ運んできた抱き方よりうまいやり方だ、とテハダは気がついた。「よしよし、いい子だ。もうだいじょうぶだよ」ベントゥラはささやいた。「ああ、そうか。ママが恋しいんだね。いい子だからじっとしておいで」ベントゥラがそっと簡易ベッドにおろすと、アレハはそこから動かず、険しい目つきをしているものの、はるかにおとなしくベントゥラを見あげている。

「うまいものだな」テハダは静かに言った。

ベントゥラは肩をすくめた。「うちの二番目の息子が同じくらいの年なんです。なぜこの子をここへ？」

「部屋を荒らされていたアパートで、気を失っているところを見つけたんだ」アレハを探していたことにはふれなかった。「頭を殴られていた」

「ふーむ」ベントゥラに側頭部をつつかれ、アレハはべそをかいた。「それではモルヒネはやめておくべきでしょう。この先、目覚めさせたくないなら別ですけどね」

駆け足でもどってきたモスコソは、どうにか早足まで速度を落とし、礼儀にのっとって口を開く前に床を踏み鳴らした。「遅くなって申しわけありません。三カ所の駐屯地に電話せねばなりませんでした。ドクター・ビリャルバがコルーニャ街道をこちらへ向かっています。緊急ですと伝えたところ、半時間で着くとのことでした」

「ごくろう」テハダはちらとも笑みを見せずに言った。「ベントゥラが傷を消毒してくれるだろう。そのあとは任務にもどっていい」しばらく考えこむ。「それから、ヒメネスが勤務中ならここへ寄こしてくれ」

「わかりました」モスコソは喜んでベントゥラ伍長の手当を受けた。

ベントゥラが立ち去ると、アレハは片肘をついて体を起こし、その姿を目で追っていた。テハダの口もとが不快そうにゆがむ。意識を取りもどすまで看病してやったにもかかわらず、なぜか自分は悪人で、ベントゥラはヒーローだ。どう考えても不条理ではないか。そこに高らかな長靴の足音が割りこんだ。「サー！」召集ラッパさながらに、ヒメネスの声が医務室の壁にこだました。「出頭しました！」足もとの大理石を粉々にせんばかりに踵を踏み鳴らし、腕をぴんと伸ばして敬礼する。ヒメネス自身、堅苦しすぎるのは自覚していた。

テハダはアレハから若い隊員に視線を移した。「その服はなんだ、ヒメネス」やんわりと尋ねる。

「セーターであります！」ヒメネスは直立不動の姿勢をとっていた。

「楽にしろ。理由を訊いてもかまわないか」

ヒメネスは言われたとおり両手を後ろで組んだものの、とても楽にしろと言われたようには見えない。「至急出頭するようにご命令だと聞きましたので。たったいま休暇からもどりました」

テハダはヒメネスをつくづく眺めた。黒っぽいありきたりのズボンに、かぎりなく平凡な柄のぶかぶかのセーターというでたち。前身頃と後身頃はどんな場所でも人目を引かずにはおかない黄色の毛糸で編まれている。真っ赤な袖とのコントラストは胸が悪くなりそうだ。ヒメネスはさながら歩く消防車だった。

「そうか」テハダは無表情で言った。

「このセーターは祖母からのプレゼントなのです」ヒメネスの顔色はセーターの袖とそっくりだった。

「そうか」テハダは真剣な顔と声を完璧に保った。内心、自分の祖母がレースのかぎ針編みでとどめていてくれたことを、ありとあらゆる守護聖人に感謝した。

「スペインの国旗を表しているのだと思われます」ヒメネスは弁解するかのように言った。「祖母は愛国心の強い人なので」

テハダは話ができるか心もとなかったので、ゆっくりとうなずいた。さいわい、そこに横槍がはいった。「スペインの国旗には紫色もはいってるわ」驚いたことに、声の主はアレハだった。「でもすてきなセーターね」と礼儀正しく言い添える。

ヒメネスはほっと息をつき、少女のほうに振り返った。

「この子は？」微笑みながら尋ねる。「〝赤〟になるには幼すぎますね」

テハダは笑みを浮かべたが、笑おうとはしなかった。ヒメネスがその原因を誤解――というよりも正しく理解――することを恐れて。「本人に訊いてみるといい」

ヒメネスは簡易ベッドのそばにかがみこみ、目線を合わせた。「きみ、名前は？」

アレハは瞳に恐怖の色をたたえてテハダを見つめ、何も言おうとしない。テハダは心配そうに、ヒメネスの肩越しにのぞきこんだ。「覚えてないのかい？　けさ教えてくれただろう」アレハは体を横にずらし、小さい悲鳴をあげてヒメネスのセーターをつかんだ。

ヒメネスは後ろを見あげた。「こわがらなくていいよ。軍曹は何もしないから」

アレハの唇は震えたが、かたくなに口を開こうとしない。

〝赤〟になるには幼すぎる、とテハダは思った。だがこの子は手ごわい。十年もすれば、まちがいなく拷問に耐えられるようになるだろう。〝赤〟は幼いうちから子供たちの訓練をはじめている。テハダは目にも鮮やかなヒメネスのセーターを見おろすと、ふいにベントゥラの白い上着が脳裏によみがえった。「ヒメネス、ちょっと話がある」数歩ほど離れたところで、テハダは声をひそめて言った。「私服をほかに持ってないか」

「いいえ」ヒメネスは戸惑ったような表情を浮かべた。「えっと、ちゃんと一式揃ったものでなければありますが。なぜでしょうか」

テハダはあまり気乗りしない様子でヒメネスをつくづく眺めた。いまだ青年期のぎこちなさをとどめているものの、背格好は自分とよく似ている。「それを貸してもらえないか。いずれにせよ、きみはそろそろ制服に着替えたほうがいいだろう」

「ええっ？」ヒメネスは気が進まないわけではないが驚いた。部隊でこのセーターを見て笑わなかったのはテハダ軍曹だけだ。アドルフォ・ヒメネスに言わせれば、このことは単に、軍曹が情け深い思いやりのある紳士だということを示したにすぎない。ヒメネスに言わせれば、テハダ軍曹はほとんど完璧に近い理想的な上官だ。とはいえ、この依頼には、その信頼が試されようとしている。

「あの子はどうやらこの制服をこわがっているらしい」テハダはわけを説明した。「こわがらずに答えてもらいたい質問があるんだ。ベントゥラを呼んで、わたしがもどるまでそばにいるよう伝えてくれ。そのあと着替えがすんだら、きみの服を持ってきてもらいたい」

「わかりました」ヒメネスは秘密を打ち明けられた喜びに顔を輝かせ、またその判断の正しさにあらためて感じ入った。

「ああ、それからヒメネス――」テハダはさりげない口調で言った。

「はい？」

「きみの……おばあさんのプレゼントは個人的な品だ。思い出が詰まった大切なものだということはわかっている。

それは貸してくれなくていいからな」

「承知しました」ヒメネスは答えた。そして、上官の気遣いに感謝して言い添える。「軍曹にちょうど合いそうな上着があります。それをかわりにお持ちしましょう」

テハダはベントゥラ伍長がアレハのそばにやってくるまで待ち、どんなことがあってもひとりにさせないよう命令をくだすと、着替えに向かった。

16

ゴンサロは帽子を目深にかぶって北へ急ぎながら、昨夜存分に食事がとれたことを心から感謝した。少しは気力が回復し、力もついた気がした。これから八時間、どこでどうやって過ごそう。マヌエラは暗に午後まで教会へ行くなと言った。あてもなくうろついていれば人目につくし、知っている人間に会う確率も高くなる。さも目的があるように振る舞うのが肝心だ。しかしどこへ行けばいい?

怪我を負った動物が身を隠せるほら穴を探すように、ゴンサロはあてもなく街の中心へ向かった。それが利口なのか、愚かなのかはわからない。とはいえ、人がいちばん多い場所であることはたしかだし、勘と経験のすべてが、人混みのなかは安全だと教えていた。あたかも傷ついた同志たちのように家々が寄り添う路地を選び、建物のあいだに爆弾で穴があいている大通りを避けた。

　プエルタ・デル・ソル広場に着くと、その先どこへ行けばいいか途方にくれて、ゴンサロは足を止めた。ここは迷宮のど真ん中――マドリードの中心だった。だが、迷宮は侵入されていた。建物のバルコニーには赤と黄色の国民軍の旗と、赤と黒のファランヘ党の旗が掛けられている。街の中心は突破されたのだ。ゴンサロは広場を見つめながら、なぜいままでここを避けていたのか思い出した。石畳にぽっかりとあいた穴はまだそこにある。それは建物の礎石をもじった卑猥なパロディが、ドイツ軍の爆弾に剝ぎ取られた跡だった。それを見ると、いまもなお胸が痛んだ。はじめてみたのは、ビビアナと腕を組んでいたときだ。ビビアナが泣くところを見たのは、それがはじめてだった。かけがえのない、愛しきものよ。やつらはなぜおまえにこんなまねを？　おれはなぜやつらにこんなまねを許した？　その悲しみは恋人に向けられたものなのか、街に向けられたものなのか、ゴンサロは自分でもわからなかった。たぶん、両方だ。

　広場の反対側には、地下鉄入口《メトロ》と書かれた傷だらけの金属製の標識が立っていた。ゴンサロはその赤と白の菱形のなかに大きくMと書かれた青い文字と、その上の案内板を見つめた。《一般に開放中》。空襲避難所はもはや必要としないのに、だれも外そうとはしないようだ。戦時中、地下鉄はマドリード市民《マドリレーニョ》を守った。いまも自分を守ってくれるかもしれない。ゴンサロはポケットに手を入れ、カルメンがくれた紙幣を探した。切符一枚くらいならまだ買えるだろう。

　駅におりていくと、平手打ちをくらわされたかのように汗と小便の悪臭が鼻をつき、最後に電車に乗ったときの記憶がよみがえった。ビビアナにキスし、人があふれんばかりの車内に体を押しこんだ。〈インターナショナル〉を歌う声が車内に響き、自分も声を張りあげて歌おうとしたが、顔がだれかの脇の間近にあった。そのにおいは耐えがたく、すぐ目的地に着いたときは心底ほっとした。前線まで十分もかからなかったのはさいわいだった。いや、ちがう、あれが最後じゃない。ホルヘが叫んでいる姿をぼんやりと思い出す。〝くそっ、ゴンサロ、撃たれたのか？　衛生兵はどこだ！　衛生兵！〟つぎに気がついたときは担架に乗せられており、意識が朦朧とするなか、罵声の飛び交う長い階段を乱暴に運ばれていた。〝ちくしょう、気をつけろ、ずり落ちてるじゃないか。急げ、急げ、電車が来るぞ……満員だろうが知ったことか、こいつは撃たれたんだぞ。いますぐ運ぶんだ！〟最後に病院列車でもどってきたことは覚えていないし、それでよかった。

階段の下に、パトロール中と思われるふたり連れの治安警備隊員がいた。その姿を目にしたとき、ゴンサロはあやうく立ち止まるところだった。共和国の通貨を出すところを見られれば、身分証明書を出せと言われるだろう。持っていないことを認めれば、一巻の終わりだ。とはいえ切符がなくては電車に乗れないし、こちらの姿を見られてしまったいまとなっては、まわれ右して階段を引き返せば注意を引いてしまう。ゴンサロはゆっくりと切符売り場に向かいながら考えた。ポケットを掻きまわして〝ああ、しまった、うっかり財布を忘れたようだ。しょうがない、家へ取りに帰るとしよう〟とでも言うか。だが、それでも治安警備隊員のそばをもう一度通らねばならない。もし連中が——もしくは切符売りが——お節介を焼けばどうする？〝もう片方のポケットを調べてみては〟と勧められるかもしれない。そうなれば、国境警備隊の銃がはいっていることをどう説明する？

心臓が早鐘を打ち、喉にせりあがってくる。ゴンサロは切符売り場に近づいた。こんな朝の早い時間に、行列はない。「一枚。往復で。クアトロ・カミノスまで」いちばん遠い駅をどうにか選ぶ。できるだけぞんざいな口調で、もしくはせめて上の空であるような口調を心がけたが、われながらその声は哀れなほど震え、いかにもやましいところがあるように聞こえた。

「五センチモです」格子窓の向こうから若い女性が言った。

「悪いけど、細かいのがなくて」ゴンサロは適当につかんだ紙幣を渡しながら、女性があまりよく見ないことを祈った。

女性はその五ペセタ紙幣を見つめ、つぎにゴンサロを見あげた。そして目を凝らして紙幣の製造番号を見る。ゴンサロの心は沈んだ。「これは使えません」女性は小声で言った。それからもっと大きな声で、「一ペセタ紙幣はありませんか？　それならおつりが出せるんですけど」

　ゴンサロは意味がわからず、窓口の女性を見つめた。

「さ……さあ、どうかな」とささやいた。

「ブルゴス通貨はありませんか？」女性はささやき返した。

「どうだろう」ゴンサロは顔が赤らむのが感じられ、もっと嘘をつくのがうまければと悔やんだ。

「ありがとうございました」窓口の女性はまた大きな明るい声にもどった。すると声をひそめて、早口で言い添える。「おつりは出せません。国境警備隊員は無料《ただ》で乗ってください、同志」女性は格子窓の下から切符を差し出した。

　ゴンサロは女性を見つめた。熱で倒れて以来、自分を同志と呼ぶ者などひとりもいなかった。女性はウィンクした。とたんに喜びがこみあげ、ゴンサロはウィンクを返した。

地下鉄は変わってなかった――根っからのマドリレーニョだ。「ありがとう、セニョリータ」ゴンサロは声を張りあげて言うと、切符を受け取った。においはもう気にならなかった。マドリレーニョは行くところがなければ地下鉄に避難したものだし、これは彼らのにおいだ。外国のキャンプではなく、自分たちの街の奥深くに避難することを選んだ人々のにおいだった。つまるところ、それはいままさにゴンサロがやっていることだ。

　ぐずぐずするでもなく急ぐでもなく、ゴンサロはプラットフォームへゆっくり向かった。《マドリードを守れ》や《共和国万歳《ビバ・ラ・レプブリカ》》と書かれたポスターの大半は剝がされていた。まだ数枚ほど残っていたものの、縁は剝がれ、鉤十字か、黒い大きな×印か、赤い文字で卑猥なことばを落書きされている。もっと人がいると思っていた。プラットフォームに家を失った虚ろな瞳をした避難民があふれかえり、彼らが全財産であるぼろぼろの毛布を丸め、その上にすわりこんでいたのを覚えている。いまは通勤客が数人いるだけだ。あの避難民たちはどこへ行ったのだろう。

　電車は遅れていたものの、ゴンサロにとってはまだ早いくらいだった。クアトロ・カミノスまでは近すぎる。だが、ゴンサロはついていた。検札係は少なく、だれも切符を回収しに来なかった。この往復切符であと二回乗れる。電車をおりたとき、同じクアトロ・カミノスを終点とする二番線に乗り換えるという手を思いついた。二番線はいちばん距離が長いので、プエルタ・デル・ソルをいったん通過し、そのあとまたクアトロ・カミノスへもどってくればいい。そうすれば一時間ほどかかる。サン・イシドロ教会までは歩いて一時間半。ゴンサロは駅の時計に目をやった。ちょうど九時十五分を過ぎたところだ。時間はまだ腐るほどある。

ゴンサロは駅を出ると、近くにひと休みできるところはないかと考えた。しかし、周辺の通りは静まり返っている。クアトロ・カミノスは、新しい住宅地として地下鉄の路線沿いに開発された地区だ。通りは広く、舗装されている。ところが、北部前線への爆撃により、かつて豪華だったアパートは窓が割れ、いくつかに目的地からそれた爆弾が命中していた。どの建物も暗くひっそりとして、歩道の割れ目には雑草が生えている。建物の静けさを補うかのように、鳥たちがにぎやかにさえずっていた。たちまち建物の群れがカスティーリャ平原の広大な乾いた大地に変わり、ゴンサロは辺境に来たような気がした。こんな平坦な不毛の土地に身を隠すことなどできないし、この未知の平凡な荒れ野に道を見いだすことはできない。ゴンサロはきびすを返し、できるだけ急いで地下鉄へもどった。

九時半をまわっても、駅に人気はなかった。戦前なら、通勤客がひしめいていただろうに。駅に電車がはいってきたとき、待っているところをだれにも見られないかぎり、そのままやりすごしてつぎの電車を待つことを思いついた。きびすを返し、だれもいない階段の吹き抜けに向かう。そこにいれば、車掌に姿を見られずにすむ。ゴンサロは一時間以上そこで待ちつづけ、電車を数台見送った。ようやく切符売りが現れたので、ゴンサロはつぎの電車に乗りこんだ。

ゴンサロは反対の終着駅でも同じ行動を繰り返した。駅から出てしばらくあてもなくうろつき、また駅にもどって乗車するまでできるかぎり多くの電車をやりすごす。またクアトロ・カミノスでおりたときは、一時近くになっていた。ゴンサロはこんどこそためらいのない足取りで街の中心へもどり、サン・イシドロ教会を目指した。まわり道を選び、ゆっくりと歩こうとするが、思いのほかむずかしい。目的があるのに、なるべく早くそこへ向かわないのは馬鹿げたことに思えて、自分が緊張していることを認めようとしなかった。

教会に着くと三時前だった。黒く煤けた十七世紀の建物は、かつてはステンドグラスがはまっていた窓が破壊されても堂々としていた。その建物に近づくにつれ、ゴンサロの足取りは重くなった。もう長いこと、教会には足を踏み入れてない。帽子を取り、暗い空間にはいりながら、ほの暗い明かりが顔を隠してくれることを祈った。驚いたことに、教会はほぼ満員だった。そうか——聖金曜日だ。では、いまここにいるのは敬虔な信者ばかりか？　とゴンサロは苦々しげに思った。十字を切り、フランコと子と聖霊のために祈れ。ゴンサロは半分空いている後方の信者席にすべりこみながら、まわりにひざまずく人々のうち何人が、戦争が始まったころ、色のついた窓や黒ずくめの司祭たちに石を投げつけたのだろうと思った。

それでも、この大勢の信者たちはおれを隠してくれる。十一歳のとき堅信の秘跡を受けたのは、母親がそれを望んだからだ。翌年には教会へ通うのをやめ、同じ年に学校をやめた。ゴンサロは家長だったので、これ以上カルメンと母親だけに働かせるのは正しいことではなかったからだ。十二歳のときは、学校も告解のどちらも、やめたことを悔やまなかった。その後、学校をやめたことは悔やんだものの、教会を離れたことは一度も悔やんでいない。聖書も儀式も、ほとんど覚えていない。最初は自然に、そのあとは信条のために忘れた。とはいえ、まわりが朗読するときは唇を動かし、ともに席を立ってひざまずいた。人々はぎくしゃくと立ちあがってはすわり、ゴンサロもさながら操り人形のようにそれにならった。

十字架の覆いが取り払われて式が終わると、人々はほとんど口をきかずにそっと出ていった。司祭たちはわれわれが罪を悔い改めたと思っているのだろうか？　人々のあいだを歩きながら、ゴンサロは考えた。連中はほんとうに、おれたちが黙って悲しんでいたのは、二千年近く前に無実の男が死んだためだと信じているのだろうか？　まるでほかに何も問題がなかったかのように！　ゴンサロは人々のあいだを抜けて横へ移動し、少しずつ側廊の礼拝堂へ向かった。蠟燭に火が灯り、蠟が溶けている。ゴンサロは教会に人がいなくなるまで待った。かすかにためらいを覚えながら、聖母像の前にひざまずき、まだ早かったことに気づいて不安を覚え、もっともらしくお祈りしていられるのはどのくらいだろうと思った。

永遠にも感じられたが、実際には十分もたたないうちに、背後で足音がした。ゴンサロはうつむいた。心臓が早鐘を打ち、後ろの男が立ち止まるのを望んでいるのか恐れているのかわからなくなる。足音が止まり、また近づいてきた。木の軋む音が聞こえると、顎ひげをたくわえた男が、ゴンサロのそばの木製の長椅子に膝をついた。「最近イサベルに会ったか？」男は小声で尋ねた。

ゴンサロは唾を吞んだ。「彼女が結婚してからは一度も」とささやいた。

「それは残念だ」男は言った。しばらく沈黙が流れ、やがて男は小声で言った。「外へ出たら右に折れて、ゆっくりマヨール広場へ向かえ」

ゴンサロは頭をさげ、子供のころから身に染みついて離れない祈りのことばをつぶやき、十字を切り、そして立ちあがった。男は心を奪われているように蠟燭の前でじっとしていた。

マヨール広場の入口まであとほんの数ヤードというところで、ゴンサロがつぎにどうするか考えていると、何者かが腕にふれた。「また会ったな」聞き覚えのある声。ゴンサロは驚いて目をしばたたかせ、ようやく教会で会った顎ひげの男だとわかった。いまは分厚いレンズの眼鏡をかけている。「きみがゴンサロか？」

ゴンサロはみぞおちのあたりをつかまれたような気がした。この見知らぬ男に名前を明かしたくない。とはいえ……。「あんたは？」

「ファンと呼んでくれ。さあ、ほかの連中がお待ちかねだ」顎ひげの男は足早に広場を歩きだした。治安警備隊員がうろついているのが見えていないらしい。

「ほかの連中？」ゴンサロは男に歩調を合わせながら尋ねた。

「サッカーはするか？」ファンと名のる男は尋ねた。聞く気もないらしい。

「子供のとき以来やってない」

「おれもだ。けど、一度うちの甥っ子を見せてやりたいよ。あいつが抜けないキーパーなんていやしない。あいつはいつか有名になる。絶対に！　おれは何年も前にわかったんだ」

「へえ」ゴンサロは馬鹿馬鹿しくなった。「いまいくつだい」

「たったの九歳なんだが、ティーンエイジャーでさえチームに欲しがるくらいなんだぜ。そうそう、先週あいつが何をやったと思う？」ファンは複雑な逸話を語りはじめ、グラン・ビア通りの北にたどり着くまで話しつづけた。ひっそりとしたテラスハウスの前で立ち止まると、ファンは鍵を取り出し、ゴンサロを連れてなかにはいった。「来いよ、下だ」手すりが不要なほど狭く、不吉な音を立ててきしむ薄暗い階段をおりていく。ゴンサロはあとにつづきながら、自分の命がこの相当変わった男の手に握られていることに気づき、致命的なあやまちを犯しているのかもしれないと思いはじめていた。ファンは地下の廊下を足早に進んでいく。そこは完全な暗闇だったが、手探りで歩いているようだ。ファンはいきなり立ち止まるとノックした。すぐ後ろについていたゴンサロはファンにぶつかった。

「だれだ」

「アンドレス。イサベルのニュースを持ってきた」

ゴンサロは目をしばたたき、ファンが平然と嘘をつくさまに目を丸くした。やがて、この顎ひげの男が嘘をついたのはおそらく自分に対してであり、〝ファン〟はほんとうに〝アンドレス〟なのだろうと思い至った。それどころか、まったく別のだれかかもしれない。ドアが開き、もともと台所として作られたと思われる小ぶりの部屋に通された。建物のあいだにはさまれた庭に面している。なかにはふたりの人物がいた。ひとりは五十代後半ぐらいの男で、白い口ひげをたくわえている。もうひとりは女で、黒い服を着、黒いベールを被って顔を隠している。ゴンサロとアンドレス（またはフアン）がなかにはいると、ふたりは立ちあがった。男のほうが先に口を開いた。

「同志」こぶしを固めたが、顔の高さにあげただけの、人目を気にするかのような挨拶だった。

「同志」顎ひげの男は挨拶を返し、恭しく頭をさげた。

「何も問題はありませんでしたか？」

「ああ」年輩の男はゴンサロに注意を向けた。「ハビエル・アルセの友人かね？」

「ええ」何を求められているのかわからないまま、ゴンサロはうなずいた。ハビエルはこの連中とどうやって知り合った？　こいつらは何者だ？　何に対してかはわからないが、値踏みされている気がする。張りつめた沈黙を破ろうとして付け加える。「逮捕されたと聞いたときは、かなり驚きましたが」

「われわれもだ」年輩の男がそっけなく答えると、部屋の緊張が少しゆるんだ。「なぜ治安警備隊はあんたを探してるんだね」この合い言葉と秘密が支配する雰囲気のなかで、その問いは驚くほど単刀直入だった。

ゴンサロは口をつぐんだ。これは予期していた問いではない。答えはわかりきっており、声に出すのは危険だ。とはいえ、白い口ひげをたくわえた男は答えを待っている。

「おれは……国境警備隊員だ……だった」ゴンサロはゆっくり言った。「隊員はチャマルティン競技場へ出頭しろと言われて以来、ずっと身を隠してる」そのとき、この問いは罠かもしれないと気づいたが遅すぎた。

「それだけか？」男は念を押すように尋ねた。

「ええ」ゴンサロは目を丸くして言った。好奇心が恐怖に打ち勝った。「なぜそんなことが知りたいんだ」

「ほかにだれが影響されているのか、知る必要があるのよ」女がはじめて口を開いた。外見とは不釣り合いな声だった。若々しく、思いのほかかすれ、涙をこらえているようだ。「もうだれも失うわけにはいかないの」

「残念だが、おれは役に立てない」ゴンサロは言った。マヌエラとの最後の会話を思い返すうちに、ばらばらだった情報の断片が、急速にあるべき場所に納まっていく。奇妙な時間に散歩へ出かけようとするハビエルと、闇市場と治安警備隊についての並々ならぬ知識。あのとき、ごみ収集人は意外に政治的なのかもしれないと思ったものだった。しかし、ハビエルが単に市の職員として逮捕されたのではないかもしれないとは、考えたこともなかった。「ハビエルは単なる知り合いだったんだ」自然に過去形で話していた。ハビエルがスパイとして逮捕されたのなら、死んでいると考えてほぼまちがいない。

白髪の男は眉を吊り上げた。「われわれはハビエルの女房と話をした」声には不信感がにじんでいる。

ゴンサロはまごついた。ハビエルのことは、マヌエラとカルメンの交友を通して知ったにすぎない。マヌエラはだれよりもそれをちゃんと説明できるはずだ。では、なぜそうしなかった？「わけがわからない」ゴンサロは思い切って言った。

「マヌエラは、あんたと最後に話をしたとき、あんたがやけに情報を欲しがっているようだったと言った」男の声には脅しともとれる響きがあり、ファン（もしくはアンドレス）が背後に移動していることに、ゴンサロは気づいた。するとi、何かが背中を軽く押した。後ろを振り返ると、顎ひげの男が拳銃を持っている。

「少しは説明してもらえないか、セニョール・リョレンテ」男はゴンサロの耳にささやいた。「あんたをつれてきたことで、われわれはかなりの危険を冒してるんだ。両手をおれの目の届くところから動かすんじゃないぞ」

ゴンサロはとっさに両手をコートのポケットに入れていたが、ぴたりと動きを止め、脇からゆっくりと離した。女が無言で前に出ると、慣れた手つきでゴンサロの銃を取り上げる。ゴンサロは必死にもっともらしい説明をひねりだそうとしたが、頭に浮かぶのは真実だけだった。「おれがマヌエラに訊いたのは、殺人事件のことだ」慎重に話しはじめる。「おれの……おれの妻が……ハビエルが逮捕された前日に殺された。おれは妻を殺したやつを見つけ出したかった」ビビアナを〝妻〟と呼んだのははじめてだった。

だがこの恐ろしい連中の前で〝友人〟や〝同志〟では冷淡すぎるように思えたし、この事実に反した古めかしいことばが、最もふさわしく感じられた。

「なぜハビエルの奥さんに訊いたの?」こんどは女が言った。白い口ひげを生やした男が眉をひそめてそちらを見た。女はこの尋問に関わるはずではなかったらしい。

「マヌエラが妻を見つけたんだ」ゴンサロは顔をしかめた。「それに治安警備隊員が殺したこともわかっていた。おれはそいつを捜し出したくて、それで……」ゴンサロは口をつぐんだ。

「あんたの女房はなぜ殺されたんだね」また年輩の男だった。

ゴンサロはためらったが、腎臓に押しあてられた銃には抗えない。「そこで治安警備隊員がひとり死んでいた。連中は妻が殺したと思ったんだろう」

白い口ひげの男が眉根を寄せた。「その死んだ治安警備隊員だがな。そいつのどこが気になったのかね」

「何も」ゴンサロは言った。「だがそいつのパートナーを見つければ、わかるんじゃないかと思ったんだ……捜している男のことが」

「ディエゴ・バエズという名前に心あたりは?」隙をつこうとするかのような、巧みな問いだった。

ゴンサロはかぶりを振った。「聞いたことがないな」ここから生きて帰れるのだろうかと思いながら、同時にふと〝ここ〟とはいったいなんなのかと考えた。

「パコ・ロペスはどうだ」

「そんなやつも知らない」ゴンサロは背中に銃が押しつけられたのがはっきりとわかった。この連中はおれが真実を語っていることを信じそうにない。ゴンサロはごくりと唾を呑んだ。「ここに来たのは助けを求めるためだ」できるだけ落ち着いて話す。「おれのことを治安警備隊員に密告したやつがいると、マヌエラが警告してくれたからだ。ほかのことは何も知らないんだ」

しばらくのあいだ、だれも口をきかず、ゴンサロは全員が白い口ひげの男の合図を待っているように感じた。男がようやく口を開いた。「同志よ。そういうことなら、いましばらくここにいてもらうことになるが、かまわんかな。われわれの立場はわかってくれるだろう」

「もちろんです」ゴンサロはそれ以上何も言えなかった。もし声が震えでもしたら、ずいぶん恥ずかしい思いをするだろう。

「では誠意の証として……あんたが自分で言ったとおりの人物だと、われわれが確認するまで……」年輩の男はかたわらの流し台から何かをつまみあげた。男が前に出たとき、ゴンサロはそれがロープだとわかった。

ゴンサロはおとなしく両手を縛られた。どのみち、抵抗はむずかしかっただろう。年輩の男はその白髪に似合わぬほど力が強く、若いほうの男——ファンあるいはアンドレス——は拳銃を構えていた。うむを言わせぬ態度だが、手荒にはされずに、台所とつながっている食料貯蔵室のようなところへ連れていかれた。そこは部屋というよりむしろ大型の戸棚で、窓はなく、壁に棚が備えつけられている。棚は空っぽだったが、隅にスツールが置かれていた。「よかったらすわっていてくれ」年輩の男は言った。「すぐにもどる」

ゴンサロは腰をおろし、若いほうの男が銃をまだこちらに向けたままであることに気づいた。年輩の男は部屋を出ていき、銃を持った男もあとにつづいた。貯蔵室のドアが閉まり、ゴンサロは完全な闇のなかに残された。鍵のまわる音が聞こえた。ドアの外でくぐもった声がする。あとはただ、沈黙が訪れた。

17

テハダは物思いに沈みながら、ヒメネスが持ってきてくれた服に着替えた。気が利くことに、ヒメネスは上着だけではなくアイロンのかかった清潔なシャツも用意していた。ヒメネスが着替えのシャツまで持っているというのに、自分が制服以外持っていないというのは妙な感じもする。むろん、ヒメネスは治安警備隊にはいって間もないので、一般市民の服をまだ色々と持っているのだろう。だが、これは自分で望んだことだ。カルロス坊ちゃん《セニョリート・カルロス》から逃れるために。無駄なものをいっさい持たず、治安警備隊の一員となるために。そう、いまわたしは治安警備隊員だ。わたしを見ると女は悲鳴をあげる。いまテハダを苛んでいるのは、幼い少女の金切り声ではなく、年上の女性の震える声だった。テハダはサイズの合わない上着に腕を通すと、階段をおりてアレハに会いに行った。

アレハはテハダが部屋を離れる前と同じところで横になっており、そのかたわらにベントゥラ伍長がしゃがみこんでいる。ベントゥラはアレハの頭に包帯を巻き、その上に冷湿布を載せてやっていた。アレハは警戒を強めているものの、ずいぶんおとなしくなっている。「いいや」テハダが近づくと、ベントゥラの声が聞こえた。「うちはきみより年上の男の子がひとりと、年下の男の子がふたりいるんだ。けど、女の子はひとりもいない。きみに兄弟はいる?」

「いないわ」アレハは落ち着きを取りもどしているようだ。「あたしだけよ」

「じゃあ、ママとパパはさぞかわいがってくれるだろうね」

アレハの唇が震える。「パパは死んだわ。ママがあたしの面倒を見てくれてるの」涙が頬を伝う。「ママに会いたい」

「わかるよ」ベントゥラはつぶやくように言った。後ろを振り返ると立ちあがった。「母親はどこにいるんですか」と小声で尋ねた。

「わからない」テハダは声をひそめて答える。「ちょうどそれを聞きだそうとしたとき、急に半狂乱になったんだ」かがみこんで、少女と目線を合わせる。「やあ、アレハンドラ。気分はどうだい」

アレハが目をみはり、怯えたような目でこちらを見つめていることから、制服姿ではないにもかかわらず、自分を見分けていることがわかった。アレハは押し黙っている。テハダはため息をついた。「何もしないよ。お母さんに何があったか話してくれれば、捜してあげようと思ってるんだ。お母さんを捜して欲しくないのかい？」

アレハはしばらくテハダを見つめていた。やがて蚊の鳴くような声で言う。「あの人たちがママを連れていったの」

「あの人たちとは？」

「あなたたち。治安警備隊員よ」

テハダはゆっくりと息を吐いた。実際、驚きはしなかった。あの足跡、捜索された跡、わけのわからないアレハの怯えよう。すべてがひとつのことを指している。とはいえ、セニョーラ・リョレンテが消えたわけはまだわからない。逮捕されたのだろうか。それとも、治安警備隊員たちの行動は、何か目的があってのことだったのか。「お母さんをどこへ連れていくか言ってたかい？」あまり期待はせずに尋ねる。

「刑務所に連れていくって」アレハはつぶやいた。「それから、あたしは連れていかないって言ったの。ひとりがあたしを殴ったわ」そしてぽつりと言う。「あたしは止めようとしたの」

テハダはほっとため息をついたとき、この少女の命が心配で、自分がずっと緊張していたことに気がついた。この子がほんとうのことを言っているなら――嘘をつく理由は思いつかない――怪我は偶然だったということか。とすると、パコを殺した犯人は、この子が目撃していたことをいまだ知らないことになる。テハダはしばらく考えこんだ。この子の話はいまのところ筋が通ってはいるものの、自分を信用しているわけではないので、パコの事件のことを聞き出すのは骨が折れるにちがいない。こちらを信用させるには、母親を捜し出すのがいちばん手っ取り早いだろう。治安警備隊員たちが〝散歩へ行く〟という不吉な言いまわしを使わず、刑務所と言っていたことに安堵する。「お母さんはなぜ逮捕されたんだい？」と尋ねながら、全駐屯地へ問い合わせるために、頭のなかで囚人の名前と逮捕の日付、その容疑を記したメモを作る。

アレハンドラは唇を固く結んだ。

「軍曹に話しなさい」ベントゥラは促した。「だれを捜せばいいのかわかれば、お母さんを見つけやすくなるんだよ」

アレハンドラは押し黙っている。

「お母さんは何をしたんだい？」テハダは答えの返らない問いを繰り返した。

「隊員たちは容疑を読みあげた？」ベントゥラはやさしく尋ねた。「意味がわからないような、むずかしいことばだったのかい？　何と言ったか覚えてる？」

アレハはかたくなに口を閉ざしている。テハダはこの子供がエレナの生徒であるだけでなく、パコの死体のそばで見つけたあの女民兵の姪だということを思い出した。〝赤〟になるには幼すぎる。ほんの数日前なら、そんなことを思っただけでも腹を立て、うんざりしただろう。しかしいま、テハダはマルクス主義者にもはや取り返しがつかないほど心を乱され、深い物思いの沼に沈みこんでいた。ベントゥラはまだ子供をなだめすかそうとしているがうまくいかない。テハダは自分が悪役を演じるべきだと悟った。

「ほんとうのことを言え」できるだけ厳しい口調で言いながら、ベッドにかがみこむ。「なぜ母親は逮捕された。闇市場か？　窃盗か？　それとも売春か？」

「軍曹」まだ橋渡し役をつとめていたベントゥラは、咎めるように口をはさんだ。「まだほんの子供です」

「これくらいのことはもう知っているはずだ」テハダは冷ややかに言った。しかし内心は役になりきれていなかった。自分の言ったことが真実であることはわかっている。だが、ベントゥラが言ったことも真実だ。アレハンドラ・パロミノは無垢ではないかもしれないが、まだほんの子供だった。このふたつの真実が相容れるとは思えない。アレハはテハダが本気ではないことを感じ取ったのかもしれない。単にだんまりを決めこむことにしたのかもしれない。いずれにせよ、少女は口を閉ざしたまま、ただ目を見開いてこちらを見ていた。嫌疑がわからぬまま、カルメン・リョレンテの居所を捜すには、ラモス中尉を説得するしかあるまい。おそらくアレハンドラ自身が、いちばんの論証となるだろう。「この子を動かしてもだいじょうぶか？」テハダはベントゥラに尋ねた。

ベントゥラはうなずいた。「はい、ほんの少しなら。ですが、あまり勧められません」

「わかった」テハダはふたたびアレハンドラの上にかがみこんだ。「中尉のところへ連れていく」少女を抱きあげながら言う。「中尉ならこの子の母親の居所を捜せるはずだ。ああ、また泣かないでくれよ」げんなりしながらアレハンドラに言い添える。「これからお母さんを捜しにいくんだからな」

テハダはベントゥラのやり方を学び、こんどは自信を持って抱きかかえた。おかげでアレハはしくしくとべそをかいていたものの、むやみに暴れようとはしなかった。中尉の部屋の前にいた隊員が行く手をはばんだ。「いけません、ここは――」

「この件は緊急を要する」テハダはさえぎった。「責任はわたしがとろう」

「わ、わかりました」隊員はアレハンドラを怪訝そうに見た。「あの……なぜ……」

「元の位置にもどれ」テハダはきっぱり言うとドアをあけた。

ラモスはいつものようにがたがたの机に向かい、猛烈な勢いでタイプライターを叩いていた。ドアがあいたので、顔をあげると、スポーツジャケットと泣いている子供の姿が目にはいった。「民間人は入室禁止だ」ラモスは鋭く言った。「だれが通し……テハダ！　いったいなんだそれは」

「申しわけありません」テハダは声こそ少女のすすり泣き

に負けぬよう張りあげたが、つねの冷静さを保って言った。

「これはマリア・アレハンドラ・パロミノ・リョレンテです」

ラモスはテハダが抱きかかえている少女を眺めた。「それがどうした」

「この子が先日お話しした少女です」アレハンドラについての情報が、最後に話をしたときからかなり増えていることにはふれなかった。「お尋ねになった件について、情報を持っているかもしれません」

「ああ」ラモスはなんのことだったか考えていると、アレハンドラの頭に巻かれた包帯が目にはいった。「おいおい、テハダ。そんなにひどく殴る必要はないだろうに」

テハダは体を硬くしたが、声にはなんの感情も表われなかった。「ちがいます。これは関係のない件で、偶然怪我をしたのです。けさ母親が逮捕されて、それ以来ひどく動揺しています。二、三電話をしてセニョーラ・リョレンテの居場所を突きとめれば落ち着くでしょうし、質問にもいくつか答えるようになるはずです」

「母親にかけられた容疑はなんだ」

「わかりません」

「どこに拘留されている」

「わかりません」

「やれやれ！」ラモスは部下をにらみつけた。「で、きみは二、三電話するだけですむと思っとるのか」

テハダは答えを用意していた。「いちばん可能性が高いのは、ここかアルカラ駐屯地でしょう。ですが、問い合わせは周辺にも及ぶかもしれません。名前といつ逮捕されたかはわかっています。長くはかからないはずです」

「そんなことにかかずらっとる暇はないはずだ」中尉は色をなした。「午後はパトロールの予定があるだろう」

「はい。おっしゃるとおりです」テハダは答えた。「では、この子はいかがいたしましょう」

遅すぎた。ラモスは罠にはめられたことに気づいた。

「見つけたところに返してきたらどうだ」あまり期待はせずに言う。

「かなりの距離があります」テハダは取り澄まして言った。

「昨夜の報告書にも書きましたとおり――」

「ああ、わかった。では返さんでいい！」ラモスは苛立たしげに言った。「どこかに押しこんでおけ」

「どこか、とは？」

中尉は歯噛みした。「わしは幼稚園なぞ管理しとらんぞ」

「もちろんです」テハダはしおらしく言った。

「ここに置くわけにはいかん」

「もちろんです」

ラモス中尉は机の上を掻きまわし、ようやく薄汚れた紙を見つけ出した。「これがけさパトロールに出ていた連中のリストだ。こいつらにそのリョレンテとやらいう女のことを訊いてみろ。そのあと何本か電話するがいい」

「ありがとうございます」

「そいつを静かにさせられんのか」

「制服をきらっているのです」

「それでそんな格好をしとるわけか」中尉は突然にやりと笑った。「そういえば、あの若いの――なんといったかな――ヒメネスだ、あいつがけさもどってきたところを見たか」

テハダは笑みを返した。「ええ。実に……鮮やかでしたね」

ラモスは同意するように鼻を鳴らした。ラモスがつぎに言おうとしていたことがなんであれ、あわただしくドアをノックする音に妨げられた。ドアが開き、几帳面に刈り込んだ口ひげをたくわえ、陸軍中尉の黒っぽい制服を着た男がはいってくると、ラモスに敬礼した。ラモスも敬礼を返し、テハダをいぶかしげな目で見た。その男はみずから説明した。「ドクター・ビリャルバです。こちらで緊急に医師を必要としているとのことですが」

「こちらです」テハダはモスコソの誇張に対していかなる謝罪も無駄だとすかさず判断した。「この子供が患者です」

ドクター・ビリャルバは驚いたようだった。「軍曹。わたしの任務は治安警備隊のみがその対象となっていることをわかっているだろう」

「はい」テハダの表情は変わらなかった。「おことばを返すようですが、この子供の健康状態は、治安警備隊が現在捜査中の事件にとって重要なのです」

　ドクター・ビリャルバは文句を言おうとしたが、ラモスがあわててとりなしたので、不承不承アレハンドラを階下へ連れていき、ひととおりの検査を行なうことを承諾した。テハダはありがたくドクター・ビリャルバとつねに協力的なベントゥラ伍長の手にアレハンドラを委ね、カルメン・リョレンテの捜索に取りかかった。

　この駐屯地にカルメン・リョレンテについて何か知っている者はいなかった。つぎにアルカラ駐屯地へ電話をかけて手短かに問い合わせたが、同じく成果はなかった（モラレス大尉はそつなく捜査の進捗について尋ねることを控えた）。ところが、クアトロ・カミノスに電話すると、すばやく相談する声がしたのち、相手は言った。「こちらはマルティネス軍曹……そうだ。マリア・カルメン・リョレンテは弟ゴンサロの失踪に関わっていたとして拘留されている」

「その弟はどうなったんだ」テハダは尋ねた。

「やつは〝赤〟だ。チャマルティンに現われず、以来姿を隠してる。きのうこいつの情報を持ってきたやつがいてな」

　くそっ。アレハンドラが話そうとしないわけだ。やれやれ。となると、あの子から何かを引き出すのは相当骨が折れるぞ。テハダは声に出して言った。「別件でリョレンテの姪がこちらにいるんだ。この子供の母親はどこに収容されている？　連れていこうと思うんだが」

　紙を繰る音がしたあと、電話の向こうの声が、カルメン・リョレンテはクアトロ・カミノス駐屯地の真北にある新しい刑務所にいると告げた。独房にはいっているのではなく、まだ尋問もされていない。「しばらくじらせてるのさ」マルティネス軍曹は説明した。「そうすれば、たいてい少しは協力的になるからな」

「健闘を祈る」テハダはそっけなく言った。「娘のほうは手に負えない頑固者だ」

「女ってやつはいつだって最悪だからな」相手は同情を示

した。「だがな、ここはもういっぱいなんだ。大尉が移送を認めるかどうかはわからんぞ」

「子供はたったの七歳だ」テハダはマルティネス軍曹がアレハンドラをこのまま押しつける気ではないかとぎょっとした。「たいして場所はとらない」

「待っててくれ」マルティネスは言った。しばらく相談したあと、電話口にもどってきた。電話では声の調子まではわからないが、がっかりしているのはまちがいない。「わかった。そのガキをここへ捨ててけよ」

「ありがとう。恩に着る」電話は友好的に終わった。

テハダは手近にあった紙切れに書きつけた情報を眺めた。カルメン・リョレンテには潜伏中の弟がいるのか。そういえば、隣人は〝母親とそれから――〟と言ったとたん、あわてて話題を変えた。アレハンドラはおそらくおじを守ろうとしたのだろう。ひとしきり考えたあと、テハダは階下に向かった。ドクター・ビリャルバと医務室の隅で話をする。「あの子供は非常に運がよかった」テハダの敬礼を受けたあと、医師は告げた。

「どういうことでしょうか」頭を殴られた一方、母親が反逆罪で逮捕された子供のことを、非常に運がよかったとは言いがたいのではないかとテハダは思ったものの、ドクター・ビリャルバは明らかに自分の診断結果に満足していた。

「子供の頭というものは、大人のそれよりも簡単に傷つくものだ。ほんの少し力を強くしただけで、頭蓋骨が骨折してしまう。しかも――」ドクター・ビリャルバは薄気味悪い張り切りようで締めくくった。「それはもう、ひどいありさまになる」

「そうでしたか。ありがとうございました、ドクター」テハダは思い切って尋ねた。「それでは完全に快復するのですね？」

「それは神のみぞ知るだ」ドクター・ビリャルバは言った。がっかりしたような気配を漂わせている。「しかしまあ、おそらくそうなるだろう。しばらく安静にさせなさい。それから、もし肉親がいるなら、ちゃんと食べさせるように言いたまえ。ひどい栄養失調だ」

医師の研修には、医師の頭を外界から切り離すという思わぬ副作用があるのではないか、とテハダは思った。しかしビリャルバは上官だったので、おそらくマドリードの子供の大半が栄養失調にかかっていることを指摘はしなかった。ドクター・ビリャルバに礼を言い、帰りを見送ったあと、アレハンドラのもとにもどった。「いい知らせがある」そばに腰をおろしながら慎重に言う。「お母さんが見つかったようだ」

アレハは体を起こそうともがいた。「いまから会いに行っていい？」

テハダはその反応を望んでいたものの、少女のひたむきな様子が、思いのほか痛ましく感じられた。「もうしばらくしたら連れていってあげよう」わたしはこの子に何も危害を与えていないし、それどころかいいこともしてやったんだ、とテハダは自分に言い聞かせた。「だけど、その前にいくつか訊きたいことがあるんだ」

「そのあとママに会える？」

「ああ、質問に答えてくれたらね」

アレハはしばし口を閉ざし、見るからに考えこんでいる。「先にママに会っちゃだめ？」声には懇願するような響きがあった。

「質問に答えてくれなければ、お母さんのところへは連れていけないんだ」テハダは言った。「だけど、疲れてるなら、いま話さなくてもいい。どのみち先生は寝ていたほうがいいと言っていたからね」

アレハの顔が苦悶にゆがんだ。テハダはそれを見て、自分の穏やかな脅しを理解していることがわかった。そんなにひどいことをしているわけじゃない。もしわたしが母親を捜してやらなかったら、どこにいるかもこの子には知りようがなかったんだ。それに、この子が何か知っているのかどうか知る必要がある。それでも、アレハの表情がもっと子供らしく、大人が尋問されているときのそれにもっと似ていなければいいと、願わずにはいられなかった。まだほんの子供なのに。

「ママに会いたい」アレハはささやいた。テハダがもう一度口を開こうとしたとき、アレハは、しかしけなげにもつづけた。「でも、いまは疲れてるの。お話ししたくないわ」

トレドで出会った特別な訓練を受けた尋問官のことが、ふたたび思い出された。その男は自分の腕前に自信満々で、喜んで秘訣を教えてくれた。相手に何も与えるな。こっちが何を知っているか、何が知りたいのかを向こうに考えさせて、不安にさせるんだ。テハダはため息をつき、その助言を無視した。「訊きたいことというのは、ゴンサロおじさんのことじゃないよ」

アレハは体をこわばらせ、怯えたような目でテハダを見た。「いまは疲れてるの」と不安げに繰り返す。

ドクター・ビリャルバの最後のことばから、テハダはあることを思いついた。「わかったよ。ところで何か食べるかい」

アレハは何も言わなかったが、瞳がかすかに揺れた。テハダはそれを認めて希望を持った。「寝てなさい。少ししたらもどってくるから。おしゃべりをして、おやつを食べて、お母さんに会いに行こう」

テハダは腰をあげて、投げたばかりの餌を台無しにするようなことを言う前に、すばやく立ち去った。しかし、アレハがまたそっと泣きはじめたのが聞こえないほど、すばやくはなかった。

18

闇のなかにどれくらいいるのか、ゴンサロにはわからなかった。まるで生き埋めにされたようだ。じきに埋められるかもしれない。生きてではなく。治安警備隊と対決したほうがよかったのだろうか。頭を整理しようとしたものの、何もかも腑に落ちなかった。

だれかが鍵をまわす音で、ゴンサロはわれに返った。ドアがあき、黒い服を着た女が現われた。女はベールをあげており、カールした黒髪に縁取られた、面長の痩せこけた顔が見えた。まだゴンサロのリボルバーを握っている。近づいてくるときも、こちらにぴたりと照準を合わせていた。

「立って」意外なことに、声は親しげといっていいくらいだった。「後ろを向いて」

背を向けると、女が数歩後ずさる音がした。弾があたる前に、銃声は聞こえるのだろうか、とゴンサロは思った。それからまた数歩足音が聞こえて、だれかがゴンサロの縄をほどいた。そのとたん、両手が自由になった。手首をさすりながらゆっくり振り返ると、顎ひげのファン（あるいはアンドレス）が女から銃を取りあげて、戸口に立っていた。だが、もう銃口をこちらに向けていない。「マヌエラがあなたのことを請け合ったわ」女は言った。

「つまり、われわれはあんたを助けなきゃならんということだ」ファンはあとをつづけると、台所へ誘導した。ゴンサロは腰をおろした。ファンは向かいにすわり、女はゴンサロの後ろに立っていた。

「助ける？」ゴンサロは呆然と繰り返した。

ファンはふいににやりとした。「まずは謝罪すべきだろうな、同志よ。相当びびっただろう」

「まあな」ゴンサロは素直に認めながら、この男の楽しそうな態度は不謹慎にもほどがあると思った。「何がどうなっているのかも話してくれるんだろうな」

「悪いがそれはできない」ファンはきっぱり言った。「さて、あんたは偽造書類が必要だ、そうだろ？　国境を越えるための名目も。変装したほうがいいかもしれんが、あんたの写真を持ってるやつはいないだろう」ゴンサロをじろじろと眺める。「さして目立つ特徴はないし。そいつは利点だな」

ゴンサロは唖然として目をみはった。カルメンの思いつきのすべてが実現しようとしているようだ。もっと大喜びすべきだと思った。この連中はおれに命を与えようとしているのに、金のことにはふれようともしない。「それは……フランスってことか？」混乱のあまり、自分の気持ちもよくわからないまま、ためらいがちに言った。

「そいつはまだわからない」ファンは答えた。「たぶんポルトガルだろう。あっちから来るボートを探せばいい。それともジブラルタルの向こうに送るのもいいかもしれんな」ファンは首を横に振った。「マドリードがやっかいなのは、辺鄙な田舎のど真ん中にあることだ」

ゴンサロは故郷への侮辱に体をこわばらせた。むろん、この男が言わんとしていることはわかっているが、それを言うならポルトガルとフランスは辺鄙な田舎ということになる。マドリードはすべての中心なのだ。「おれはどこにも行くつもりはない」ゴンサロはすまなそうに言った。

「ここには置いておけないぞ」ファンが言った。その声には、明白なことを告げる際の冷徹な響きがあった。

「行きたくないんだ」こんな言い方は失礼かもしれないと思いながらも、ゴンサロは繰り返した。救いの手を拒絶するなんて、恩知らずもいいとこだ。自分の態度をはっきりさせたくて、ゴンサロはつづけた。「わかってる……命はないだろう。けど、おれはそれでもかまわない」

ファンは目を細めた。「あんたのためじゃない。われわれのためだ。あんたがここにいるかぎり、われわれは危険なんだ」

ファンが正しいことはわかっている。それでも、生きる目的はこの街と結びついていた。持ち前の頑固さから、ゴンサロはゆっくりと言った。「じゃあ、出ていく前に……。おれの……妻……を殺したのは、マンサナレス治安警備隊駐屯地の軍曹だ。こいつを見つけたい。それがおれの計画だ」

「頭がいかれてるんじゃないのか？」とフアンが言うと同時に、女が突然勢いこんで言った。「なぜマンサナレス駐屯地の軍曹だとわかったの？」

答えていいものか判断がつかず、ゴンサロは肩をすくめた。フアンはゴンサロの後ろにいる仲間に目をやり、それからおもむろに言った。「いい質問だ。なぜそいつがマンサナレス駐屯地の軍曹だとわかった」

「長い話になる」

「時間はあるわ」また女が言った。

ゴンサロはまた肩をすくめ、ビビアナを殺した男の身元をつきとめた経緯について、できるだけ手短に話した。ふたりともマヌエラのことはすでに知っており、マヌエラの言ったことを話すうちに、フアンは何度か軽くうなずき、肩の力を抜いていった。ゴンサロは心強くなり、偶然見つけたチョコレートの包み紙や、その後の闇市場との取り引きについて話しつづけた。フアンはまた体をこわばらせ、女はゴンサロの顔が見えるように歩きまわった。ゴンサロはアレハンドラのノートについて説明し、姉のところに来ることになっていた治安警備隊員を、隠れて観察するつもりだったことも話した。「けど、そこへマヌエラが来て、警告してくれたんだ」ゴンサロは話を締めくくった。「で、おれはチャンスを逃したというわけだ。おそらくそいつはもう姉と会ってるだろう。姉が無事だといいが」と言い添えたとき、ふたりがカルメンの無事など気にかけていないことに気づき、また、監禁されているあいだ姉のことを考えなかったことに若干の後ろめたさを感じた。

「パコが闇市場と関わっていたのはたしかなのか」フアンはゴンサロが最後に言ったことを無視して尋ねた。険しい声だった。

「パコとは何者か教えてくれ」ゴンサロは鋭く言い返した。

「知らないのか？　くそっ、しまったな」フアンは顔をしかめた。「パコってのは死んだ治安警備隊員だ。あんたのビビアナが殺される原因となったやつさ。しかし、なんだってあいつは闇市なんかとかかずらってたんだ。おまえはあいつのことを正真正銘のうぶな坊やだと言ってなかったか？」

ゴンサロは最後の問いが自分ではなく女に向けられたものだと気づいた。女はうなずいた。「そうよ。そう思ってたわ」悲しんでいるようだった。「彼は……そうね、典型的なファシストだった。これ見よがしで、偉そうで、視野が狭くて、なんのために戦っているかもわかってなかった。馬鹿な人だったわ、いろんな意味で。でも偽善者じゃなかった」

「そいつを知ってたのか？」驚きと一抹の不安を覚えて、ゴンサロは尋ねた。

「かなりね」腹を立てているのか、おもしろがっているのか、それともただ悲しんでいるのか、その声からは計りがたい。「いい情報源だったの」

「スパイだったのか？」ゴンサロは思わず口走った。しばし共和国に尽くそうとして死んだ男のことを憐れみ、それから治安警備隊員殺しの濡れ衣をビビアナに着せれば、好都合だったのかもしれないと気づいた……だれかにとって。

ゴンサロはかすかに身震いした。このふたりがビビアナを殺した犯人に関心を持ったのも無理はない。

「厳密にはそうじゃないわ」女はなおも悲しげな口調で言った。ファンは眉をひそめて女に黙るよう合図したが、女はかぶりを振った。「どんな問題があるって言うの、アンドレス。彼は死んだのよ」女はゴンサロに向き直った。

「パコはわたしと恋に落ちていると思ってたのよ。まさにメロドラマみたいな恋。仕事のことを話すように仕向けるのはたやすいことだったわ。女が戦争や政治についてほんとうに頭を悩ませるなんて、思ってもみない人だったから」ため息をついてつづけたとき、声が少し震えていた。

「さっきも言ったように、馬鹿な人だった。でも正直だったわ。不器用だったけど。そのために死んだと思ってたの」

「つまり、あんたとの関係をだれかに見つかったと思うのか？」ゴンサロは必死に考えながら尋ねた。

「ええ」女はうなずいた。「それなら筋が通るもの。彼は名家の出なの――だったわ。軍法会議にかけられれば、家名に泥を塗ることになったはずよ。だから家族が秘密裏に始末したのかとも思ったけど、そもそも彼が家族に何か話していたかどうかわからなかった。彼は気づいてたのかもしれないわ……わたしや……ほかの何人かの素性を」

「どうやってあんたたちのことがばれたんだろう」

「あの馬鹿は金を送ってきたのさ」ファンはもう話してもいいだろうと決心したようだった。「〝婚約者〟宛てにな」馬鹿にしているか、おもしろがっているように、ファンは鼻を鳴らした。「ブルゴス通貨がありがたくなかったわけじゃない。だが、いずれだれかが気づくのは確実だった。金を受け取っていた〝イサベル〟を突きとめようとするのもな」

「〝イサベル〟はよく聞く名前のようだが」ゴンサロは冷ややかに言った。

ファンはにやりと笑った。「ありふれた名前さ、同志」

ゴンサロはうなずき、ふいにあることを思い出した。「おれが話をした闇商人は、パコは金には頓着しなかったと言っていた。〝女に全部送ってる〟と。あれもあんたのことだったのか？」


女――ほかに適当な名がないのでイサベル――は考えこんでいた。「ええ、実際には……ああ、そうよ、それで説明がつくわ。六ヵ月くらい前からお金を送ってくるようになったの。彼は……」イサベルは目をつむった。「待って。たしかこんなことを言ってたわ。〝少しばかり余分な金がはいるようになった。それを得るためにやっていることは自慢できることじゃないが、しかたがないんだ。だから、もしこれがきみの役に立つなら何よりだ〟」

ファンは笑った。「じゃあ、あいつはイサベルを援助するために犯罪に手を染めたのか？そいつはいい」

「あるいは、〝イサベル〟が何者かということを、だれかが気づいた」ゴンサロは言った。「そしてやつを脅迫した」

「もし脅迫されていたら、余分な金を持ってるはずないだろう」ファンは指摘した。

イサベルはかぶりを振った。「いいえ、彼の言ってることはわかるわ。もし闇商人と関わり合いになったのは無理強いされたせいだとしたら、パコはお金のことなど気にしなかったはずよ」その顔がつかの間ほころんだ。「正当な自分のお金だと思えないから人にやってしまおうとするなんて、いかにも彼がやりそうなことだわ。もちろん、父親から相続したものはすべて〝正当〟だけど、これはちがう。彼はそう考えたのよ」

「やつはきみに情報を流しつづけただろうか。きみが敵側の人間だと知っていたとしたら」ゴンサロは尋ねた。

ファンはそっと毒づいた。「六カ月ものあいだ、あいつは偽の情報を流していたのかもしれない！」

「いいえ」イサベルはきっぱりと言った。「言ったでしょう。彼は絶対にスパイにはなれないって。彼はあまりにも……あけすけな人だったの。嘘が下手だった。秘密を守れなかったという意味じゃない。それはうまかったから。だけど、何か隠していることはわかった。それが何かはわからなくても、重要なことだとわかったはずよ」

「じゃあ、ほかに何をねたに脅迫されたんだ」ファンは言い返した。

こんどはイサベルがそっと鼻で笑った。「わたしとまだ連絡を取ってることを、母親に告げると脅されたのかもしれないわ。母親はわたしのことをよく思ってなかったから。もったいぶった女。わたしたちの手紙を内緒にしておくために、大げさなことをやりはじめたのは彼だったの。〝母さんを説得するまでは〟って。あまりにややこしかったから、わたしはきっとうまくいかなくなると思ってたわ。彼がスパイには向かなかったと言ったのはそういうわけよ」

ファンはいらいらと眼鏡でテーブルを叩いていた。「じゃあ、何も変わりはないってことだ。やつらは闇市場との取り引きより、情報の漏洩のほうが心配だったんだろう」

「たぶん」イサベルは相槌を打った。ゴンサロに一瞬笑みを向ける。「もっとも、くだんのチョコレート売りには感謝しなくちゃね。闇商人たちがパコの死を偶然だと考えていることがわかったんだから」

「役に立って何よりだ」ゴンサロは冷ややかに言った。

「この情報と引き換えに、例の軍曹を捜し出してもらえないか」

ファンはかぶりを振った。「絶対にだめだ。私怨で大義の妨げになるようなことをするのは許されない」

　ゴンサロにもファンが正しいことはわかっていた。それでも、ビビアナより大義が大事とはどうしても思えない。ゴンサロが考えこんでいると、イサベルが言った。「わたしは闇市場へのパコの関わりについて、もう少し詳しく知りたいわ。もし彼が治安警備隊の外部の人間と話をしていたら……」

　ファンはうなずいた。「探ってみよう。だが、まずはこいつをここから出さなきゃな」ゴンサロのほうを向く。「あんたはもうしばらく姿を隠しておかなきゃならない。書類を用意するには時間がかかるんだ。用意ができたら街から出してやる」

　ゴンサロは反抗心がふつふつと沸きあがるのを感じた。自分は人間であり、人から人へそそくさと手渡される怪しい荷物ではない。この連中が自分を完全に信用しないのはしかたがないとしても、得体のしれない人物に引き渡されてもおとなしくしているような、赤ん坊みたいに扱われるのはまっぴらだ。

「パコとやらの闇市場との関わりについて、おれに探らせてくれないか」ゴンサロは提案した。「だれもおれのことをあんたたちのグループの一員だとは思ってないし、おれはマドリードで残りの時間を有益に使うことができる」

　ふたりは考えるような視線を交わした。「悪い考えじゃないわね」イサベルはゆっくり言った。「こちらはだれも危険にさらされないし、けど……」

「けど」ファンが相槌を打った。眉をひそめてゴンサロを眺めまわす。「あんたは党員か？」

　ゴンサロはためらった。真実はおそらくこの質問に対して正しい回答ではない。そして回答を誤れば、取り返しがつかないかもしれない。ゴンサロは戦前は社会党員で、戦時中は単に国境警備隊員だった。このホストたち（救援者？　監禁者？　なんと呼ぶべきだろう）のだれひとりとして、協力を申し出たものはいない。「おれが第五列《スパイ》かもしれないと疑ってるのか？」できるだけ快活に尋ねた。

「そうだ」ファンは認めた。「でなけりゃ、ただの何をしでかすかわからない危険人物か。あんたを逃がして、個人的な復讐のために治安警備隊員を殺すのを見ているわけにはいかないんだ」

ゴンサロは一か八かに賭けた。「党員として約束する」声を落として言う。「大義の妨げになるようなことはしない」

ファン（またはアンドレス）は長いあいだゴンサロを見据えた。やがてリボルバーを取り出して、女に渡した。

「上層部が認めるかどうか訊いてこよう」ゴンサロから目を離さずに言う。「ここで待ってもらってかまわんだろうな」

「ここで？」ゴンサロはかろうじておどけてみせた。「それともまた戸棚のなかか？」

「ここだ」ファンはにやりと笑いながら答えた。イサベルを振り返る。「見張ってろ」

イサベルがうなずくと、ゴンサロは胃が縮みあがるような心地がした。この連中はとても礼儀正しく、親切でさえある。危険を冒して助けようとしてくれるのだから。とはいうものの、ゴンサロの置かれた立場は依然、囚人よりはわずかにましといったところだった。ファン（もしくはアンドレス）は部屋を出ていき、ゴンサロの向かいにはイサベルがすわっていた。イサベルの表情は親しげだが、手には銃が握られたままであり、もしゴンサロが逃げるそぶりを見せれば、まちがいなくそれを使うだろう。

ゴンサロは、情報を得ようとしているのではと怪しまれずにすむような話題を、何ひとつ思いつかなかった。イサベルも口を閉ざしている。ゴンサロはイサベルとの会話を思い浮かべてみた。「で、きみの出身は？」漆黒の髪と色白のケルト系の顔立ちから、答えを予測した。「ガリシアよ、海岸沿いの」「とてもいい所だと聞いたことがある」「ええ、美しいわ。あなたはマドリード出身？」「ああ」「いつ入党したの？」想像上の会話はそこで止まった。共産党員だと言ったことばを、ファンがたしかめようとしたら。おれは党員として約束してしまった。だが、例の軍曹に会う機会さえあれば、約束を破ることにはなるまい。党員になったことは一度もないとしても。機会さえあれば……

「何か食べる?」イサベルの声で、ゴンサロは物思いから覚めた。

「頼む」ゴンサロは言った。

イサベルは微笑んだ。「冷蔵庫に何かはいってるはずよ」

ゴンサロは当惑し、そしてこちらに向けられている銃に目をやった。イサベルは親切にしようとしているようだが、危険を冒そうとはしない。ややあって、ゴンサロは腰をあげ、部屋の隅の冷蔵庫に向かった。

固くなったパンがいくつかある。ゴンサロはそれを食べ、イサベルにも勧めた。イサベルはすまなそうな笑みを浮かべて断わった。穏やかな静けさのなかで、ゴンサロは黙々と食べた。太陽が建物の後ろに隠れ、台所はほの暗くなっていた。

ゆっくりとした足音が聞こえて、ゴンサロは、地下室へつながっているあの不安定な階段は、優れた警報装置となっていることに思い至った。銃がテーブルの下に消え、イサベルがベールで顔を覆うと、ドアをノックする音がした。

「だれ?」

「アンドレス。イサベルのニュースを持ってきた」

ドアが開き、ファンがまた現われた。「何もなかったか?」

ゴンサロは緊張しきって何も言えず、ただうなずいた。

「ならいい」ファンはなかにはいってくると、ゴンサロのそばに腰掛けた。「ほかの仲間も、あんたのアイデアを気に入った。それを偽造書類の代金として受け取ることにするか」

「ありがたい」ゴンサロは少しほっとした。

「よし」ファンはイサベルを見た。「いつもの場所で?」

イサベルはうなずき、隠し場所からリボルバーを取り出して、テーブルの上に置いた。そして立ちあがり、コートを手に取る。戸口でこちらを振り返った。「さよなら、ゴンサロ。幸運を祈るわ」

ドアが閉まり、階段をのぼる足音が消えるまで、ファンは待った。そして、ゴンサロのほうに身を乗り出した。

「よし」低い声で言う。「いいか、よく聞けよ」

19

テハダはアレハンドラの食料を探している途中、ラモス中尉に捕まった。「テハダ！ なぜまだそんな格好をしとるんだ。トレス伍長が待ちわびとるぞ」

テハダはわけを説明しようとしたが、ラモスは聞く耳を持たなかった。「いいか、きみは母親を捜してあのちびを追い払うと言っただろう。午後もずっと子守りをするつもりじゃないだろうな」

「しかし中尉」テハダは言い返した。「あと少しアレハンドラといれば……」

「あと五分でパトロールの時間だ」ラモスはさえぎった。「まだ制服に着替えてもいないぞ」

「しかし中尉」テハダは食いさがった。「昼食を食べさせてやれさえすれば、あの子はわたしに話をするはずです」

「断じてならん！」ラモスは有無を言わせぬ口調で言った。「あの娘は別としても――ところで、あのいとこ云々のたわごとに、わしが一瞬でもだまされたと思うなよ――われわれの糧食を、〝赤〟のガキごときを釣る餌にして、無駄にするようなことは許さん」

テハダは鼻で大きく息をし、エレナのことを口にしたときの上司の口調に異を唱えようとするのを、かろうじて思いとどまった。「中尉」声に感情が表れていないことを祈りながら言う。「もしわたしが――」

「制服に着替えるまであと四分だ」それは最後通牒だった。

テハダは降伏した。少なくとも、中尉はこの午後のうちにクアトロ・カミノスへ連れていけとは言わなかった。あの子は後まわしだ。テハダは言い渡された四分以内にトレス伍長と会い、揃って出発した。

ふだんなら、テハダは徒歩のパトロールがきらいではなかった。ゆっくりとした規則正しい足音は、考える時間を与えてくれる。しかしきょうは、物思いに沈むことを恐れた。パコはなぜ闇市場と関わったのか。その問いは執拗にテハダを苦しめた。進んで裏切り者や犯罪者と手を組むようなまねが、パコにできたはずはない。パコが自分の部隊から糧食を盗っていたはずはない。自発的にも、冷笑的にも。パコが冷笑的だったことはなかった。自分が〈運動〉に加わったのは、〝赤〟がやろうとしていることに気づき、それを止めなければと思ったからだ。だがパコが運動に加わったのは、信じていたからだ。新しい、より良い世界を。自分はそんなふうに信じたことは、一度もなかった。無意識下の鍵が掛かった書類棚の片隅で、テハダは自分に嘘をついていることを知っていた。テハダは運動を信じていた。パコの熱っぽい信念に感化されたふりをしているだけではなかった。ところがどういうわけか、テハダの確信は消えていた。黄ばんだ新聞紙の隅のように、ゆっくりと散ったのかもしれない。ビビアナがアレハンドラのノートを取りにいった理由をエレナが説明し、姪の面倒をみようとしただけの無実の女性を自分が殺したことに気づいたとき、粉々になったのかもしれない。エレナが告白しようとしたことを恐れ、エレナが何を言ったとしても自分は取り締まらないだろうと自覚したことを恐れて彼女にキスした瞬間に、消え去ったのかもしれない。だが、自分はそれほど変わってはいない。パコもそれほど変わらなかったはずだ。パコは変われなかったはずだ。テハダはあの笑みを浮かべた娘の写真を思い出した。おまえはどれだけパコのことを知っていた？　と頭のなかで声が責め立てた。家へ連れていこうとしなかっただけでエレナをスパイだと思いこんだお前が、彼女を知っていると思っていたときのようにか？　それとも、おまえは犯人ではないと思うと言ったエレナが、おまえを知っていると思っていたときのようにか？　あの女民兵がパコを殺したとわかったときのように、パコが運動を信じていたとわかるというのか？

トレス伍長は以前にもテハダと組んだことがあったので、その口数の少なさには慣れていた。ふたりは友人ではなかったものの、連れ立ってパトロールに出かけるのは気に入っていた。歩調は合ったし、互いに考え事に没頭しているときは、つねにくつろいだ沈黙を保っていた。いつもなら、射撃の名手であるトレスが上のほうの窓に警戒の目を走らせ、テハダが地上に目を配った。だからテハダがだしぬけに「なぜきみは治安警備隊に入隊したんだ」と言ったとき、トレスは驚いた。

「父が治安警備隊員なのです」なぜ関心を持つのか不思議に思いながら、トレスは答えた。

「それだけか？」テハダは落胆した。ほかの隊員たちは信じて入隊したはずだ……何かを。自分にそれを説明し、思い出させてくれるものを。

「それだけ？」トレスは少しむっとした。「これはわが家の伝統です」

「そうだな」テハダはまた黙りこんだ。パコと親しくなったのは、ふたりとも家の伝統に従わなかったからだけではない。互いに何かを信じていることを理解したからだ。では、なぜパコは闇市場と関わったのか。答えは見つからないものの、パコが自分の意志でやったことではないという確信は揺るがなかった。

ふたりはマヨール広場を通って、南へ向かった。サン・イシドロ教会のそばで、ふたりの司祭がこちらに会釈と敬礼をした。トレスは会釈を返し、丁重に挨拶した。テハダも会釈はしたものの、何も言わなかった。あすは告解だ、とテハダはみじめな気持ちで思った。エレナ……ああ、神よ。どうか司祭が慈悲深くありますように。

セバダ広場は人でごった返していた。その多くは、休日に街へやってきた農民のようだ。おそらく教会へ行くためだろう。だが、その連中がマドリード市民と同様にこそこそと治安警備隊員から離れていくことに気づき、テハダは苦々しく思った。それはともかく、治安警備隊員はほかにもいた。制服を着たふたり連れが、広場の周囲を逆方向に歩いている。そして少し驚いたことに、その先を歩いている隊員がもうひとりいた。連れはいないようだ。非番か、ととっさに思ったものの、三角帽をかぶっていないことと前かがみの歩き方は、容認しがたいものがある。そして、その前かがみの姿勢には、どこか見覚えがあった。テハダが男を見つめて歩調をゆるめると、トレスはその突然の足取りの変化を警鐘ととらえ、軒蛇腹《コーニス》から注意をもどしてパートナーの視線を追った。

「密売人ですか？」トレスが唇を動かさずに尋ねる。

「なんだって？」テハダは頭を動かさずに、声を落として言った。「なぜそんなことを？」

「ご存じのように、ここはセバダ広場ですから」

テハダは内心自分を罵った。もちろん知っている。だれもがこの広場の噂を知っている。そして、いまここで目にしているのは、怪しい挙動の、痩せぎすで猫背の治安警備隊員だ。テハダはわずかに向きを変え、その男の行く手をさえぎろうと広場をまっすぐ横切りはじめた。トレスもあとについてくる。ところが、男の動きはすばやかった。群衆はテハダとトレスのために道をあけるが、走り出せば相手を警戒させてしまう。

「トレス」テハダは声をひそめて言った。「ほかの隊員にも声をかけろ」

「はい」トレスはすでにそちらへ向かっていた。

人混みが動き、連れのない隊員の急いで移動する姿がまた一瞬見えた。こんどは先ほどより近く、テハダはその前かがみの肩をどこで見たのか思い出した。デ・ロタ軍曹。パコのパートナー。パコの失踪を報告し、パコが闇市場に関与していたことをわたしに信じこませようとした男。テハダは足を速めた。パコは無理強いされたにちがいない。上官のほかに、そんなことができるうってつけの人物がいるだろうか？ ちくしょう！ だが、たとえ命令されたとしても、パコは従わなかっただろう。何か圧力をかけられたにちがいない。ロタを捕らえれば、それがなんなのか一部始終を聞けるはずだ。

テハダは広場の向こうに目をやった。トレス伍長が別の駐屯地の隊員たちに合図を送っている。思いのほか足の速いデ・ロタ軍曹より、ほんの少し先の地点に集まろうとしていた。ロタが広場からアーチ道にさしかかろうとしたときだった。トレスとふたりの隊員が、ロタより一足先にアーチ道へ消えた。テハダはロタが足を止め、勝ち誇ったように笑うのを見た。テハダは拳銃に手を伸ばした。

「治安警備隊だ！ 手をあげろ！」いまいましいことに、アーチ道から怒鳴り声がした。両手を高くあげたふたりの民間人がよろよろと姿を現わし、トレスが協力を仰いだふたりの隊員の後ろから出てくる。

テハダが何が起こったのかを理解する前に、ロタは前に出ると三人の隊員に敬礼した。「よくやった、諸君。何か手伝うことはあるか？」

「いえ、けっこうです」見知らぬ隊員の片方が言った。「こいつら、たったのふたりですので」

「よろしい。では、おれは非番だから……」

「了解しました、軍曹」

テハダは呼び止めようとしたが、ロタはすでに隊員たちと別れてアーチ道にはいっていた。追いついたときには、ロタの姿はその先の無数の曲がりくねった小道に消えていた。

「きみらは何をしているんだ」テハダが問いただしたとき、トレス伍長と見知らぬ隊員のひとりは、捕らえた男たちに手錠をはめていた。

「闇商人を捜していると伍長がおっしゃったので」もうひとりの見知らぬ隊員が答えた。

「いい目をお持ちですね、軍曹」トレスは感嘆するように言った。「わたしなら、あのアーチ道に気づきもしなかったでしょう。でも捕まえましたよ、現行犯で。あのスーツケースを見てください」

この連中を叱りとばすのは、不当であり賢明ではないことをテハダは悟った。とりわけ、囚人たちの面前では。標的を取り違えたことが、トレスにわかるはずはない。内心はらわたが煮えくりかえりながら、テハダは腰をかがめてスーツケースをあけた。

「うわ！」見知らぬ隊員のひとりが肩越しに中身をのぞきこんだ。「コーヒー！　本物でしょうか？　それにほら、ミルクの缶詰も！　これは証拠物件でしょうか。つまりその、没収するとか……どうします？」物欲しげな口調にならないように言った。

「欲しけりゃ差しあげますよ、旦那がた」囚人が話に割りこんだ。

テハダはその男を見あげ、眉を吊りあげた。「われわれを買収するつもりか」

「いいえ」テハダの顔をひと目見て、もう少し利口そうな囚人があわてて言った。「そんな、めっそうもありません」

「チョコレートだ」もうひとりの隊員が、スーツケースの中身を見ながらうっとりと言った。テハダの鋭い視線に出会って、急いで言い添える。「証拠ですよね、もちろん」

このときテハダの頭にあったのは、できるだけ早く駐屯地へもどることだけだった。デ・ロタ軍曹はさしあたり逃げおおせた。とはいえ、やつが連絡係だとすれば、この闇商人たちがやつの名をあげる気になるかもしれない。連絡係じゃなかったとしても、あの不審な行動をモラレス大尉に報告する価値はある。大尉は用心深い人物だという印象を受けた。それ以上証拠はなくとも、ロタに目を光らせるかもしれない。テハダはそのとき、この囚人たちが駐屯地にもどるためだけでなく、アレハンドラに質問するための格好の口実を提供してくれたことに気づいた。あの子はパコを殺した男のことを、少しは覚えているにちがいない。痩せぎす、丸めた肩、前かがみの姿勢……あの子に訊いてみよう。ロタに逃げられたことへの苛立ちを抑えながら、テハダは駐屯地へもどると命令をくだした。クアトロ・カミノス駐屯地の両隊員は、証拠品とともに同行することを快諾した。帰り道は静寂に包まれた。ディアス隊員とソリアノ隊員は、囚人を護送することと、押収した品物の行方を憶測するのに余念がなかった。トレス伍長は、なぜテハダはもっとうれしそうではないのだろうといぶかっていた。テハダは、一行がもっと速く歩けないものかと苛立っていた。

ラモス中尉は、テハダがすぐもどってきたことに最初は腹を立てたが、怒りはたちまち霧散した。四人の隊員による型どおりの報告を聞くと、テハダを除いて全員を退出させた。「さて」ドアが閉まると、ラモスは言った。「そいつらがわれわれの糧食を買い入れていた連中だと思うか？」

テハダは答える前にしばし考えた。「かもしれません。ですが、確信はありません」

ラモスは眉をひそめた。「じゃあ、なぜそいつらに目をつけた。何か知っていると思うのか？」

「可能性はあります」逮捕したのはほとんど偶然だったことを、どうすればうまく説明できるか。いかに説明したところで、間が抜けているように聞こえてしまうことは避けられない。「ですが実のところ、トレス伍長とわたしの理解のあいだに、わずかな齟齬が生じていたのです」テハダは深呼吸し、ラモスにみずからの視点による、この午後の逮捕劇を語った。

テハダが話し終えたとき、ラモスはかぶりを振った。

「つぎからは標的を明確にするように」

「はい」

「しかし、害があったわけでもないしな」ラモスは励ますように言う。「実際にロタは犯罪行為に関わっていなかったわけだろう」

テハダは口ごもった。ロタにはどこか不審なところがあるという確信は持っていたが、非番中に広場を歩くことは犯罪ではない。「彼は疑わしく見えました」説得力が弱いことは承知しながら言う。「われわれに手を貸そうともしませんでした」

「しかるべき理由はある」ラモスは指摘した。

「たしかにそうです」テハダは認めた。「しかし……そう、彼は最初挨拶をしませんでした」

「きみがロタから隠れようとしたんじゃないのか」

一理あることは認めざるをえない。「かもしれません。ですが、何かがおかしいと感じるのです。それをはっきりと示すことはできません。しかし、確信があります」

ラモスはため息をついた。「直感というものがないとは言わん。だが、あの男は軍曹だぞ。そのような地位にある者を、証拠もなしに非難すれば重罪だ」

「ですが、正式な告発である必要はありません。内密でモラレス大尉に警告さえしてくだされば、大尉が必要な措置を取られることでしょう」

「きみのことをわしに警告する者がいれば、どんな気がする?」

「いるわけがありません!」テハダはかっとして言った。「警告することなど何もないのですから! わたしはこれをでっちあげているのではありません。ロタは姿を消すのが早すぎました。挨拶はなし。いっさいです。疑わしいとは思われませんか」

「疑わしくないとは言っとらん」ラモスは言った。「しかし、上官に電話して、そちらの部下が礼を欠いているとうちの部下が申しております、などと言うわけにはいかんだろう。何かありさえすればな、テハダ……ただ感じる以上の何かが。ロタはだれかと話をするために、広場で立ち止まらなかったか？　何か荷物を持ってなかったか？」

一瞬、テハダは疑わしい状況をでっちあげようかという衝動に駆られた。そしてかぶりを振った。「いいえ。残念ですが」

「わしもだ」ラモスは言った。「だが、ひょっとすると役に立つかもしれん。囚人と話してみろ。スーツケースに缶詰がはいっていたなら、小物を扱ってるだけじゃないということだ。供給者をつきとめろ」

「はい」テハダは敬礼した。「空いている取調室はありますか」

ラモスが鼻で笑った。「われわれはくそいまいましい学生寮にいるんだぞ、テハダ。トレドのアルカサルだとでも思っとるのか」

「わかりました」テハダはその返事をノーだと的確に解釈した。「部屋が空きましたらお知らせください」

「そうしよう。さがってよし」

テハダはきびすを返して部屋をあとにした。どうすればあの闇商人たちにロタの関与を認めさせられるだろう。しばらく考えたあと自室に向かい、勤務当番表を調べた。ついている。エドゥアルド・メレンデス隊員が勤務中で、しかもパトロールの予定はない。メレンデスは仮設留置場の外の警備についていた。テハダを見ると、気をつけの姿勢を取る。

「サー！」メレンデスは敬礼した。

テハダは品定めをするようにその敬礼を見た。メレンデスの指先は目一杯伸びている。テハダより四インチほど背が高く、体重は五十ポンドは重い。通常なら、テハダは力ずくの説得を、みずからすることも厭わなかった。しかしいまは急いでいるし、尋問にメレンデスを同席させると効果的だというのは周知の事実だった。「きょうの午後、トレス伍長が闇商人を二名連行してきたことは知っているな？」

「はい」

「そいつらと話がしたい。手を貸してくれないか」

「承知しました。はじめにやつらを軽くウォームアップしておきましょうか？」

テハダは考えた。「やりすぎないようにな。意識があり、まともに話ができなくては困る。そうだな、ひとりずつはじめて、残りはそばで待たせておけ」

「はい。わかりました」

「よし。こちらの準備ができたら、きみを呼びにやらせよう」

「はい」

あいにく、ラモスが用意してくれた部屋は中庭に面して窓があった。テハダは日よけをおろし、それでうまくいくことを願った。メレンデスと会ってから十五分もたたないうちに、最初の闇商人を呼びにやった。その男が連れてこられたとき、口の端から血が一筋流れており、歩行にやや困難をきたしているようだった。

「すわれ」テハダは言った。「いくつか訊きたいことがある」メレンデスは囚人の肩にのしかかってその命令を後押しし、机の前の椅子にすわらせた。

テハダは机の上に載ったメモ帳を取りあげ、机の端に悠然と腰掛けて囚人を見おろした。「知ってるだろうが、密売は重大な犯罪だ」

男は口を閉ざしている。メレンデスは男の後頭部を軽く平手で殴った。「返事をしろ」

「はい、知ってます」囚人の声はほとんど聞き取れなかった。

「察するに、これは初犯でもないようだ」テハダはつづけた。「おまえの軍歴を調べたら、いったい何が出てくるだろうな」

「これがはじめてです」囚人は訴えるように言った。

「むろん、おまえをさっさと壁ぎわに立たせて、片づけてしまうこともできる。そのほうが手っ取り早いかもしれん。

だが、きさまらの供給者が何者かを知りたい」

　囚人は一瞬吐き気を催したようだった。「し……知りません」

「見あげた忠誠心だ！」テハダはかぶりを振って考えこんだ。「盗賊間の仁義というやつか。どう思う、メレンデス」メモ帳を机に置くと身を乗り出し、わざとメレンデスが殴ったところを狙って手の甲で無造作にひっぱたいた。

「嘘をつくな」

「う……嘘じゃない」声に嗚咽が混じる。「会ったこともないんだ……あうっ！……ああ、頼む……連中に殺されちまう」

「わたしも殺してやろう」テハダは冷ややかに言った。

「いいか、協力しないなら、じっくり時間をかけて殺してやる」

「言えねえんです」今度は嗚咽がはっきりと聞き取れた。テハダは口の反対側を殴った。「言えねえ」

　半時間後、床には血が点々とし、指の付け根が痛みはじめた。忍耐が尋問を成功に導く鍵であることはわかっていたが、テハダは尋問を楽しんではいなかったし、関心があるのは情報よりも確証だ。テハダは賭けに出た。「なぜそんなに連中を恐れる」質問を変える。「だれか殺されたのか」

　すすり泣きながら幾度か息をついたあと、うちひしがれた囚人はうなずきかけた。

「だれが殺された？」テハダははやる心を抑えた。落ち着け。関心を表に出すな。落ち着くんだ。

　囚人は何かつぶやいた。「はっきりと言え」テハダは鋭く言った。

「仲間です」男はのろのろと繰り返した。「やつは裏切ろうとしたんだ」

「治安警備隊員か？」テルダは思わず口走った。

「いいえ」男はかぶりを振った。「ちがいます、ただの仲間です」腫れた目をあげ、目を細めてテハダを見る。「おれは……ああ、まさか！　またあのことですか？」

　テハダは驚いて囚人の背後にいるメレンデスを見た。メレンデスはわからないというように肩をすくめる。「かもしれん」テハダはその答えから内心の困惑を悟られないことを祈った。また？　ほかにだれか尋問したやつがいるのか？「〝あのこと〟が何かによる」

「ああ、ちくしょう」男はうめいた。「パコのことですよ。この前ほんとうのことを話したじゃねえですか」

「だれに話したんだ」

四人は言った。「ちょっと待ってくだせえ」なんとか慎重に話そうとしているが、懇願するような響きがある。

「もしパコのことを――パコのことを訊いてきたやつのことや、一切合切――話したら、かんべんしてもらえますか？　頼んます」

「話してみろ」テハダはできるだけあいまいに言った。

「おれは、パコは〝赤〟に殺されたと思ってたんです」声が聞き取りにくいのは、ひとつには歯が何本かなくなっているためだった。「けどそのあとで、あの男が客のふりをしてやってきて、パコのことやら、パコを殺した狙撃兵のことやら、その狙撃兵はどうなったやら、根ほり葉ほり訊きやがったんです」

「それで、おまえは話したのか」テハダはメモ帳に書き殴りながら尋ねた。

「やつは銃を持ってたんですよ」四人は言った。「だからてっきり治安警備隊員だと思ったんです。けど、やつがほんとうに関心があったのは、狙撃兵を殺したやつのことだった。で、やつはおれをまんまと騙してずらかりやがった。治安警備隊員はそんなことしやしない。だからやつも〝赤〟だと思った。なのに、あんたら治安警備隊員が、またパコのことを知りたがるもんだから……」観念したように黙りこんだ。

テハダは話の矛先をデ・ロタ軍曹へ向けるつもりだったが、この情報には興味を掻き立てられた。もし、何者かがパコの死について嗅ぎまわっていたのなら、パコはほんとうに〝赤〟に殺されたのかもしれない。それとも糧食でうまくやっている利口なやつが、責任をなすりつけようとしているのか。「正確に話せ。どうやってその男に会ったのか、おまえに何を訊いたのか、おまえは何を話したのか」

懇願や悪態に何度も中断されながら、哀れな話は延々とつづいた。しかし、テハダはようやくこの素性の知れない男の情報を手に入れた。その男は最初パコを殺したと思われる狙撃兵に、つぎはその場に最初に現われた治安警備隊員に、並々ならぬ関心を寄せていたという。何者かがわたしを捜しているなら、それは消えた糧食のためだろう……。わたしが捜査していることを知っているやつらだ。だが、わたしの身元を探るにしては妙な方法だ。ほんとうに狙撃兵に関心があるのではないかぎり……アレハンドラのおばは、なんという名前だったか……ビビアナだ。ビビアナが闇市場とはなんの関わりもないなら、いったいだれが関心を持つ？　考える時間が必要だったが、囚人への圧力をゆるめれば、取り返しがつかないだろうということもわかっていた。「供給者のことを話せ」ほかに思いつかず、最初の質問にもどった。

「できねえ」

バシッ。「名前を言え」テハダはこっそり指を曲げた。痣ができたようだ。尋問をメレンデスと交代し、どこか静かなところでその傷を癒して、パコについての情報をじっくり考えたいと切実に思ったが、執拗さこそが鍵だった。

「名前だ」テハダは繰り返した。

「ディエゴ」

テハダは数日前にラモス中尉から見せられたメモを思い出した。〝……パートナーのディエゴ・デ・ロタ軍曹が、伍長の失踪について届け出た……〟深く息を吸う。「姓は」

「知らねえ」

バシッ。「姓は」

「バエズ。ディエゴ・バエズ」

もっと尋問の経験を積んでいれば。あと一歩でデ・ロタ軍曹を指す情報が得られたのに。この馬鹿め、とテハダは内心自分をなじった。無理強いしなければ、ラモス中尉のもとへディエゴという名だけを持って行けただろう。むろん、嘘をつくことはできるが。テハダは囚人をじっくり観察した。顔は血まみれで、その表情は読みづらい。もっと経験を積んでいれば、囚人が真実を話しているときは勘でわかっただろうに。

「そいつはどこで見つけられる」それがつぎに自然な質問だと思った。

囚人は押し黙っている。「出番だ、メレンデス」テハダはメレンデスに向かってうなずいた。

メレンデスの仕事ぶりは見ていて楽しいものではなかったものの、有能であることは認めざるをえなかった。一時間もたたないうちに、ディエゴ・バエズはある人物たちから――名前は知らされていないと言い張ったが――非合法な商品を受け取り、それをつぎのやつらに渡す仲介人であることを聞き出した。どこでバエズを見つけられるのかは知らないと囚人は訴えたが、自分と仲間が日曜日の午後にこの謎の人物ディエゴと東共同墓地のマリア・ドロレス・トレシーリャの墓で会う予定であることを明かした。欲しい情報はすべて手に入れたと判断し、テハダは憔悴しきった男を監房へもどした。

メレンデスと囚人が部屋を出ていくと、テハダはメモ帳をしげしげと眺め、沈思しながら指の関節をなめた。口のなかに血の味がして、それは囚人のものなのか、それとも自分で擦りむいたのだろうかとぼんやり考えた。ディエゴ・バエズのことを知れば、ラモス中尉は喜ぶだろう。日曜日にバエズを捕らえれば、もっと喜ぶはずだ。そのとき、復活祭に働くことを厭わない隊員を探すのはなかなか骨が折れるにちがいない、とテハダは気がついた。つねに熱心なヒメネスは必ず同行させるとしよう。それにしても、いましがた聞き出した話は不可解だ。何者かがわたしを捜している？　なぜ？　アレハンドラのおばと関係があるのか？　テハダはぼんやりと手帳に死んだ女民兵の名前を書きつけた。ビビアナ・リョレンテ。弟の逃亡への関与を疑われて、クアトロ・カミノスに収容されているカルメン・リョレンテの妹。カルメンの弟ゴンサロは――〝赤〟だ。いまも潜伏している。この男なら姉を殺した犯人を知ろうとするだろう。ゴンサロ・リョレンテ。

ひとまずその名を頭の奥にしまう。元共和国兵士を捜すよりも、駐屯地から糧食を盗んでいるやつを突きとめるほうが先決だ。とはいうものの、いずれゴンサロ・リョレンテを捕らえねばならなくなったとき、申し分のない餌として使えるだろうと思うと、気分がよくなった。ひとしきり考えたあと、テハダは腰をあげて、この日二度目となるリヨレンテの姪の食料の探索に出かけた。

カフェテリアの前を通りかかったとき、騒がしい小さな集団に注意を引かれた。ひとつのテーブルを取り囲み、何やら調べているようだ。ドアがあけ放たれた戸口から、会話の断片が漏れ聞こえる。「やめとけよ……四旬節のあいだはだめだ」

「いいか、教皇聖下、おれはここ半年まともに一服したことがないし、これは本物なんだぜ」

「こいつの言うとおりだ。復活祭が終わるまで我慢しろ」

「うるせえな。これが女の子だったらそんな聖人ぶった顔をしてられんのかよ」

「〝ビス－ク－イッツ〟ってなんだ？」

「何がなんだって？　うわ、〝ビスケット〟だ。イギリスのバター・クッキーのことさ」

テハダは部屋に足を踏み入れると声を掛けた。「何かおもしろいことでもあるのか」

会話はぴたりとやみ、ばつの悪そうな表情を浮かべた一群が振り返った。「あ……いえ、軍曹。なんでもありません」若い隊員のひとりがおそるおそる言った。

「テーブルの上にあるものはなんだ？」自分の目から隠すように隊員たちがその前に集まっているらしい様子に目を留め、テハダはやんわりと尋ねた。なかに知った顔がある。「デュラン？　説明してもらえないか」

「あの……軍曹が闇商人をふたり捕らえられたと伺いまして」デュランは息を呑んだ。「ソリアノ隊員がちょうどいま、ぐ、軍曹のご判断について話してくれていたんです。連中を見抜かれたご慧眼のこととか。それから、見せてもらってまして……証拠品を」

「見せてもらっていた？」テハダは眉を吊りあげた。「まるで本格的な競りが開かれているような騒ぎだったが」

デュランはまた息を呑んだ。「それはその、〝赤〟の手に渡るよりましだと思いまして。それで……あの……そう、つまり、ゴロワーズやらなんやらがあったものですから」

「こいつはゴロワーズ一箱のためならお袋でも売り飛ばし

ますよ」一団の後ろで、ぼそりと声がした。

デュランは憤然と振り返った。「おまえは一人占めしようとしてただろうが！」

小さな集団は非難合戦へと発展した。〝お袋でも売り飛ばしますよ〟という発言は、どこまでことばどおりなのだろうか、とテハダはしばし考えた。「押収品の扱いについては、まだラモス中尉と話をしていない」まわりに聞こえるよう、テハダは声を張りあげる。「知っているように、目録が作成されるまでは、誰にも品物を要求する権利はない」

「はい」と一同のおどおどしたつぶやきが返る。

「とはいうものの――」テハダはつづけた。「押収したスーツケースはふたつある。証拠品としてはひとつあればじゅうぶんだろう。ただし、中身が詰まっており、商品の見本がすべて揃っていればの話だが」

「はい！」こんどはいっせいに熱のこもった声が返った。

テハダが前に出ると、一同は左右に分かれ、テーブルの上のものが見えた。思ったとおり、スーツケースがあけられ、中身が散らばっている。隊員たちはたちまち禁断の高級品に注意をもどして、交渉を再開した。テハダは〈ビスケット〉と書かれた明るい色のブリキ缶を手に取った。チョコレートをめぐる激しい争奪戦が行なわれており、そのうち煙草とコーヒーのために殴り合いがはじまるだろうが、小さな缶を特別狙っている者はなさそうだ。テハダは考えるようにしばらく手のなかでその重さを計った。これまで少しでも違法なことに関与したことは一度もない。とはいえ、子供のころ、イギリスのクッキーは好きだった……

〝お袋でも売り飛ばしますよ〟。「だれかこれを欲しい者はいるか」テハダは缶を掲げて尋ねた。

隊員たちはつかの間、注意を向けると、揃ってかぶりを振った。「では……」テハダはブリキ缶を脇にはさみ、好印象を残してそっと部屋をあとにした。

「一瞬、どうなることかと思ったぜ」ソリアノは言った。

「いやいや」マンサナレスの隊員がすぐに安心させた。「軍曹はだいじょうぶさ。やろうと思えば、すっかりさらっていくとか、煙草を取りあげることだってできたんだ。

けど、あの人は紳士だから」

「あのクッキーがお好きなのかな。〝ビスークーイッツ〟がさ」デュランが考えるように言った。

テハダは医務室へ向かった。質問はするまい。これを差し入れてやるだけだ。そのあとひょっとしたら、あの子は話をしたくなるかもしれない。驚いたことに、アレハンドラのベッドのかたわらにヒメネスがすわり、歌を聞かせてやっていた。〝まるで天国にいる気分だ。この一週間というもの、まとわりついていた憂さは、すっかり消えてしまったみたいだ。賭博師の幸運さながらに……〟。テハダが近づくと、ヒメネスは歌をやめた。起きあがって笑っていたアレハンドラはベッドに倒れこみ、警戒するような目でテハダを見た。

「こんにちは」ヒメネスはのんきに言った。「アレハを慰めてやろうと思いまして」

「ありがとう」テハダは戸惑ったように言った。「きみが英語を知っているとは知らなかったな」

ヒメネスはうれしそうに笑った。「いえ、知りません。映画の歌だけです。それに『トップ・ハット』を休暇中にまた観たので」

「ほう」テハダは曖昧にうなずいた。映画というものの存在は知っていたが、娯楽として関心を持ったことはなかった。

「あの」ヒメネスは立ちあがり、少し声を落とした。「あることに気がついたんです。アレハは……アレハのフルネームはアレハンドラ・パロミノです」

「ああ」テハダはうなずいた。「それで？」

「それで――」ヒメネスは少女をちらりと見た。起きあがってこちらを見守っている。「聞いたことがある名だと思いまして。そうしたら思い出したんです。先週わたしたちが見つけたノートにあった名前だということを。そばに――」またアレハを一瞥する。「おわかりですよね」

「わかってる」テハダは冷ややかに言った。「しかし、みごとな推理だ」

「あのノートをアレハに返してやったんです」ヒメネスはかなりがっかりしたようだった。「問題がなければいいのですが。けど、あれはラモス中尉の部屋にありまして、中尉が持っていけとおっしゃったんです……その……それから、あのガキといっしょに放り出せ、と。それで……」

「問題はない」テハダは痺れを切らして言った。「ほかにまだ何かあるのか？」

「いえ」ヒメネスは不安になった。おそらく自分は何かまずいことをやらかしたが、軍曹は親切だから口に出せずにいるのだろう。少し落ち着かない様子で、ヒメネスは弁解するように言い添えた。「それで、アレハも映画好きだということがわかったんです。あの写真から」

「写真？」テハダは驚いて尋ねた。

「これです。うっかりノートにはさまれたんですね」ヒメネスは喜ばせたくてたまらないというように、小さな白い四角の紙片を差し出した。「アレハが欲しがったんですけど、きっと軍曹のものだと言い聞かせたんです」

テハダはぼんやりと写真を手に取り、パコのイサベルの写真を見おろした。「これが映画となんの関係があるんだ？」間抜けになったような気がしながら尋ねた。

「ご存じないのですか？」ヒメネスは崇拝の対象がなんでも知っているわけではないことにやや失望を覚えた。「ジンジャー・ロジャースです。アメリカの女優ですよ」

20

長い無慈悲な冬がその週末に最後の戦いを繰り広げ、復活祭の朝に鳴る鐘の音が、マドリード市民の吐く息が見えるほど冷たい空気に響き渡った。ゴンサロは東共同墓地に向かってゆっくりと歩きながら、手をポケットに入れ、人々を外に誘い出してくれる天候になることを祈った。かじかんだ指はポケットのなかで、表面がつるつるのパスポートをさわっている。〝ホセ・エルナンデス・イバニェス。生年月日：一九一四年四月二十三日。出生地：マドリード州イリェスカス〟。パスポートが指から滑り落ち、数枚の紙片がかさかさと音を立てた。それらを取り出しはしない。内容はすでに暗記している。一枚はマリア・ホセ・エルナンデスから最愛にして敬愛なる兄に宛てた手書きの手紙で、病に伏した哀れな母が死ぬ前にひと目息子に会いたいと切に願っているため、ナバラへできるかぎり早くもどって欲しいと書かれていた。もう一枚は公式な渡航許可書で、その出来にゴンサロは感嘆したが、顎ひげのファンあるいはアンドレスから、間近で見られないようにしろと忠告された。

ホセ、とゴンサロは頭に刻みつける。ホセ。土曜日は一日じゅう、ふたりの教育係と薄暗い台所で繰り返し練習した。何時間も自然な会話をつづけていると、つねにふいをつかれた。「どう思う、ホセ」「これでいいか、ホセ」イサベルとファンは交互に部屋を出ていき、だしぬけに声をかけてきた。「ホセ！　早くこっちへ！」緊張からと、実際に状況が滑稽だったためだろうが、はじめのうちは〝ホセ〟という名に応えるたびに、笑わずにはいられなかった。とはいえ、コーチたちは厳しく、ゴンサロは新しい名にかなりの早さで応えるようになった。

その後、三人で予行演習をした。ファンは眼鏡をかけて腕組みする。「書類を見せていただけますか？　行き先は どちらです、セニョール・エルナンデス。ちがう、ちがう、ホセ、そんなすぐに書類を見せちゃだめだ。びくついてるのを見抜かれちまうぞ。質問に答えるだけにしろ。さあ、もう一度。ナバラでのご用件はなんですか、セニョール・エルナンデス」

暇つぶしとしては楽しかった。金曜日の夜、ファンが書類は復活祭まで用意できないという知らせを持ってもどってきた。「けどまあ、よかったじゃないか」ファンはゴンサロに言った。「いくらか嗅ぎまわれそうだってことさ。パコが闇市場で何をやっていたか、つきとめるためにな」

「どうやって?」ゴンサロは尋ねた。

「覚えてるか……もうひとりの同志に、ディエゴ・バエズという名を知っているかと訊かれたことがあったろう」

ゴンサロうなずいた。ファンが背中に銃を突きつけたあの息詰まる瞬間のことは、脳裏に焼きついている。

「バエズは仲介人だ」ファンは無言の返答に満足してつづけた。「ファシストどもは抜け目がないから、直接取り引きはしないのさ」残念そうな口振りで言う。「このバエズという男なら、関わっている治安警備隊員や闇商人の名を知ってると思う。こいつは双方から手数料を取ってるわけだからな。やつらは名を伏せるため、この男に金を払ってるんだ」

「相当やばい仕事のようだな」

「金のためならどんなことでもするやつがいるのさ」大義のためならどんなことでもする共産主義者が嘲笑った。

「どうすればそいつを見つけられる」ゴンサロは尋ねた。

顎ひげの男(ゴンサロにとってはいまなおファン)は眼鏡でテーブルを叩いた。ゴンサロはそれがこの男の落ち着かないときのしぐさだと気づいた。「そこがやっかいなところさ。だが、バエズは日曜日に売人と会う予定らしい」

「復活祭の卵捜しというわけか?」ゴンサロは冷ややかに言った。

「そういうことだ」ファンはにやりとした。「東共同墓地でな。だが、時間はわからない」

「一日じゅう墓地をうろついてられるか!」ゴンサロはかっとして言った。「まちがいなく見つかっちまう」

「なぜできないんだ? 復活祭に母親の墓を訪れてる。あるいは死者がよみがえったかどうか、たしかめてるとだけ言えばいい」

「キリストを捜してるってわけか？」

「そういうことだ」

そうしてホセ・エルナンデスとなったゴンサロは、復活祭の鐘がその朝、朗らかな挨拶を告げているとき、墓地に向かってゆっくりと歩いていた。書類は手が届きやすいように、コートのポケットにはいっている。分厚い札束は――カルメンがくれた役に立たない紙切れではなく、ブルゴス通貨でちょっとした金額の――スリにやられないよう、シャツのポケットに丸めて入れていた。

「これは大義へのパコの最後の貢献ということにするか」昨晩、フアンはにやりと笑いながらその金をゴンサロに渡した。「これを使って、必要ならどんな情報でも手に入れろ。ああ、それからな、ホセ――」

ゴンサロは一瞬目をまたたかせ、それからようやく言った。「なんだ？」

「今回は銃でおかしなまねはするなよ。うまくいきっこないからな。われわれの情報源によると、バエズは治安警備隊と深いつながりがあるらしい。やつは手ごわいぞ」

そうしてゴンサロは丸腰だった。手がまたパスポートを握る。共同墓地の正門に着くと、南へ歩きながら、マリア・ドロレス・トレシーリャの墓を捜した。

墓地の新しい区画は、寸分違わぬ簡素な墓がひしめき合っていた。その先の古い区画は、破壊された天使像や欠けた墓石だらけだ。気味が悪いほどよく似た墓碑銘が刻まれた新しい墓のそばを、ゴンサロは早足で通り過ぎた。《一九一〇―一九三六》《一九一五―一九三七》《一九二〇―一九三八》《共和国に殉じた》内戦前、ゴンサロは墓地がきらいではなかった。だがいまは、知り合いの名前が多すぎる。墓石に刻まれた名前の上に顔が浮かぶたび、ゴンサロは顔をしかめた。きょうでさえ、大半の墓には花も供えられていない。共和国兵士の死をおおっぴらに悼むことは憚られるからだ。意匠を凝らした戦前の墓までたどり着くと、ゴンサロはほっと息をついた。マリア・ドロレス・トレシーリャの墓を見つけたとき、そこに人影はなかったものの、ちょうど反対側に、名家出身の夫婦（おそらく両家は昔、張り合っていたのだろう）が建てた小さな一族の霊廟があり、それに扉付きの壁龕《へきがん》がいくつか備わっていることに目を留めた。偶然か、はたまた反教権主義のマドリード市民の熱意によるものか、壊れかけた扉がひとつある。ゴンサロはあたりを見まわすと、その薄暗がりのなかへはいり、聖母像の下に腰をおろして待ち構えた。

大理石の冷たさが服を通って染みこみ背中が痛んだものの、すわっていたところはしだいに暖まり、しばらくして姿勢を変えようとすると、ほかのところは氷のように冷たかった。それでも、霊廟は隠れ場所としては都合がよかった。よすぎたというべきか。だれにも姿を見られずにすむが、こちらからも見えない。耳だけを頼りに、バエズかその同輩たちがこちらにわかるよう音を立ててくれることを祈るほかなかった。ゴンサロは耳をそばだてた。ごくまれに石畳を走るタイヤの音をとらえるものの、復活祭に外を走る車はほとんどなかった。遠くの教会の鐘の音がいっそう冴え渡る。待つうちに鐘の音はいったん弱くなり、クライマックスに向けて高まりはじめた。ハレルヤ、ハレルヤ。耳障りな鐘の音が、傲慢な喜びをたたえて墓地に響き渡った。神はふたたびスペインによみがえり給う。これからも永遠に。ハレルヤ。ゴンサロは身震いし、バエズの足音が鐘の音に掻き消されるのではないかと不安を覚えた。

正午近くに復活祭のミサが終わったとき、墓地に何者かの存在を感じた。異変を知らせたのは、足音ではなく、鼻につくパイプの煙のにおいだった。思い切って外をのぞいてみる。左には何もなかったが、右の入口付近に並ぶ墓石のあいだを、灰緑色のトレンチコートを着た男が小道をのんびり歩いていた。手袋をはめ、顔の一部をスカーフで覆っている。

ゴンサロは深呼吸し、霊廟から外に出た。男はある墓の前で立ち止まり、帽子を取っていた。碑文を読み、物思いにふけっているように見える。ゴンサロは墓参りにきたふうを装い、男のほうへ歩きながら、密かに観察した。〝髪は黒〟とフアンは言った。〝身長は五フィート七インチから八インチくらい。でっぷりと太った野郎だ〟。その描写にあてはまる人物は大勢いるだろう。連れのいない、この男も。男の太った体に、ゴンサロは心を決めた。咳払いをする。「おはようございます」と言って、さりげなく聞こえることを祈りながら帽子を取った。

男が視線をあげた。「おはようございます」少し驚いたような声。「よい復活祭を」

「あなたも」

「ありがとう」男はうなずき、飾り気のない墓に注意をもどした。

ゴンサロは目的を悟られずに、バエズを——この男がバエズだとすれば——脅かすことなく、会話をつづける方法を必死に模索した。「いい天気ですね」

「ええ」

「だが少し肌寒い」

相手は黙ってうなずいた。

「きょうはなぜここへ？」ゴンサロはぎこちなく尋ねながら、この未知の男に同じような質問をされた場合に備えて、祖父の死の間際に毎年復活祭には墓参りすると約束したという話を急いででっちあげた。

男は肩をすくめた。「個人的な理由ですよ」

「そうでしょうね」ゴンサロはためらった。「この近くにお住まいですか？」

男はゴンサロのほうに振り返り、眉を吊りあげた。「というのも——」ゴンサロはやけになってつづけた。「もしそうなら、わたしの友人をご存じかもしれないと思いまして。バエズという名前なんですが」

男の眉がひそめられた。「知っているかもしれない。友人のファーストネームは？」

ゴンサロは唇をなめた。「ディエゴ」

長い沈黙が流れ、風が吹きすさぶあいだ、ゴンサロは自分が無防備であることをひしひしと感じはじめていた。ようやく男が言った。「ディエゴ・バエズになんの用だ」

「情報」ゴンサロは声を殺して言った。「おれが捜していることを、やつは知っているかもしれない」

男は眉根を寄せたまま言った。「ディエゴのことは知っている。少しなら。だが、あいつは非常に口が堅い。なぜ会ったこともない男に話をすると思うんだ?」

〝会ったこともない男〟ということばを男が少し強く言ったので、知り合いだというこちらのことばはあっさり無視されたことがわかった。いったん躊躇したあと、思い切って言う。「それなりの礼はするつもりだ」

「あいつは口を閉ざしているから、仕事がつづけられるんだ」男は言った。

「やつに迷惑はかけない」ゴンサロは用心して答えた。「それに報酬ははずむ」

男はあたりを見まわし、ゴンサロに一歩近づいた。「何が知りたい」

小手調べが終わったことに、ゴンサロはいくらかほっとした。「パコ・ロペスという治安警備隊員のことだ」と声を落として言う。「一週間とちょっと前に殺された。こいつは闇市場とどうつながっていたのか」

「で、だれがそれを知りたいんだ」

こんどはゴンサロが無言で眉を吊りあげる番だった。男は肩をすくめ、少し笑みを浮かべて、いまのはよけいだったと暗に認める。「おれは殺人事件とは無関係だ」と男はあっさり言った。それだけで納得できるはずがない。

「あんたがやったとは言ってない」ゴンサロは冷静に言った。「ロペスが殺されたことはどうでもいい。おれが知りたいのは、ロペスが組んでいたやつのことだ」

「そんなことをおまえに話して、みすみす仕事を台無しにすると思うのか?」バエズはかぶりを振り、背を向けようとした。

「二百ペセタ」

「悪いな」

「二百ペセタ」ゴンサロは声を殺して言った。フアンとイサベルが〝われわれ〟と言ったときの意味ありげな話し方が脳裏によみがえる。「われわれは競合するつもりじゃない」とつづける。「やつがどうやって、いつ関わってきたのか知りたいだけだ」

バエズは振り返った。「それだけか?」

「ああ」

「名前はいいのか?」

ゴンサロは一瞬ためらったあとうなずいた。

「それで二百ペセタ?」

ゴンサロはまたうなずいた。

「三百にしてくれ」

胸ポケットには五百ペセタはいっていたので、ゴンサロはわかったと言いかけるが、躍起になっていると思われるのは得策ではないと気づいた。「二百五十」

ゴンサロは形ばかりに二百七十五まで譲歩した。バエズは急いでいるらしく、話しているあいだに何度も時計に目をやっている。

「わかった」バエズは声をひそめて言った。「パコは六カ月前に加わった。だれかに連絡係として連れてこられたんだ。詳しいことは知らない。さあ、とっとと金を寄こして消えろ。おれはほかに約束があるんだ」

「だれがロペスを誘った？」

「名前はなしと言っただろう」

ゴンサロは内心毒づいた。「三百ペセタ」と声に出して言った。

バエズが手袋をはめた手をコートのポケットに入れた瞬間、ゴンサロは銃があればと心から願った。バエズの手がふたたび現われたとき、そこには鉛筆と紙切れが握られていた。「ほら」バエズは大理石の墓石にかがみこみ、紙をその上に置いて何やら書きつけた。「もっと知りたければここに電話しな」ふいににやりと笑う。「パコのボスにつないでくれとだけ言えばいい。そうすりゃわかる」

「感謝する」ゴンサロは紙切れを受け取ると、かじかんだ指でそれを折り畳んだ。コートのなかに手を入れ、その電話番号を胸ポケットにしまう。そして丸めた札束を取り出した。二十ペセタ紙幣を数えているところを、バエズは食い入るように見ていた。

「あんたと仕事ができて楽しかったよ」バエズは言った。何かおかしいことがあったかのようにまた笑う。「さてと、言わせてもらえば、墓地ってのはあまり健全な場所だとは思わないな」

「同感だ」背後から声がした。

ゴンサロは跳びあがり、あやうく肝を潰すところだった。バエズが後ろを振り返る。治安警備隊員が、墓からよみがえったばかりの亡霊さながらに、白い大理石の後ろに立っていた。銃をこちらに向けている。「動くなよ」と気軽な口調で言う。「背後からも狙っているからな」

ゴンサロは立ちすくんだ。近すぎる。何度も味わってきた、希望が砕け散る感覚に襲われた。近すぎる。そのとき、ファンの最後のことばがまざまざと思い出された。まずいことになったら、二十四時間我慢しろ。

バエズはすでに気を取り直していた。「こんにちは、治安警備隊員殿」驚いたことに、銃を持った男のほうへ歩き出す。「おそらく、お会いするのははじめてですね」小道のはずれに差しかかり、治安警備隊員のほうへ向かおうとするかのように、墓と墓のあいだの狭い地面に足を踏み出した。バエズが手を差し出す。「わたしは……」

ライフルの銃声が轟き、バエズは墓のあいだに倒れた。治安警備隊員は動いていない。「いい腕だ、トレス」声はほとんど聞き取れないほどだった。そしてゴンサロに告げる。「きみも動かないほうがいいぞ、セニョール……？」

ゴンサロは押し黙った。偽名とパスポートを使ったほうがいいか、しかしそんなことをすれば、いっそう泥沼にはまるだけか？　ほんとうの名前を明かせば、ファンやイサベルを巻きこまずにすむだろうか？　だがその場合、カルメンはどうなる？　足音が聞こえたかと思うと、背後から捕らえられた。では、治安警備隊員は墓地を取り囲んでいたのか。罠だったか、とゴンサロは力なく思った。だが、目当てはおれなのか？　それともファンとイサベル？　ひょっとするとバエズも？　しかし、こいつらはどうしてわかったんだ？

「セニョール・リョレンテ、だな？」治安警備隊員は慇懃に尋ねた。

ゴンサロは息を呑んだ。「なぜ——」と言いかけたところで口を閉ざしたが、遅すぎた。

治安警備隊員の顔に一瞬笑みが浮かんだ。「推測だよ。きみたちの会話を少しばかり聞かせてもらった。きみはこのところわれわれと会うのを待ち望んでいたんだろう。まあ、こんな状況は想定してなかっただろうが。所持品を調べろ」最後はゴンサロに手錠を掛けた男に向かって言い添えた。

ふたり目の治安警備隊員が、ゴンサロのポケットの中身をすべて取り出した。隠れ場所から隊員たちがまた姿を現わし、白い墓にいっそう大きな穴があいたかのような印象を受ける。そのうちのひとりが紙切れと金を受け取り、先ほど話をした男に手渡した。

「こちらは金です。それから、こちらは書類のようです。おそらく偽造でしょう。あと、紙切れが数枚あります」

上官と思われるその男はパスポートと紙幣にすばやく目を走らせたあと、紙切れに目を留めた。「マイク・マコーミック、アメリカ、ニュージャージー州エリザベス、プレイン・ビュー・テラス十七番」と読みあげる。「アメリカに友人がいるのか、セニョール・リョレンテ」

ゴンサロは笑い出したいのをこらえた。アメリカ人義勇兵がなんらかの避難所を提供してくれるのではないかとカルメンがはかない希望を託し、持たせてくれた連絡先だ。あれに注意を向けさせろ。こちらが何も話さなければ話さないほど……二十四時間我慢しろ……。ちっ、しまった。上官がもう一枚の紙に視線を移している。「こちらは胸ポケットにはいっていたものです」隊員のひとりが説明した。「電話番号ですね」

ゴンサロが固唾を呑んで見守っていると、男の指が食いこんで紙に皺が寄るのが見え、マイク・マコーミックは牽制になりそうにないことを悟った。テハダがその紙を食い入るように見つめ、そこに走り書きされた電話番号を幾度も読み返し、その唇が動くのをゴンサロは見た。しかし遠すぎたために、愕然としたテハダのつぶやきまでは聞こえなかった。「ちくしょう！」

21

テハダは机の前にすわり、一時間前ゴンサロ・リョレンテから取りあげた電話番号を見据えていた。この週末は間抜けのようにずっと何かを見つめていた気がするのに、少しも事情が呑みこめたとは思えなかった。

金曜日の夜のかなりの時間と土曜日のほぼ一日じゅう、ヒメネスがあっさりとその名を告げたジンジャー・ロジャースの写真を見つめ、これがただの映画好き同士の無邪気な贈り物なのか、それともパコはこの女優をイサベルと勘違いさせるつもりだったのかと考えつづけた。一方、この写真が目眩ましを意図したものだったとすれば、イサベルの素性を隠すことは、なぜそれほど重要だったのか。

テハダは驚きのあまりしばらく口がきけず、ヒメネスが心配したほどだったが、ようやく当初の目的を思い出して、アレハンドラにクッキーを贈った。そして、パコの遺体のそばを通り過ぎていった治安警備隊員について、やさしく尋ねた。「その男は痩せてたかい？　肩は垂れさがって、猫背じゃなかった？」

警戒し、ためらっていたアレハンドラは、ヒメネスになだめられてようやく口を開いたものの、その答えはテハダを失望させた。アレハンドラが見たのは男の脚だけだった。しかも、がっしりしていたようだと言う。レスラーのように。細くも弱々しくもなかった。また、男は鼻歌を歌っていた。テハダは苛立ちを顔に出さないようにして、空腹の子供の目にはロタのような男でさえ〝がっしり〟しているように映るだろうと自分に言い聞かせた。アレハンドラに礼を言い、またクッキーをやったのち、クアトロ・カミノス刑務所へ連れていき、母親の手に返した。

母と娘は再会に歓喜の涙を流した。しかし、痩せこけた女が怪我を負った子供の頭を抱きかかえるさまを見ているうち、テハダはアレハンドラを置いていくことに、奇妙なためらいを覚えた。刑務所は明らかに定員を大幅に上まわっている。カルメンと同じ部屋にいる女たちの多くはむせび泣き、泣き叫び、ほかの部屋からは悪態や、不穏な歌が聞こえる。子供にとって、まして怪我をしている子供に、好ましい環境とは思えない。

「ご家族はいないんですか、セニョーラ・リョレンテ」とテハダは尋ねた。そのとき、自分がこの女性の妹を殺したことと、弟は潜伏していることを思い出して付け加える。「まだご存命で、自由な身の方ということですが」

カルメンは無言で首を横に振った。テハダは気まずくなった。「ほかにお嬢さんを預けられる人は？　つまり、ここは……アレハンドラにとってあまり好ましい場所じゃない。その人のところに連れていきますが……」

カルメンがまた首を横に振ったとき、自分の問いに隠れた意図があることを恐れているのだろうと気づいて落胆した。「では……」口ごもりながら言う。「リョレンテがすぐに見つかることを祈ってます。つまりその、あなたがすぐに釈放されることを。つまり、アレハンドラの怪我が早く治ることを。じゃあ元気で、アレハ」少女の背中に向かって言い添える。「協力してくれてありがとう」

刑務所からもどる途中、あまり気が進まなかったが、アレハンドラを助けるために、あと一度だけ骨を折ることにした。その通りは昼間とはまるでちがって見えたものの、しばし注意深く見てまわるうちに、昨夜エレナを送り届けたアパートを捜しあてた。深呼吸して、建物の表のドアをノックしながら、エレナは返事をするだろうか、返事をしたらどうするか、そもそもこのアパートで合っているのかと思案した。返事はない。数分ほど待ったあと、ためらいがちにもう一度ノックした。立ち去ろうとしたちょうどそのとき、二階の窓があいて、女が身を乗り出してこちらを見おろした。

「だれかお捜しですか、治安警備隊員殿」

テハダは振り返ると、エレナと話をしたいという理由を隣人らが誤解するかもしれないと気づいて躊躇した。とはいっても、こうなれば何も言わないわけにはいかない。

「フェルナンデスさんという若い女性はこちらにお住まい

ですか」テハダはぎこちなく尋ねた。

女は一瞬顔をしかめた。「いまは留守です」

この会話を早く終わらせようと躍起になっていなければ、返事が早すぎることに気づいていただろう。テハダは安堵のあまり、「彼女がもどったら、伝言をお願いできませんか」と言うのがやっとだった。

「はい」女が待ち受けていると、テハダはすぐさま、その内容が途方もなくこみ入っており、到底口頭では伝えきれないことに気がついた。

「ペンをお借りしたい」

窓が音を立てて閉まり、まもなく女がペンと紙を持ってドアから現われた。テハダは入口の陰にはいり、壁に寄りかかってメモを書きながら、最後にここにいたときのことを思い出していたたまれない心地がした。手早く書き終えると、紙を折り畳みながら堅苦しい文面だと悔やんだものの、この状況では直しようがなかった。女にあわただしく礼を言ったあと、自室に逃げ帰り、また例の写真を食い入るように見つめた。

そこに書かれた文句は空で言えるほどだった。《愛しいあなたへ。これを〝幸せなときの思い出〟にしてください。愛をこめて、イサベル》イサベルとは何者だ？ パコはどうやって知り合った？ 日曜日のバエズ捕獲の準備はつかの間の気分転換になったものの、古い墓の後ろに隠れたとたん、心は得意の謎へともどっていった。イサベルとは何者だ？ この女も闇市場になんらかの形で関わっているのか？ ロタはこの女のことを知らないと言っていた。ロタはどう関わっている？ やつが関わっていることを、どうすれば証明できる？ バエズがロタの関与を裏づけるかもしれない。写真に写った娘でないとすれば、イサベルとは何者なんだ。

イサベルの字が頭から離れないように、自分の字がエレナの頭を離れないことを知れば、テハダは喜んだかもしれない。セニョーラ・ロドリゲスはドアを閉めたあと、若い女教師が借りている四階まで階段を駆けあがりながらメモを広げた。ふだんなら、他人の手紙を読むなど考えもしなかっただろう。とんでもないことだ、もちろん。だが、教師であろうとなかろうと、セニョリータ・フェルナンデスはまだ若く、体裁の悪いことにならぬよう、自分には目を配る責任がいくらかあると感じていた。それに、治安警備隊は厄介だ。セニョーラ・ロドリゲスはエレナを好ましく思っていたが、申しこみにしろ脅しにしろ、もしメモにそんなことが書かれていれば、出ていってくれと言わざるをえない。いま、そんな厄介事にかかずらっていられる者はいない。

アパートの女主人はエレナの部屋にたどり着いたとき、息は切れ、少なからず困惑していた。形ばかりに一度ノックしてなかにはいる。エレナは化粧台のそばに膝をつき、スーツケースに荷物を詰めていた。「治安警備隊員が捜してましたよ」セニョーラ・ロドリゲスは前置きなしに言った。

もとからすぐれなかったエレナの顔色が蒼白になる。

「いないと言ってください」

「もう言いましたよ。メモを残していったの」

セニョーラ・ロドリゲスは、もとどおりに折り畳んだ紙切れを差し出した。エレナは膝をついたまま、無意識に手を伸ばした。エレナが手紙を開いて読みはじめると、セニョーラ・ロドリゲスはそっと部屋を出ていった。安心したことに、あの手紙にはエレナが道徳的にも政治的にも厄介な状況に陥っていることを示すようなことは書かれていないとすでに結論づけていたものの、意味はさっぱりわからなかった。そのためセニョーラ・ロドリゲスは、しばらく廊下に留まっていた。押し殺したすすり泣きのようなものが聞こえると心底驚き、走り読みした手紙の中身を思い返した。

煩わせてすまないが、ほかに心あたりはなかった。アレハンドラ・パロミノが、母親といまクアトロ・カミノスの北に収容されている。あの子の面倒を見てやれる家族はいないので、母親が釈放されるまできみに預かってもらえるとありがたい。刑務所は満杯なので、きみがあの子を連れていっても、だれも文句は言うまい。うまくいけば、そう長くはならないだろう。

――カルロス・テハダ

エレナは手紙を読んだとき、それがなかなか要領を得ないことから、はじめは書き手を責め立てたくなった。つぎにもう少し冷静になると、手紙の勧めるままにアレハンドラを引き取りにいこうと思った。だが、けさ早くから荷物をまとめていたし、このまま残ればテハダは苦もなく自分を見つけられることを思い出した不安から、この街から逃げて両親のもとへ帰りたいという気持ちが薄らぐことはなかった。自衛本能が、アレハンドラへの憐憫や、テハダの信頼に応えたいという愚かしい願望と戦った。幼い少女の世話は、仕事を失ったいまならむずかしくはないだろうが、少女を食べさせられるかというと話は別だ。ほんの数日間なら……。それくらいならこの街に残ってもいい。けれど、テハダによれば〝うまくいけば〟それほど長くはならないだろうということだが……どれくらい〝長く〟なるかは、だれにもわからない。アレハンドラの母親が、釈放されれば帰りを待つ娘に会えると思っているなら、サラマンカの実家にアレハンドラを連れて帰るのはあまりに無責任だろう。とはいえ、それが何週間、あるいは何ヵ月に及べば、このマドリードでアレハンドラのみならず自分の食料も探さなければならなくなる……。たぶん、テハダは助けてくれるだろう。何と引き換えに？　と醒めきった自分の声が聞こえた。

エレナは紙片をにらみつけ、あたりさわりのないことばのなかにテハダの本心を知る手がかりを探し、直接会っていなければより正しい判断ができたのにと、もう少しで出会ったことを後悔するほどだった。結局、熟考と少しの涙の末に荷造りをすませ、郵便局で手紙を送った。〝ママへ。サラマンカは変わりありませんか。こちらは少し厄介なことになりはじめました。家に帰ります。できるだけ早く、列車代としてブルゴス通貨を電報為替で送ってください。みんな元気でいてくれますように。愛をこめて、エレナ〟。それから部屋にもどり、すぐには届くはずもない金を待った。大半の時間を寝るか絶食していたので、復活祭が明けるまで、なぜアレハンドラを見捨てるのかと悔やみ、テハダの手紙を読み返すことのほか、することはほとんどなかった。土曜日の朝、その手紙は傲慢な自信でエレナを嘲っているようだった。土曜日の夜、その手紙は無言の信頼でエレナの愛他心を責めた。

復活祭の朝、テハダがイサベルとは何者で、なぜパコにジンジャー・ロジャースの写真を贈ったのかと考えていたとき、エレナはアレハンドラの件でテハダに連絡を取るのは、やはりやめておくほうがいいだろうかと迷っていた。テハダが実際にアレハンドラのおじと対面していたころ、エレナはすでにその考えを無意味で、おそらく馬鹿げてもいるものとして匙を投げていた。しかし、エレナがテハダの手紙とそれに応えられないふがいなさを気に病む日々がさらに数日つづいたのに対して、テハダはイサベルに関わる謎から一足先に逃れようとしていた。

例の囚人の言ったとおり、バエズは正午頃に墓地へやってきた。テハダが包囲しろという合図を送ろうとしたとき、バエズは別の男に声をかけられた。好奇心とかすかな懸念から、テハダは逮捕を中断して、ふたりの会話を聞いた。その内容は興味深いものだったが、目新しくはなかった。トレス伍長がバエズを撃ち殺したとき、テハダは一瞬冷ややかな怒りを覚えた。トレスらしい。相手が有益な情報を持っているかどうかなど考えもせずに、つまらぬ狙撃の腕をひけらかすとは。しかし、もうひとりの男が何か知っているかもしれない。男をつぶさに眺めていると、カルメン・リョレンテとの相似点を認めて直感した。

その直感があたったことへの満足感は、バエズがリョレンテに渡した電話番号を見た瞬間に掻き消えた。嘘だ、と紙切れを見つめながら思った。何かのまちがいだ。それとも、何かを勘違いしているか。ロタだ、やつがまた裏をかこうとしたにちがいない……こんなことはありえない。だが、どこに問題があるのか考えている暇はなかった。テハダはリョレンテを連れて駐屯地へもどるという命令をくだした。

「あの男を尋問しますか？」駐屯地に着いたとき、黙りこむゴンサロのほうを示しながら、トレスが尋ねた。

テハダは上の空でうなずいた。「独房に押しこんでおけ。すぐに行く」

「メレンデス隊員を呼びにやりましょうか」

紙切れに書かれた電話番号の意味に気を取られていたテハダは、われに返った。リョレンテがしぶとければ、メレンデスでも落とせまい。簡単に折れるやつなら、何か言うだろう。いまの時点でロタの名前を出したくない。いったいどういうことなのか、ほんとうの意味が知りたい。テハダはかぶりを振った。「いや、わたしが話すまで、だれひとりやつと話をすることは許さん」電話番号がまた頭をよぎり、付け加える。「これは命令だ。ヒメネス、やつの独房の前で見張りに立て。わたし以外の何人《なんぴと》たりとも出入りを禁ずる。わかったか？」

ヒメネスは上官の口調にただならぬものを感じ取った。「ラモス中尉もですか？」と尋ねたのは、実際に中尉が横槍を入れてくるかもしれないと思ったからではなく、何人たりともということばが、思いがけない激しさで強調されたからだった。

テハダはうっすらと暗い笑みを浮かべた。「たとえフランコ総督閣下が独房のドアの前にみえて、囚人とドミノがしたいと仰せになっても、何人たりとも出入りを禁ずるとの軍曹の命令です、と言うんだ。わかったな？」

「はい」ヒメネスは息を呑んだ。囚人も息を呑んだが、それはおそらく別の理由からだった。

いまごろ、何をしているのかと、ヒメネスは不審に思っているにちがいない。テハダはため息をつき、紙切れを折り畳むと、ポケットの底に押しこみ、ゴンサロ・リョレンテに会いに行った。

リョレンテはほかの囚人たちと同様、わずかに乱れた風采をしていたものの、手荒な扱いを受けたようには見えなかった。手を縛られたままますわっている姿は、角張った肩といい、栗色の細い髪といい、姉のカルメンによく似ている。ビビアナはもっとほっそりとした体つきで、髪も黒っぽかった。片親がちがうのかもしれない。リョレンテは、テハダが向かいに腰をおろしても押し黙っている。ドアが音を立てて閉まった。

「説明してもらおうか」テハダは静かに促した。

　リョレンテの表情は険しく、何も言おうとしない。テハダはため息をついた。「いいか、さしあたり、おまえが本来いるはずのチャマルティンにいなかった件は見逃してやる。いま知りたいのはバエズのことだ。それに闇市場と」テハダはことばを切り、敵意を見せる他人にその名を告げるのは一種の冒瀆であるかのように、しぶしぶつづけた。「それから、パコ・ロペスについて」

　リョレンテは唇を固く結んだ。このしぐさには見覚えがある。アレハンドラのものだ。「強情なのは血筋と見える」テハダは冷ややかに言った。そして試すように付け加える。「そういえば、おまえの姉も強情だったな」

　過去形を使ったことでリョレンテの目がかすかに見開かれたのを、テハダは見逃さなかった。「カルメンに何をした」

「あの女も強情だ」テハダは認めた。「だが、わたしが言ってるのは年下のほう、ビビアナのことだ」

　リョレンテの体がこわばり、テハダは一瞬相手が丸腰で拘束されていることに安堵した。「だからバエズに会いたかったんだな？」テハダは筋の通りそうな仮説を思い切って口にした。「おまえはビビアナを処刑した治安警備隊員を捜していたんだ」

「だれが殺したんだ」リョレンテが吐き出すように言い、テハダはそこにはじめて自分が殺した女との相似点を見た。

　テハダは肩をすくめた。「意味論《セマンテイツクス》だ。ちなみに、おまえの姉のカルメンもいま拘留されている。姪もいっしょだ。あのふたりが心配なら、もう少し話そうという気になるんじゃないのか？」

　リョレンテが深く息を吸いこんだとき、テハダは一瞬、話す気になったかと思った。それから、リョレンテはまた音を立てて息を吐き出し、口をつぐんだ。テハダはかっとしてかぶりを振った。「〝赤〟というやつはさっぱり理解できん。肉親のほかに守らねばならない人間などどこにいる」

　リョレンテは押し黙り、テハダはこの男を殴るべきか、もう一度迷った。しかしまた、殴っても無駄だろうという結論に達した。少しばかり殴られたからといって、泣きごとを言うような男ではない。熟練の尋問官の手にかかれば、ひょっとすると情報を漏らすかもしれないし、漏らさないかもしれないが、自分にはそのような尋問の手腕はない。訓練を受けてもいなければ、道具もなく、やりたいとも思わなかった。「またあとで話をするとしよう」テハダは言った。「たぶん、おまえの友人たちと話したあとにな」

あいにく、それがこけおどしであることを知りつつ部屋を出ると、戸口でヒメネスと顔を合わせた。「ラモス中尉より、ブルゴスに特別捜査官を呼びにやっているとのことです。それまではメレンデス隊員に任せておけということでした」

テハダは一瞬ためらった。リョレンテの偽造書類は注目に値する。どこで手に入れたか調べる価値はあるし、時間を無駄にすればするほど、リョレンテの接触相手が何者であれ、逃げる時間を与えるだろう。あの書類のことは当然問いただすべきだ。それを言うなら、東共同墓地にバエズが現われることをどうやって知ったかも。「あ、それから、あの男をメレンデスへ引き渡す前に、写真を撮っておくようにとのことです」ヒメネスは付け加えた。

「何？」テハダは目を細めて言った。

ヒメネスは申しわけなさそうにしている。「ほかの囚人たちに対して使えるだろうと。実際にやつを捕らえた証拠になるので」

「写真」テハダは繰り返した。

「はい、写真です」

「ここにいろ、ヒメネス。すぐにもどる」テハダはすでに歩きはじめていた。「それから、命令に変更はない」

「メレンデスを呼んでおきましょうか」ヒメネスは叫んだ。

テハダは振り返った。「命令に変更はない」と繰り返す。「わたし以外の何人たりとも出入りを禁ずる。すぐもどる」

時間がたつごとに、リョレンテのパスポートを用意した〝赤〟の連中に、態勢を立て直す時間を与えてしまうことは承知していた。しかし、いまはパコを殺した犯人を捜し出せるかどうかの瀬戸際だった。〈運動〉は二の次だ。パコは友人だった。テハダはラモス中尉の部屋へつづく階段を駆けあがった。

部屋にはいったとき、なかにはだれもいなかった。テハダはそれを最初は喜び、つぎに不安を覚えた。なにしろきょうは復活祭だ。おおかたは仕事を休んでいるだろう。だが、一か八かやるしかない。「アルカラ‐二一三六を」テハダはすばやく告げると、呼び出し音を数えた。

七度目の途中で受話器のあがる音が聞こえ、それから声がした。「治安警備隊。モラレスだ」

「モラレス大尉をお願いします」テハダはどうにか声を平静に保った。

「わたしだ」

「マンサナレス駐屯地のカルロス・テハダ軍曹です。ご報告があります」

「ああ、おはよう、軍曹」モラレスは少し驚いたようだった。「きょうは当番かね？」

「はい」テハダは深く息を吸った。「いくつか情報を入手しました。ですが、この回線はたしかに安全でしょうか？」

「可能なかぎりな」モラレスは答えた。「だが、もしその情報が細心の注意を要するなら……」

「絶対に安全だと」テハダは言い張った。「これは専用回線だとおっしゃいましたね？」

「そのとおりだ。さて、直接会ったほうがいいのか？」

「ほかに内線はなく」テハダは重ねて言う。「電話は一台だけなんですね？」

「ああ」

「そちらの部屋だけですか？」

「そうだ」モラレスは癇癪を起こした。「この電話に出るのはわたしだけだと請け合おう。さあ、何か話したいことがあるんじゃないのか」

「はい」テハダはとっさに言った。そして、ゆっくりとつづけた。「お尋ねになった情報を、つかんだと思います。ですが、直接お話ししたいのです。なるべく早急に」

「月曜日の朝はどうだ」一瞬の沈黙のあと、モラレスは言った。「十時では？」

「それでよろしければ。こちらはけっこうです」

「よろしい。では、月曜日の朝にここで会おう。よい復活祭を」

「ありがとうございます」

「アリーバ・エスパーニャ」

「アリーバ・エスパーニャ」テハダは口を少しあけたまま電話を切った。

リョレンテだ、と頭の片隅で促す声がする。リョレンテのところへ行き、偽造書類について問い詰めろ。でなければメレンデスに引き渡せ。いまはパコのことにかまっている場合じゃない。わかってるだろう、それにあとからでも調べられる。リョレンテはパコと関係ない……カルメンも、アレハンドラも……ビビアナも。やつらは〝赤〟だ……。

テハダはゴンサロ・リョレンテから取りあげた紙切れを、筒状に巻いていることに気がついた。その紙を慎重に広げ、走り書きされた電話番号をもう一度見つめる。読みちがえてはいない。そこには鉛筆で薄く、アルカラ‐二一三六と書かれていた。ディエゴ・バエズの嘲笑が耳の奥で聞こえる。〝パコのボスにつないでくれとだけ言えばいい。そうすりゃわかる〟

リョレンテと話をしに行こうとしたとき、別の考えが浮んだ。そろそろと、ふたたび受話器をあげる。「アルカラ‐二一三六を」今回相手は、先ほどよりも早く電話に出た。

「ああ、テハダ軍曹、なんだね」モラレスはテハダがまた名乗ると、少し苛立ったように言った。

「たびたび申しわけありません」テハダは詫びた。「ディエゴ・デ・ロタ軍曹とお話しできないかと思いまして。いくつか訊きたいことがあります」

「デ・ロタ軍曹？」モラレスは驚いたように言った。「駐屯地内にいるか見てこよう。折り返し電話させようか？」

専用回線、とテハダは思った。「いいえ」と声に出して言う。「その必要はありません。直接会うことにします」

テハダは通話を切り、もう一度リョレンテのところへ行って話をした。そののち、ディエゴ・デ・ロタと話をするために、アルカラ駐屯地へ向かった。

22

ゴンサロは独房の床に横になり、暗闇を見つめていた。ここ最近、狭いところに閉じこめられてばかりいるので、この状況には慣れつつある。いずれドアが開き、不愉快なことが起こる。あと少しのところで……。手錠をかけられた瞬間まで、どれほど自分が生きたいと思っているか、気づいてなかった。もはや希望などないと思いこんでいたため、ビビアナの復讐のことしか頭になかった。だが、ファンとイサベルがチャンスをくれて、つかの間それが実現するかのように思えて胸が躍った。〝二十四時間我慢しろ〟。あのふたりは希望をくれた。せめてものお返しにできることは、時間を稼ぐことだ。

できそうな気がした。逮捕されてから十二時間が過ぎていたが、まだ口を割っていない。川に向かって歩かされ、マンサナレス駐屯地が見え、ゴンサロに話しかけた治安警備隊員に、その上官が「首尾は上々だったか、軍曹」と言うのを聞いたとき、もう少しで笑いだすところだった。

「はい」軍曹は敬礼した。ゴンサロはその長身で痩せた男を見つめ、男の容貌や落ち着いた声の何もかもを頭に叩き込んだ。目の前にいるこの男が、ビビアナを殺したのかもしれない。そう考えただけで、吐き気がしそうなほど有頂天になった。

それからしばらくして、その男がまたやってきた。意外なことに、腕力に訴えようとはしなかった。態度はぞんざいで、それどころかあからさまにこちらを見下していたが、手をあげようとはしなかった。数分後にふたたび現われたとき、ぞんざいな態度はすっかり姿を消し、懇願しているようにすら見えた。「いいか、リョレンテ」軍曹は声を抑えて言った。「おまえがビビアナを殺した男を捜しているのは知っている。わたしが……くそっ、もしわたしがおまえだったとしても、同じことをしただろう。だがな、あの女が死んだのは、まずいときにまずい場所にいたため、殺人犯とまちがわれたからだ。つまり、その殺人を実際に犯した人物こそが、いくらか責任があると思わないか」

ゴンサロは嫌悪に満ちた目で相手を見た。この男は本気で厚かましくもおれの道徳観念に訴えるつもりなのか？　軍曹はさらに言い募った。「ありていに言えばな、リョレンテ、引き金を引いた男は利用されていたんだ。そのほかの数々のことにも。だがな、わたしは黒幕がだれかをつきとめたぞ……ほんとうの黒幕をな」

「おれもだ」嫌悪感が、沈黙を守っていろという決意を打ち負かした。

「この馬鹿め！」軍曹は癇癪を起こした。「のっぴきならない状況へ追いこまれる前に、そのいばりくさった態度をやめろ！　わたしはパコを殺し、あのいまいましい女民兵の死の間接的な原因である悪党を見つけた。あいつを捕まえられるんだ。あと必要なのは、おまえの証言だけだ！　いま話さなければ必ず後悔するぞ。なにしろ、このあとはほかの連中と話さねばならないし、言っておくが、そいつらはわたしのようにやさしくはないからな。これだけ言ってもまだわからないか、この無知な百姓め！」

「かもな」ゴンサロはどうにか無関心を装いながら言った。なぜもっと早く拷問しないのか、不思議なくらいだ。脅しをちらつかせておくつもりだったんだろう。馬鹿なやつらだ。ゴンサロは戦闘で最悪なのは待つことではないと知っていた。

その後、軍曹は出ていくと、ひときわ大きな音を立ててドアを閉めた。それは囚人に命運が尽きたことを知らせるためではなく、見張りに八つ当たりしないためだった。ゴンサロは、まだ腹立ちがおさまらぬ様子の声を聞いた。

「よし、メレンデスにこいつを引き渡し、偽造書類のことを聞き出せと伝えろ。それが最優先事項だ。ほかのことは放っておけ。目眩ましにすぎん」

ゴンサロはそっとほくそ笑んだ。知りたいのはパコ・ロペスのことだけだと。でたらめ言いやがって。罠を見抜いたことに、ゴンサロは満足を覚えた。そして血の気が引いた。ついに本物の尋問がはじまるのだ。

殴られてもさほどこたえなかったのは、傷痕が見つかり、腹を殴るという名案をだれかが思いつくまでのことだった。最初の一時間が過ぎると、ゴンサロは誇りを捨ててむせび泣いた。〝二十四時間〟。痛みで朦朧としながら、そのことばにしがみついた。たったの二十四時間だ。あとどれだけ耐えねばならないのかと、時を打つ音に耳を澄ませたが、目に見えない追っ手から逃げている悪夢のなかで足が地面に凍りつくように、何者かが時を凍らせていた。ひょっとして二十四時間たったのか？　だがそんなはずはない。「いいや、知らない。おれは知らない」二十四時間我慢しろ。「知らない、いいや、何も知らない、知らないんだ」そしてついに口を割りそうになったまさにそのとき、漆黒の闇がその慈悲深い腕を広げ、ゴンサロを包みこんだ。

　意識がもどったとき、ゴンサロは仰向けに寝ており、動くと痛みが走った。目が覚めたことを気づかれて、また尋問が再開することを恐れ、しばらくは身じろぎもしなかった。やがて、暗闇にひとりきりでいることがわかった。外のどこかで、時計が時を打ちはじめる。**ボン……ボン……ボン……**。十一まで数えると、鐘の音はやんだ。二十四時間。ほぼ十二時間が過ぎた。このまま動かず、意識を失っているふりをすればいい。そうすれば連中はきっと朝まで待つだろう。それからあと数時間くらいは我慢できる。涙がこめかみを伝った。どこもかしこも痛んだ。

　コートは取りあげられ、石の床は冷たかったが、体を動かすのは一苦労だった。激しい咳に襲われ、口のなかに胆汁と血の味がした。じっと横たわったまま、刻一刻と時が過ぎることを感謝しながら、だれかがまたなんらかの方法で時を凍らせるのではないかと怯えた。時計が夜の十二時を告げるのを聞いたとき、勝ったような気がしたが、鐘の音を正確に数えたかどうか自信はなかった。ひょっとするとまだ十一時かもしれない。ひょっとすると十一時のままかもしれないし、これからもずっと十一時のまま、二十四時間がたつことはないのかもしれない。また咳をすると、血の混じった痰が顎を伝い落ちた。怪我が感染したときのような頭痛がして、熱も出はじめている。時計が一時を打ち、短い澄んだ〝ボン〟という音がしたときは、現実とは思えなかった。あまりに短かったので、想像だったのかもしれないと思った。

部屋のドアがまたあいたときも、耳が錯覚を起こしているのではないかと疑った。今回は唐突で、外の見張りが誰何《すいか》することも、さりげない会話を交わすこともなかった。長靴の先端が脇腹を軽く突いた。ゴンサロは思わずうめいた。

「よし」低い声が言う。「目は覚めてるな」

カチッという音がして、閃光が暗闇を切り裂いた。光線が体の上を這って調べている。だれがそれを持っているのかは見えない。

「立て」だれの声かわかった。最初の尋問を行なった男だ。

「無理だ」

「たわごとを」懐中電灯の光が狂ったように踊ると、その男はゴンサロにかがみこみ、無理やり立たせた。あまりやさしい扱いではなかったので、ゴンサロはかすかにうめいた。

「黙れ」鋭い声。「でなければ猿ぐつわをかませるぞ」

ゴンサロは両手を背中にまわされ、後ろで縛られたのがわかった。ああ、まさか。前線で聞いた話が突然脳裏によみがえった。手首から吊るすのはやめてくれ。たったの十二時間か、ひょっとすると十三時間……。肩の関節を外すのもやめてくれ、頼む……。なんの警告もされなかったので、目隠しに覆われ、きつく縛られたときも、ゴンサロは目をあけていた（そして壁に映った懐中電灯の光に、むなしく焦点を合わせていた）。

「来い」

ゴンサロは肘をつかまれ、廊下へ引きずられた。刑務所のなかを連れられ、つまずいたり、壁にぶつかったりしながら、手探りで進む。「階段に気をつけろ」テハダが肘をつかんでいなければ、警告は間に合わなかったかもしれない。

ふたりはいくつかのドアを通り抜けた。ゴンサロは目隠しをされてうろたえたまま、ドアが開き、顔に冷たい風を感じるまで、どこに向かっているのか見当もつかなかった。風の音が聞こえ、足の下は刑務所の滑らかな床とちがって、丸石が敷かれているのがわかる。銃殺隊か？　と朦朧としながら思った。だが、夜明けはまだじゃないのか？　おれは口を割ってない。銃殺隊ならありがたい。おれは口を割ってないぞ。テハダがまた前へ引っ張った。ゴンサロはつまずき、むこうずねを何かにぶつけた。ゴンサロはそれをむしろ感謝した。小さな痛みは、より大きな痛みから気をそらしてくれる。

「乗れ」抑揚のない声。

「乗れ？」ゴンサロはぼんやりと繰り返す。

テハダはそれ以上ことばを無駄にしなかった。かわりにゴンサロはドアが開く音を聞いたかと思うと、脇をかかえられ、座席に乗せられたのがわかった。足をつかまれて放りこまれると、ドアの閉まる音がした。トラックのようなものに乗せられたようだ。またドアを開閉する音がして、テハダが運転席に乗りこんだ。

テハダがクラッチをつなぐと車は始動し、ゴンサロは後ろに倒れた。足を床につき、体を支えようとしばらく意識を集中する。しかし、ゴンサロは体勢を立て直したことを悔やんだ。それはすなわち、これから何が起こるのか考える時間ができたということだった。「どこへいくつもりだ」恐怖のあまり、訊かずにはいられなかった。

「ドライブだ」テハダは硬い表情で言った。

痛みと混乱のなか、ゴンサロの心に皮肉が浮かんだ。

「あんたはあの軍曹だな」ゴンサロは言った。「ビビアナを殺したやつだ」

長い沈黙が流れた。「そうだ」

「で、こんどはおれを殺すのか」

ふたたび沈黙。「あそこでこれからおまえの身に起こることよりはましだ」

この男の言うことはおそらく真実だと認めることを、ゴンサロの自尊心は許さなかった。「どれだけ殴られようが、おれは耐えられる」ゴンサロは鋭く言い返した。

テハダは小さく笑った。その笑い声はエンジンの音に掻き消され、ほとんど聞き取れなかった。「殴られるだけですむならな。それなら放っておいてやるし、それもよかろう。おまえはそれぐらいの目に遭って当然だ。だが、わたしはプロのやり方を見たことがある。信じろ、このほうがずっとましだ」

　恐怖と苦痛の霞を通して何かが見えた。「あんた、命令に背いてるのか」トラックが急に右へ曲がり、ゴンサロは横ざまに倒れた。起きあがるまで、返事はなかった。「なぜだ」

　一瞬、返事はないかと思った。テハダがおもむろに言う。

「わたしは過ちを犯したからだ。パコを殺した犯人を。おまえのおかげでそれがわかった」

「ビビアナが……過ちだっただと？」ゴンサロは喉が詰まった。

「おまえの姉のことを言ってるんじゃない」テハダは抑揚のない声で言った。

「あいつは姉なんかじゃない」ゴンサロは思わず言った。

「ほう。では愛人か」まずいものを吐き出すかのように、テハダはそのことばを口にした。「だが、そんなことはいい。わたしが言いたいのは、おまえのおかげであの電話番号がわかったということだ」

「その礼がこれってわけか」と言ったとき、トラックがまた右に曲がり、ゴンサロは足を踏ん張った。

　テハダはその皮肉を無視した。「そう、おまえの……ビビアナも過ちだった。それに、わたしはどうやらおまえの家族の大半に会ったようだ。だから、これが最良の道だと思っている」車のスピードを少し落として付け加える。

「気をつけろ。カーブするぞ」

　ゴンサロはそれ以上何も言わなかった。言うことを思いつかなかった。絶え間ないエンジン音をさえぎったのはテハダだった。「おまえの姪のアレハンドラが、パコを殺したのは〝がっしりとした〟男で、治安警備隊の制服のようなものを着ていたと話してくれた。モラレスの電話番号を見るまで、わたしはその意味がわからなかった」

「だれの電話番号だって？」つかの間、上の空だったゴンサロは聞き返した。

「アルカラ駐屯部隊の指揮官、モラレス大尉」テハダの声はひどく冷ややかだった。「非常に有能で、高く尊敬されている人物だ」指でしばらくハンドルを叩いたあと、また話をつづける。「きょうの午後、やつの部下の軍曹と話をした。モラレスは昇進が早い。アルカラ部隊の指揮官についたのは、前の部署で糧食盗難の犯人一味を暴いたあとのことだ。やつは犯人たちをかなり大っぴらに処分もした。それなのに、アルカラで物がなくなりだすと、やつは窃盗犯を捕らえた経験にはいっさいふれず、捜査の指揮をある男にさせるようラモス中尉に頼んだんだ！」

ゴンサロはその感情を押し殺した声に驚いた。「つまり、そいつが盗んでたってことか？」

「ああ、それだけじゃない」テハダは苦々しげに言った。「やつが組織を動かしているんだ。下士官たちを引き入れ、つねに罪をなすりつけられる人物を用意しておく。そして不正を暴いて功績を認められる。だが、パコは従わなかった。だからやつはパコを殺し、糧食盗難の捜査に、経験の乏しいおあつらえむきの間抜け野郎をあたらせた。パコを殺した犯人として別人をすでに処刑した間抜けなら、なおさら好都合というわけだ！」

「〝パコは従わなかった〟というのはどういう意味だ」好奇心が警戒心に勝り、ゴンサロは尋ねた。

「パコは手を引こうとしていたと思う、ということだ」テハダは鋭く言った。「モラレスはパコを脅迫した……まあ、それが何かはおまえには関係ないが、つまり、モラレスは真実ではないことでパコを脅した。だからパコは従ったんだ。それに、戦争が終われば、パコはすぐに上層部のところに行くつもりだったと思う。くそっ！　パコは高潔な男だった。おまえがなんと言おうとな！」このとき、テハダの声はエンジンの音に負けず、はっきりと聞こえた。

「おれは何も言っちゃいない」ゴンサロは言った。頭痛がして、この男を挑発してやりたいという衝動が分別に打ち勝った。「モラレスはパコが共産主義者だということをばらすと脅したんだな」

「パコは〝赤〟ではない！」テハダは吐き出すように言った。「恋人の素性を隠そうとして馬鹿なまねをし、別の女の写真をその女のものだというふりをした。だがそれだけのことだ！」

「だれがそんなことを言ったんだ」モラレスはどうやってその策略を見抜いたのか。おそらくパコのすばらしい着想のせいだろう。だからパコはスパイにはなれないとイサベルが言った、手のこみすぎた嘘。

「モラレスのところの軍曹だ」テハダはぼんやりと言った。「むろん、そいつも関与していたが、おそらく脅迫されているんだろう。それが何かは言おうとしなかった。そいつはモラレスに殺されるか、身代わりに仕立てあげられるんじゃないかと怯えきっていた。写真の女は重要じゃないとわたしに警告しようとしたが、あの能なしのしたことといえば、かえってやつへの疑惑を掻き立てただけだった」

これでファンとイサベルから探るように頼まれていた情報がすべて手にはいった、とゴンサロは悲しげに思った。イサベルの素性はモラレス大尉が見当をつけていたようだが、その情報は別の用途に使われた。あのふたりにこれを知らせる機会が得られそうにないのが残念だ。「その軍曹も共産主義者じゃなさそうだな」ゴンサロは思いきって言った。

「言っただろう、パコは〝赤〟ではない！」テハダは鋭く言い返した。そのとき、ロタとの会話やあの写真がまた思い出され、テハダはぽつりと言った。「そうだろう？」その声は否定の返事を求めていた。

「ああ」なぜかはわからないが、ゴンサロは真実を話していることがうれしかった。「ちがう、やつはあんたたちの仲間だ」

「そんなことはわかっていた」テハダはほっとため息をついた。だれに聞かせるともなく話しはじめる。「パコは過ちを犯したかもしれない。だが、パコはスペインを愛していた。祖国に害をなすようなことを、進んでやったはずがない」

「なぜそれをおれに話すんだ」ゴンサロは相手の顔が見えればいいのにと思いながら尋ねた。

「それは……」テハダはいったんことばを切って考えた。そのとき、なぜ囚人たちが脅されなくても自白することがあるのかを理解した。テハダは話したかった。「それは、おまえが安全な聴き手だからだ」

ゴンサロは吐き気を催すほど激しく咳きこんだ。あばら骨が折れたのだろうか。「墓場のように静かだってことか？」また口がきけるようになると、あえぎながら言った。

テハダは鼻で笑った。「そんなところだ。それに、おまえはパコが闇市場に関わっていることを知っていたからな。理由を知ったほうがいいだろう」

妙だな、とゴンサロは思った。もうすぐ死ぬとわかっているのに、ささいなことが気にかかるなんて。「なぜおれが知っているとわかったんだ」訊いたからといって、失うものはない。

「おまえが先週問い詰めた闇商人を捕らえたんだ」テハダは打ち明けた。「だからバエズのこともわかった」

「やるじゃないか」

「偶然にすぎん」テハダは言った。「誤った道を追っていたら、たまたまやつに出くわしただけだ」いったんことばを切り、ゴンサロには見えない標識でブレーキを踏む。「わたしはあやうくこの捜査で失態を演じるところだった」悔やむようにことばを継いだ。

ゴンサロの沈黙は、それが真実だと語っていた。しばらく、トラックの走る音だけが聞こえた。ゴンサロはどこへ向かっているのかとまた考えた。たぶん、田舎のほうだろう。死体を捨てるには打ってつけだ。「おれのことはどう説明するつもりだ」

ゴンサロはその声から相手が笑っていることがわかった。

「パコが殺された件は、表向き解決したことになっている。だが、中尉はパコがわたしの友人だったと知っている。おまえが糸を引いていたことをつきとめたので、ふたりだけで話をするために連れ出したと言えば、わかってもらえるだろう。むろん腹を立てるだろうが——あの偽造書類をどこで手に入れたのかはぜひとも知りたいからな——少し強く殴りすぎたとか、思いのほかおまえがやわだったとでも言えばいい。よくあることだ」

「とんでもないやつだな！」ゴンサロは言った。「軍法会議にかけられるぞ」

相手が目隠しされていることを忘れて、テハダはかぶりを振った。「おまえを逃がせばそうなるだろうな。それも考えてはみたが、おまえが国境にたどり着くことはありえないし、わたしも銃殺隊と対面したくはない」

「なぜこれほどの危険を冒す？」ゴンサロが尋ねたとき、トラックが曲がり、スピードをあげた。

一瞬、返答はないかと思った。すると、テハダがそっけなく言った。「おまえは〝赤〟だ。理解できまい」

「試してみろよ」

「言っただろう……おまえに借りがあると。わたしは人に借りを作ったままでいるのが我慢ならないんだ」

「おれが理解しがたいのは、その返済の部分だけだな」ふたりとも驚いたことに、その声はおどけていると言っていいくらいだった。

テハダは声をあげて笑った。「言っただろう。これが精一杯だと。おまえの姉がすぐ釈放されるようにも取り計ってみるつもりだ。おまえをかくまったために逮捕されたのだから、もはや拘束する理由はない」

「感謝するよ」皮肉のつもりだった。しかし声に出したとき、そこには真摯な響きがあった。

「アレハにはほんとうにかわいそうなことをした」テハダは言った。「今回のことは、あの子にとってあまりに酷だった。家族が〝赤〟なのはあの子のせいじゃない」

「それに、あんたはあいつのおばを撃った」

「黙れ、リョレンテ」そのことばはギアがきしむ音に掻き消された。

「それからおじも」ゴンサロはその意味を考えながら、試しにつぶやいた。死ぬことを想像するのはむずかしい。おそらく、体じゅうの痛みがやむことを意味するのだろう。

テハダはそれをわざと無視した。「そう、カルメンはすぐに釈放されるはずだ。だが、しばしば手続きには時間がかかるものだし、われわれはいま仕事を抱えすぎている。それで考えたんだが……待つことはアレハにとってよくないと思う」

「たぶんな」ゴンサロは認めた。アレハの面倒を見に行くことができないと気づいたことで、死に背景が与えられ、より現実的で永遠なものと思えるようになった。

「考えたんだが……」テハダはまた親指でハンドルを叩いた。「グラナダにアレハを送ってやろうかと考えている。わたしの兄のいちばん上の娘がそこで聖心会の女子修道院に通っているんだ。アレハも預かってくれるだろうし、週末や休日は兄の家族が世話をするだろう」

「よくもそんなことを！」

テハダはその声のむき出しの嫌悪感に驚いた。「アレハの父親は死んでいる。おまえもそばで面倒を見てやれない。いい教育が受けられるし、〝赤〟の娘という烙印を押されないですむんだ」

「この屑め！」ゴンサロはまた吐き気を催し、座席で身悶えながら、自分の体の無力さと怒りを表現する力のなさを憎んだ。「カルメンにとってあいつがどれほど大切か知っていながら、よくそんなことが言えるな！」

「アレハが路上で飢え死にしたほうがいいのか」テハダは言った。「言っておくがな、処刑された弟のいる前科者が、そう簡単に仕事を見つけられると思うか。それに――」一瞬、テハダの顔がゆがんだ。「アレハの教育は、おまえにとっても大切だと思ったが」

「あんたらにものを教わるくらいなら、路上で飢え死にするほうがずっとましだ！」ゴンサロは声を引きつらせて叫んだ。

テハダはまたかぶりを振った。「〝赤〟というやつはさっぱり理解できん」

この男は真剣だ。愛するものすべてからアレハを引き離すことのどこに問題があるのか、本気でわかっていない。自分にも姪がいて、その子が普通学校に入れられただけでも、悪魔の手下にさらわれるとわめくだろうに、それでもこいつはアレハを連れ去ろうとし、それを親切だと言う。

「おれもあんたのことがさっぱり理解できねえよ」そう言ったとたん、ゴンサロの怒りは悲しみに押し流された。

「ちょっとした思いつきだ」テハダの声はややこわばっていた。「おまえが安心するだろうと思ったんだ」

「あんたが司祭を連れてこなかったのは意外だったぜ」ゴンサロは辛辣に言った。

テハダはまた笑った。「必要だとも、よろこばれるとも思わなかったが。探しておくべきだったか？」

「いいや、お断わりだ」ゴンサロは自分が暗闇で笑っていることに気づいて愕然とした。なんだっておれはビビアナを殺し、おれを殺そうとしている男と、こんなところでしゃべってるんだ？　「ずいぶん妙な会話だな」

「ああ」テハダは相槌を打った。つかの間、心がエレナのもとへ飛んで、ぼんやりと言った。「暗闇では話がしやすいからだろう」

「顔が見えないとなおさらだ」ゴンサロは目隠しの内側を見つめた。この男はどこまで自分を連れていくつもりなのだろう。

「だから告解場は薄暗いんだろうな」テハダは言った。

「足を踏ん張れ。カーブするぞ」

トラックは右に曲がり、ゴンサロはバランスを保とうとして体が傾き、テハダの肩にあたった。テハダは片手でゴンサロを押し戻す。「〝まるで小さな広場のように、夜は親しみやすくなった〟」ゴンサロは口ずさんだ。

「ああ」テハダはゴンサロの横顔に驚いたような一瞥を投げた。どこでその詩を聞きかじったのだろう。「そう、まさにその詩のとおりだ。ただし、わたしは酔っちゃいないが」とつづけたが、相手はおそらくその詩をすべて知らないだろうから、いま言ったことも理解できまいと思った。

ゴンサロはいきなりテハダのほうに顔を向けた。目隠しされているので、意味のない動きではあったが。「ということは、あんた、ロルカを読んだのか！」ゴンサロは叫んだ。

「というと、おまえも？」信じられないというようにテハダは言った。

「あたりまえだ。フェデリコの作品はすべて組合の図書館にあったからな」ゴンサロは詩人への権利を主張するかのように、頭を後ろに反らした。

「親類が、彼の両親の近所に住んでいたんだ」テハダは言った。「子供のころ、彼に何度か会ったことがある」

ゴンサロは啞然とした。「けど、あんたがロルカを読んだのか？」いぶかしげに尋ねる。

「ああ、もちろんだ。そう、初期の作品はすべてな。『カンテ・ホンドの詩』のいくつかはすばらしい。彼があのシュールレアリスムのたわごとに熱中したのは実に残念だ」

テハダは詩についてわずかだが確固たる意見を持っていた。

「じゃあ〈スペイン治安警備隊のロマンセ〉は好きか?」ゴンサロはからかうように尋ねる。

テハダは腹立たしげに鼻を鳴らした。「共産主義のたわごとだ。だが〈プレシオーサと風〉は昔から気に入っている」

「あんたがそんなに感傷的だとは思わなかったな」

「〈プレシオーサと風〉は昔から気に入っている」テハダはやや強調しながら繰り返した。急にブレーキを踏み、ゴンサロの体が前に倒れた。旅の終わりに近づいているのだろうか、とゴンサロの心は沈んだ。

「ロルカはあの時代で最も偉大な詩人だ」ゴンサロは挑戦するように言った。

「賛成だ」

「なのにあんたの側は彼を殺した」

「あれは残念な過ちだった。戦時中はえてしてああいった事故が起きる」テハダはクラッチの操作に集中している。

「ビビアナが過ちだったようにか」ゴンサロは尋ねた。

「あんたはどれだけ過ちを冒したんだ、軍曹」

「黙れ」ギアがきしんだのは、テハダの手が震えていたせいでもあった。車がガクンと揺れて停まる。「悪いが、これ以上おまえと詩について語り合う時間はないんだ、リョレンテ。着いたぞ」

「どこに?」

「おまえが降りるところだ」

エンジンが止まり、ドアを開閉する音がした。ゴンサロは身を固くして、差し迫った死に慣れようとした。トラックのこちら側のドアがあき、ゴンサロは車から降ろされ、立たされた。

「後ろにさがれ」テハダは声を落として言い、ゴンサロはライフルの銃身のようなもので胸を突かれたのを感じた。少しつまずきながら後退し、まだ敷石のうえにいることに気づく。では、このあたりはまだ舗装された道路があるのか。妙だ。あれほど長いあいだ走ってきたのに。

「このいまいましい〝赤〟め」テハダが言った。「パコはおまえなんぞの十倍は価値があった。十倍だ! なのにパコは死に、おまえはまだここにいる! 断じておまえにそんな価値はない！　コミュニストの裏切り者め！」声がしだいに高くなる。

　ゴンサロはまた胸をライフルで小突かれたのを感じた。よろめきながら何歩か後ろへさがると、肩が壁にあたった。これまでか。でもおれは落ちなかった。共和国万歳《ビバ・ラ・レプブリカ》、おれは落ちなかったぞ。

「コミュニスト！」テハダはまた叫んだ。「スペインはおまえたちを一掃すべきだ！　おまえにスペインの空気を吸う資格はない。〝赤〟め！　コミュニスト！」テハダの声はヒステリックな響きを帯びていた。あのつかの間の友情はどこへ行ったのか、とゴンサロは思った。「汚らわしいコミュニストめ！」

　すべてがあまりに突然起こった。テハダは大声で罵り、ゴンサロは壁ぎわまで後退すると、つぎの瞬間、肩胛骨に感じていた圧力が消え、後ろから現われた手になかへ引っ張られた。ドアがそっと閉まる音がしたとたん、テハダの声はくぐもった。そして、何者かがゴンサロの目隠しを取った。

「きみは党員か？」男がささやいた。

　ゴンサロはぽかんと目をまたたいた。何時間も暗闇にいたせいで、ランプの明かりが太陽のようにまぶしく感じられる。床に映った影を見つめていると、ここが玄関広間のようなところだとわかった。ささやきが反響していることから、かなり広い部屋のようだ。「きみは党員かね？」男が少し焦れたようにもう一度尋ねた。強い訛りがあり、発音に抑揚がなく、母音のアクセントが弱い。ドイツ人か？　とゴンサロは一瞬恐怖を覚える。外ではテハダがまだ怒鳴っていた。すると、ドアの外で銃声が轟いた。

　ゴンサロは恩人を見た。「おれは……ええ、たぶんそうです。けど、外に出してください。あいつは治安警備隊員です。必要ならドアをあけるために撃ってくるでしょう」

「いや、あの男にそんなことはできない」男はきっぱりと言い切った。「後ろを向いて」そっとゴンサロに体の向きを変えさせると、手首を縛っている紐をほどきにかかる。

　また銃声が轟いた。「同志、ありがとう」ゴンサロは急いで言った。「あなたは外国の方でしょうが、いまスペインでは、外国人でさえ――」

「ここはスペインじゃない！」男の平板な口調が、昂然とした響きを帯びる。「英国大使館だ」

ゴンサロは体をよじり、男を見た。「でも……だれが……どうやって」切れ切れに言う。

男は微笑み、鼻を軽く叩いた。そのしぐさは、ランプの投げかけた影のせいで奇異に映った。「少しばかり規則違反ではあるがね、同志。だが、きみを保護することはできるだろう。われわれが規則をひねる……いや、ちがうな……規則を曲げれば」

ゴンサロが目を見開いたまま、頭のなかに様々な憶測が渦巻いていると、トラックがエンジンをふかし、闇のなかに遠ざかる音が聞こえた。

「ほら」男が満足げに言う。「治安警備隊は行ったようだ」

「おれがここに来るとなぜわかったんですか？」ゴンサロはゆっくりと尋ねる。

男はまた鼻を軽く叩いた。「内報さ。知ってのとおり、大使館は中立だ。だが、われわれのなかにもシンパはいる」

「内報」ゴンサロは繰り返した。「でもだれが……」

「たしか、パコ・ロペスと名乗ったよ」

手が戒めから解き放たれた。ゴンサロがそれをゆっくりと口もとへ持っていったとき、テハダとの会話の断片が、頭のなかでパレードの紙吹雪のように舞った――〝悪いが、これ以上おまえと詩について語り合う時間はないんだ、リョレンテ……〈プレシオーサと風〉は昔から気に入っている〟

「パコ・ロペス」とゴンサロがささやいたとき、遠くでトラックの音が消えた。ゴンサロは大使館のドアにもたれ、イギリス人の心配そうな視線を浴びながら、涙を抑えきれなくなるまで笑いつづけた。

23

「市民のみなさんは右へお願いします。市民のみなさんは右へ。外国のビザをお持ちの方は左へ。左へお願いします。ア・ゴーシュ」

ゴンサロはことばの意味がわからなかったが、警備員の身ぶりは一目瞭然だったので、ふたつの列の意味は察しがついた。右の列の動きは鈍かったものの、少しずつタラップを進んでいる。その先は人々がひしめいて、友人に手を振ったり、英語でわけのわからない挨拶を叫んだりしている。左に向かう人々の大半は甲板をうろつくか、荷物の上にすわりこみ、所在なげだったり、苛ついていたり、途方にくれたような表情を浮かべている。ゴンサロは〈スペイン共和国友の会〉の会員たちからの贈り物が詰まったダッフルバッグひとつを携え、欄干から身を乗りだして、青いパスポートを持った幸運な連中が下船していくのを眺めた。埠頭の人だかりに、あっという間に飲まれていく。

ゴンサロは船が静かに揺れる緑がかった水の向こうを見おろした。数ヤード先にはまぎれもない、乾いた固い地面がある。あと数時間もすれば、もう一度地面に降り立つことができるなんて信じられない。期待が大きくなりすぎる前に、ゴンサロは視線を下流へ向けた。川がカーブしているため、港は見えない。ゴンサロは夜明けに多くの乗客と同じように甲板に出て、船が通り過ぎる際に自由の女神を見た。朝日に輝くたいまつは、永遠に高く掲げた手に握られていた。ゴンサロは目をしばたたき、あくびをし、自分の頬をつねって、夢を見ているのではないことをたしかめた。ニューヨークのスカイラインが突然水面から浮かびあがり、それはあまりに奇妙だったので、美しくも現実だとも思えなかった。光のいたずらか何かが、ビルを現実より灰色がかって見せているのではないかと思った。いま、九月の金色の太陽の光をぞんぶんに浴びたビルを目のあたりにして、それがまちがいなく自然な色であることがわかった。緑色に見えるものと思いこんでいたのだ。というのも、その光景は、アレハが好きだった『オズのエメラルドの都』を彷彿とさせたからだ。

まわりの空気が色めきたった。一歩離れて眺めていると、列ができて、制服を着た男たちが乗客のあいだを移動しながら、書類や荷物を調べはじめた。イギリス人乗客の多くは、母国語で検査官と大声でやりあっている。アメリカ人はイギリス人には丁重に接し、不快感を通訳する必要はないと思っているフランス人には、苛立ちを隠さなかった。通関手続きを楽しんでいる者はいなかったものの、検査官たちが乗客を船からおろそうとしていることに、ゴンサロは目を留めた。

この数カ月のうちに、ゴンサロは観察力が鋭くなっていた。情報を得るには、観察に頼るほかなかったからだ。ロンドン-ニューヨーク間の汽船に、スペイン語を話す者はひとりもいなかった。ゴンサロは旅の大半をひどい船酔いに苦しみ、ロンドンの支援者たちに別れを告げて以来、だれとも口をきいていなかった。いまもなお、ゴンサロはハトロン紙でくるまれた荷物さながらに扱われていた。入念に包装されて、街から街へ代金引換《C.O.D》で送られる。悲しげにそう考えたとたん、この恩知らずめとみずからを責めた。いまこうして生きていられるのは、自分を荷物のように扱った人々のおかげだ。英国大使館に身を隠して、張りつめた一週間を過ごしたあと、外交文書用郵袋とともにフランスへこっそり送られた。そこから船でロンドンへ向かい、〈スペイン共和国友の会〉の代表団に引きあわされた。彼らはニューヨークまでの旅費を募り、最善を尽くしてくれた。船酔いと孤独に苛まれ、だれにもその惨めさを理解すらしてもらえないことがどれほどつらいか、彼らには知りようがなかった。

「書類をお願いします。ヴォ・パピエ・スィル・ヴ・プレ」その声がゴンサロを現実に引きもどした。紺色の制服を着た男が、苛立たしげに手を突き出している。

ゴンサロは急いでビザを手渡した。男は一瞥すると、眉をひそめてのぞきこむ。「パスポートを見せていただけますか」

ゴンサロは詳しい説明を求められているのだろうと思ったが、どういう種類のものかわからない。「す……すいません。意味がわかりません」その英語はロンドンでの短い滞在のあいだに覚えたもので、非常に役に立つことがわかっていた。

「パスポートです。パスポール。あのですね、フランス語は話せますか？　パルレ・ヴ・フランセ？」

「いいえ」ゴンサロは首を横に振った。「すいません」実際にはその要求を理解していたものの、パスポートを持っていないこととその理由を、どうやって説明すればいいかがわからない。

男は意味のわからない苛立たしげな感嘆の声をあげると、身ぶりで示しながら、大きな声でゆっくり言った。「いいですか、ここで待っててください。ここで。待て」男はゴンサロのビザを握ったまま体の向きを変え、甲板を横切り、別の制服を着た男のところへ走っていった。男たちはしばらく早口で話した。つぎに三人目の男が呼ばれた。ゴンサロは男たちを眺めながら、汗ばんでくるのが感じられた。

三人は揃ってゴンサロに近づいてきた。「スペイン語は話せないんですよ」三番目の男が苛立たしげに言う。

「頼む、トニー。ほかに手はないんだ」いちばん年嵩の検査官が言った。

「はい、はい。あー……あなたはスペイン人ですか《ヴォイ・シエーテ・ディ・イスパーニャ》？」驚いたことに、質問はイタリア語だった。

ゴンサロはうなずいた。「はい」

「スペイン共和国の《イスパニョール・ディ・レプッブリカ》？」

ゴンサロは足もとに大きな裂け目が口をあけているのを感じた。これはイタリア語で答えていいたぐいの質問ではない。ためらっていると、何やら英語で騒いでいる声が聞こえた。しわくちゃの褐色のスーツを着た赤毛の男が、人を搔き分けてタラップをのぼりながら、税関検査官と大声でやりあっている。「あのですね、彼は英語が話せないんですよ。ぼくがいなければ……ああ、あそこだ！　おい、ゴンサロ！　ゴンサロ！　共和国万歳《ビバ・ラ・レプブリカ》！」青年がこぶしを空に突きあげ、険しい顔つきの税関検査官の鼻先をかすめるのを見て、ゴンサロはぞっとした。力なくうなずき、片手をあげて応えながら、それがちょうどさっきの質問への答えになったなと思った。

ゴンサロを調べていた検査官たちは、振り返って闖入者を迎えた。「きみは？」最初にゴンサロに近づいた、フランス語を話す男が言った。

「マイクル・マコーミック」赤毛の男は手を差し出した。

「こちらの男性の身元保証人です」

検査官たちはまたゴンサロのビザをのぞきこんで相談した。マイクルはその向こうから笑いかけ、ゴンサロに目くばせした。「スペイン語を話せますか？」年嵩の検査官が尋ねた。

「ええ、もちろん。ゴンサロ、聞こえるかい《オイエス》？　ぼくがスペイン語を話せるかどうか知りたいってさ《キエレン・サベル・シ・アブロ・エスパニョール》！」マイク・マコーミックは花嫁みたいににこにこと笑ったままだ。ゴンサロは母国語を聞いてほっとし、親切にも通訳してくれることに感謝して笑い返した。

「ミスター・ローレンーテに――」検査官は果敢にも外国の名前に立ち向かった。「旅費はだれが出したのか訊いてもらえますか？」

「もちろん」マイクはその質問とゴンサロのやや当惑した答えを、たちまち通訳した。

「それから、アメリカに入国したら、何をするつもりなのか《プランズ・トゥ・ドゥ》」

マイクが通訳すると、ゴンサロは目をまたたかせた。スペイン語のイディオムを完全に理解していないマイクは、一般的に使われる〝するつもり《ゴーイング・トゥ・ドゥ》〟のかわりにうっかり未来時制を使ったので、想像もつかないような長期に渡る未来のことを言ったように聞こえた。「仕事を探すだろうな、たぶん」ゴンサロは言った。「きみの負担になりたくないから」

「いい答えだ《ブエナ・レスプエスタ》」マイクは満足げにうなずいて通訳した。

税関職員たちも感心するようにうなずいた。そのあとの二、三の質問はおざなりだった。そして、マイクはゴンサロのダッフルバッグを肩にかけ、タラップへ案内しながら、妙なアクセントのあるスペイン語をまくしたてた。「まったく、きみに会えてうれしいよ、ゴンサロ。ロンドンから手紙をもらったときは、びっくりして息が止まるとこだった。足もとに気をつけて」埠頭に着いたとき、ゴンサロは少しつまずいた。何日も海の上で過ごしたあとなので、固い地面にすぐにはなじめなかった。

「ペドロのことはほんとに残念だ」マイクはつづけた。「ほら、ぼくがバルセロナにいたときにさ、ペドロが手紙をくれたんだ。あの手紙はまだ持ってる。見せてやるよ。いや、タクシーは乗らない。駅まで歩こう。きみのバッグは軽いしね。こっちだ」

ゴンサロはあとについて埠頭を囲むがらんとした格納庫から出ると、混沌とする車の群れへ飛びこんだ。「いつもこんなに車が多いのか?」

「ああ、だいたいね。それはさておき、ここは一二番街の二三丁目だ。行き先は八番街の三四丁目」

「通りに名前はないのか?」

「うん、マンハッタンではね。えぇっと――くそっ、なんて言うんだったかな――そう、アップタウンだ。北ではそうなのさ」

マイクはゴンサロの顔に苦悩の色を見て取ると、空いているほうの手で背中を叩いた。「気持ちはわかるよ、同志。ここはトゥレス・ペセス通りじゃない。けど、そんなに悪かないぜ、ほんとに。すぐに迷わなくなるよ」

ゴンサロはうなずき、歩調を合わせた。東へ向かって歩いていると、マイクが声をひそめていった。「あのさ、手紙が届いたあと、カルメンのことを調べてみたんだ」

「それで?」ゴンサロは期待しないよう心がけた。

「あまり見こみはないんだけどさ」マイクはすまなさそうに言った。「でも国務省が言うには、マリア・カルメン・リョレンテ・デ・パロミノはグラナダにいるらしいんだ」

「グラナダ?」ゴンサロは繰り返すと、かぶりを振った。

「じゃあ、きっと人違いだ」

「ぼくもそう思った」マイクはうなずいた。「けど、友人に赤十字で働いているやつがいてさ、そいつがスイスに知り合いがいて、その知り合いはスペインに知り合いがいて……まあ、それはさておき、グラナダにアレハ・パロミノもいるらしいんだ。で、さっき見こみがなさそうと言ったのは、友人によると、この子は修道院付属の学校にいるらしいんだよ。ありそうにない話だけど、もしカルメンがそこにいるなら……」声がしだいに小さくなる。

「驚いたな」ゴンサロはつぶやいた。

「これが精一杯だ」マイクは気づかわしげに言った。「このグラナダのカルメン・リョレンテは家事手伝いをやってる。裕福な家に雇われてるらしいよ。名前はわからないけど。心当たりはあるかい、ゴンサロ。カルメンがマドリードで雇われていたのはなんて人だった?」

「デル・バリェ」ゴンサロは即座に言った。「でも、それはきっと別人だ」

「じゃあ、きみはだれだか知ってるんだね」

ゴンサロは深く息を吸った。「心あたりはある」ゆっくりと言う。「だけど、名前は知らない。かなりこみ入った話なんだ」

ふたりは八番街と二三丁目の交差点に差しかかっていた。マイクがゴンサロの顔に目を凝らすと、青ざめている。

「ちょっとひと休みして、コーヒーでも飲んでいこう」とマイクは声を掛けた。「アップタウンで地下鉄に乗れば、列車にはじゅうぶん間に合うからさ」

ゴンサロはぼんやりとうなずき、マイクに案内されるがまま角のデリへはいった。「ほら、メトロ――地下鉄――はすぐそこさ」マイクが指差した階段口には緑がかった球が掲げられており、それはゴンサロの目にことさら醜く映った。「あれで鉄道の駅まで行けるんだ。きれいな駅だよ、ゴンサロ。アトーチャと同じくらい。きっと気に入るんじゃないかな」

マイクは自分でもしゃべりすぎだとわかっていたが、ゴンサロの心ここにあらずといった目つきが気にかかった。カウンターで店員と英語で二言三言ことばを交わして、ほっとする。昼食にたっぷりと食事を取るスペインの習慣を思い出して、コーヒーと巨大なサンドイッチをふたり分注文した。明るい青と白のリノリウムに囲まれたボックス席にゆったりと腰をおろし、ゴンサロの様子をうかがった。安心したことに、このスペイン人元兵士は少し元気を取りもどしたようだ。「旅はさぞ大変だったんだろうな」とマイクは言った。

「ああ」ゴンサロはマイクの思いやりに感謝した。だが、あまりに疲れ切っていたので、いまは答えられそうにない。

「あとで全部話すよ、ふたりきりで。きみがよければだけど」

「もちろんさ」マイクはうなずいた。冗談を飛ばそうとしてにっこり笑う。「ここ数日、ぼくはきみの船が沈むんじゃないかと肝を冷やしてたんだぜ」

ゴンサロは笑い返した。「その点についちゃ、全然心配しなかったな！」

「ああ、きみは戦争に慣れ過ぎちゃったんだな。きみ以外の乗客は全員ハラハラしてたにちがいないよ」

ゴンサロはマイクが冗談半分で言っているものと思った。「どうして」と無邪気に言う。「だれが船を沈めるっていうんだ」

マイクはBLTサンドイッチが丸見えになるほど、口をあんぐりとあけた。「知らないのかい？　おいおい、ゴンサロ、きみは海の藻屑になってたかもしれないんだぜ！船のなかでまったくニュースを聞かなかったのかい？」

「あれはロンドン－ニューヨーク間の船だった」ゴンサロは弁解がましく言った。「ニュースはすべて英語だったし、おれは知り合いがいなかったから」

「なんてことだ、ゴンサロ、ぼくはてっきり……ぼくは……くそっ！　ヒトラーが四日前にポーランドへ侵入したんだよ。ドイツとイギリスは開戦した。フランスとイタリアもだ。同盟を結んでいるからね」

突然、食器のふれあう音が、周囲の喧騒のなかに消えた。

「スペインは？」ゴンサロは勢いこんで尋ねた。

「中立を保ってる」マイクはかぶりを振った。「いまのところはね。だけどいよいよだよ、ゴンサロ。ドイツとイタリアが参戦すれば、フランコが引き入れられるのは時間の問題だ。そしてイギリスとフランスがフランコと戦わざるをえなくなれば……」マイクはにやりと笑い、皿の前にこぶしを握った。「共和国万歳《ビバ・ラ・レプブリカ》」

「きみは楽天家だな」そのことばは気勢をそぐものだったが、ゴンサロの口もとには笑みが浮かんでいた。

「戦争を期待するなんて、変わった楽天家だよな」一瞬、マイクは元兵士らしく真剣に言った。次の瞬間、また子犬のような一途さが顔をのぞかせて、マイクはにっこり笑った。「だけど、願ってもないチャンスだってことはたしかさ！」

「いささか突然だったが」ラモスは人目を気にするように言った。「とはいえ、願ってもないチャンスにはちがいない」

「当然のことです」テハダは大まじめで答える。

ラモスは新しい制服のカフスをいじった。「ちょっとばかり後ろめたい気がしてな」と打ち明ける。「他人の不幸につけこんだようで」

「そんなことはまったくありません」テハダは安心させるように言う。「あの事故は大尉のせいではないのですから」

「ああ」ラモスはうなずいた。「責めを負う者がいるとすれば、それは〝赤〟が政権を握っていたころ、あのビルを検査していた能なしどもだ」

「いえ、だれのせいでもないでしょう」テハダはなだめるように言い、真相について完璧にしらを切った。実際には、亡きモラレス大尉が命を落とすことになった事故を計画するのに、三ヵ月近くかかった。

その案が突然心に浮かんだのは、トレス伍長とパトロール中のことだった。屋根への飽くなきトレスの関心が、マドリードの家々の屋上を飾る石の破片は、実際にはどれほど安定しているのだろうと、テハダに疑問を抱かせた。何年ものあいだ砲撃にさらされ、うかつな歩行者の頭上にいまにも落ちそうな、手頃な大きさのぐらついた破片が、ひとつやふたつあるにちがいない。それからひと月かけて、大尉の行動パターンと通りかかる建物を慎重に観察し、さらに必要な情報を手に入れた。うだるような八月の午後、いかがわしい地区のとある古いアパートの住人たちは、石が落下した轟音でシエスタを中断され、治安警備隊員一名がその下敷きになって死んでいるところを発見した。捜査が行なわれているあいだ、その通りの先にある売春宿は、慎ましく休業していた。住人たちはだれも、これまでモラレス大尉を見たことを思い出せなかった。行政当局はその建物を危険だとして閉鎖し、マドリードの治安警備隊各駐屯地では半旗を掲げ、模範的士官の追悼式が行なわれた。

数週間後、ラモス中尉は大尉への昇進と、アルカラ駐屯地への移動の通知を受け取った。いま、マンサナレスの自室で、積み重ねた箱に囲まれ、いつになく何も置かれていない机を前にして、気恥ずかしそうにしている。「きみの言うとおりだろうな」とラモスは言った。「だが、ありがとう」

「とんでもありません、大尉」新しい肩書きで呼ばれるたびにラモスの口もとがゆるむのを見て、テハダは楽しんでいた。

「ああ、それからな、テハダ」ラモスはうっかり寄りかかり、机がぐらりと揺れた。

「はい？」

「この話が来たとき、わしはきみの昇進も推したんだ。残念ながら、今回は実現しなかった。だが、知らせておきたくてな」

「ありがとうございます、大尉」テハダは胸が詰まった。「ご厚意、感謝します」

「たいしたことじゃない」ラモスは机をまわりこんでくると、手を差し出した。「きみと働けて楽しかった。正直なところ、上層部が首を縦に振らなかったのは、リョレンテの件のせいだとしか考えられん」

「はい」テハダは慎重に無表情を保った。

「わしはよくわかっとるがな」ラモスは声をひそめてつづけた。「あれには酌量すべき理由があると、上層部には話しておいた。むろん、非公式でな。よって恒久的な前途の妨げにはならんはずだ」

「ありがとうございます」

「なにしろ」ラモスは笑った。「われわれは人間だ。人間は過ちを犯す。取り返しのつかない過ちなどない」

「はい」テハダは悲しげにうなずき、大尉について部屋を出た。「取り返しのつかない過ちはない」

謝辞

本書は大勢の方々のお力添えなくしては生まれませんでしたが、いくつかの際立った貢献をここに記します。

まず、本書のアイデアをくれて、執筆するように励ましてくれたパーセファニー・ブレアムに、そして一章ごとに批評と激励をくれたチャルシー・ワイルディングに、永遠の感謝を捧げます。

つぎに、内戦後のマドリードに取りつかれたわたしに我慢してくれた両親に、そして好きなだけ調査に没頭させてくださったコロンビア大学管理情報サービス部のみなさんにも。

最後に、アウレリオ・メナと、そのほかのすばらしいウェブサイトの制作者のみなさんにも感謝を。"La guerra de nuestros abuelos" (http://platea.pntic.mec.es/~anilo/abuelos/primera.htm) では多くのスペイン内戦時および戦後の口述歴史が、マドリード・メトロの公式サイト (http://www.metromadrid.es) では戦時中のメトロの歴史が紹介されています。

訳者あとがき

スペイン内戦——一九三六年七月、第二次共和国政府に対してフランコ将軍らによるクーデターが起こり、内戦が勃発する。本作はその内戦が終結した直後、三年後の一九三九年三月末からはじまる。

治安警備隊員の死体が路上で発見された。同僚の殺害現場へカルロス・テハダ軍曹が向かうと、死体のそばで女が何か拾っているところを目撃する。女が共和国派の民兵であることから犯人にちがいないと思いこんだテハダは、その場で相手を射殺する。しかし女が手にしていたのは、なんの変哲もない子供のノートだった。いっぽう、殺された治安警備隊員はテハダの親友だった。ところが、このところ治安警備隊の各駐屯地で起きている糧食の横流しに彼が関係していたらしいという噂を耳にして、テハダはその死に疑問を持ちはじめる……

スペイン内戦を題材にした作品というと、アーネスト・ヘミングウェイの『誰がために鐘は鳴る』やジョージ・オーウェルの『カタロニア讃歌』等、人民戦線側（共和国政府派）の視点で描かれることが大半だが、本作の主人公カルロス・テハダは国民軍側（フランコ派）の人間である。

テハダらが所属する治安警備隊とは軍隊の性格を有する警察で、その創設は一八四四年のイサベル女王の時代まで遡る。もとは山賊に苦しめられていた市民の財産と安全を守るために組織されたが、内戦時にはその多くがフランコ側につき、内戦後も旧共和国政府派の処刑や拷問などをおこなって、フランコの独裁体制を支えた。その恐ろしさは、ガルシア・ロルカの詩〈スペイン治安警備隊のロマンセ〉に詠われており、一九六五年のフランコ体制下にあるスペインの田舎町を舞台にした逢坂剛の『燃える地の果てに』でも、傍若無人なふるまいの治安警備隊員が登場している。

そんな、いってみれば嫌われ者を主人公に据え、これまでとはまったく別の視点から内戦を描いたところがこの作品の独自性であり、高く評価された由縁だろう。

その証拠に、本作は二〇〇四度のアメリカ探偵作家クラブ賞最優秀新人賞を受賞し、数々の賛辞が寄せられている。ここに一例を紹介しよう――「戦争で荒廃したマドリードを舞台にした、息もつかせぬストーリー。敵の高潔さと味方の卑劣さに直面する、引き裂かれた人々のやさしさと感動を描いた物語」（ダン・フェスパーマン）、「国家と個人の相克が興味を尽きさせない」（《カーカス・レビュー》）、「レベッカ・パウエルははじめての作品で、主人公をフォークソングやヘミングウェイの作品に出てくるロマンティックな共和国派ではなく、人々から忌み嫌われた敵である恐ろしい治安警備隊員にするという大胆さを見せてくれた」（《シカゴ・トリビューン》）

著者のレベッカ・パウエルは生まれも育ちもNYのれっきとしたアメリカ人で、スペインとの出会いは、中学生ではじめたフラメンコとスペインの古典舞踊だったという。その後コロンビア大学でスペイン語とスペイン文学を専攻し、現在はブルックリンの高校で教鞭をとっている。

カルロス・テハダを主人公とした二作目 Law of Return（2004）は、中尉に昇進したテハダが新任地サラマンカで元大学教授の失踪について調査するが、そこで思わぬ人物に再会する。二〇〇五年に出版が予定されている三作目 The Watcher in the Pine では、ふたたびスペイン北部の山峡の村に転属になるが、そこは内戦が終わってもなお左翼ゲリラによる激しい抵抗がつづいており、テハダの身にも危険が迫るという話になるらしい。

最後に、ガルシア・ロルカについて簡単に紹介したい。

二〇世紀スペインの代表的な詩人であるフェデリコ・ガルシア・ロルカは、内戦がはじまったばかりの一九三六年、ファランヘ党員によって銃殺された。ダリやブニュエルらとも親交が深く、当時劇作家としても人気の絶頂にあったこの詩人は、共和国派として処刑されたが、実際にはグラナダの地主の息子であり、とくに政治的な人間ではなかったといわれている。

ではなぜロルカは殺されたのか、その死を望んだのはだれかということは、彼の死後さまざまに語られており、その死をめぐるミステリ仕立ての映画（『ロルカ、暗殺の丘』アンディ・ガルシア主演）も作られたほどで、三十八年という彼の短い生涯とその作品への関心はいまだ衰えを見せない。

作中、ある人物がロルカの詩〈プレシオーサと風〉についてふれているが、この詩の中身がちょっとした意味を持っているので、その一部を引用したい。知っている方はぴんと来られただろうし、知らない方はできれば本書を読み終えたあとでご覧になることをお薦めする。

プレシオーサはタンバリンを投げすてて、
一目散に駈け出す。
燃える剣をふりかざして
巨大な風男は娘のあとを追いかける。
(中略)
ひたすら恐怖にかられたプレシオーサは
松林のずっと高みにある
イギリスの領事が持っている
家の中へとびこむ。

(『ジプシー歌集』より)

なお、巻頭の『ロミオとジュリエット』からの一節は『シェイクスピア全集　ロミオとジュリエット』(小田島雄志訳/白水社)より、ロルカの詩(本文中も含む)は『ジプシー歌集』(会田由訳/平凡社)より訳を引用させていただきました。ここに厚く御礼申しあげます。

二〇〇四年一〇月

HAYAKAWA POCKET MYSTERY BOOKS No. 1760

松本依子《まつもとよりこ》

1967年生まれ
英米文学翻訳家

この本の型は，縦18.4センチ，横10.6センチのポケット・ブック判です．

検印
廃止

〔青《あお》と赤《あか》の死《し》〕

2004年11月10日　印刷　　2004年11月15日　発行

著者　レベッカ・パウエル
訳者　松本依子
発行者　早川浩
印刷所　信毎書籍印刷株式会社
表紙印刷　大平舎美術印刷
製本所　株式会社明光社

発行所　株式会社　**早川書房**

東京都千代田区神田多町2ノ2
電話　03-3252-3111（大代表）
振替　00160-3-47799
http://www.hayakawa-online.co.jp

ISBN4-15-001760-3 C0297
Printed and bound in Japan

ハヤカワ・ミステリ〈話題作〉

1753 殺しの接吻

W・ゴールドマン
酒井武志訳

〈ポケミス名画座〉死体の額に口紅でキスマークを残す連続絞殺魔を孤独な刑事が追う。マニアが唸ったサイコ・スリラー映画の原作

1754 探偵学入門

M・Z・リューイン
田口俊樹・他訳

探偵家族のルンギ一家、パウダー警部補、のら犬ローヴァー、アメリカ合衆国副大統領らが探偵役で登場する全21篇を収録した傑作集

1755 ドクトル・マブゼ

ノルベルト・ジャック
平井吉夫訳

〈ポケミス名画座〉混乱のドイツに忽然と現われた謎の犯罪王。フリッツ・ラング監督映画化。映画史に残る傑作犯罪映画の幻の原作

1756 暗い広場の上で

H・ウォルポール
澄木　柚訳

江戸川乱歩が絶讃した傑作短篇「銀の仮面」の著者が、善と悪、理想と現実、正気と狂気の間で揺れる人間を描いたサスペンスの名品

1757 怪人フー・マンチュー

サックス・ローマー
嵯峨静江訳

〈ポケミス名画座〉東洋の悪魔、欧州に上陸す！　天才犯罪者と好漢ネイランド・スミスの死闘が始まる！　20世紀大衆娯楽の金字塔